文
景
———
Horizon

一千种绿，一万种蓝

All the
Lives

We Never Lived

［印度］安努拉达·洛伊 ———
Anuradha Roy
著

谭雪冉 ———
译

上海人民出版社

献给我的母亲希拉·洛伊
及谢拉·达尔（1929—2001）

这是一本关于记忆的书，记忆将讲述它自己的故事。

——托拜厄斯·沃尔夫 [1]《这个男孩的一生》

泰戈尔心醉神迷……许多在印度失落的事物似乎保存在了巴厘岛。

——瓦尔特·施皮斯 [2]，1927 年 9 月 21 日

---

[1] Tobias Wolff（1945—　），美国作家，以擅长写短篇小说著称，曾获福克纳文学奖。——中译注，下同

[2] Walter Spies（1895—1942），德国画家、音乐家、策展人。出生于俄国，1923 年移居印度尼西亚爪哇岛，后居住在巴厘岛。

第 一 部

1

在我的孩提时代，我的母亲和一个英国人私奔了，这在小镇上人尽皆知。事实上，那个男人是德国人。但在那个年代的印度小镇上，几乎所有白皮肤的外国人都被认为是英国人。人们对于说法的准确性不以为意，这惹恼了我那位治学严谨的父亲，即使他正处于妻子被另一个男人夺走的可怕境遇中。

母亲离开的那天一切如常。那是一个雨季的早晨。当时我九岁，在圣约瑟夫学校上学。学校离我们家不远，骑车只有十五分钟的路程。我的自行车对我来说还是有点高。我穿着校服：白衬衫，蓝短裤，鞋子在早上是锃亮的黑色，到了中午就变成灰扑扑的棕色了。我的头发平躺在额前，铺成一条平坦的直线，刚好露出眉毛。早上，它像一顶湿答答的帽子，紧紧贴着我的脑袋。庭院里靠近厨房的地方有一张凳子，母亲过去常常让我坐在上面，为我剪发。在剪头发的半个小时中，我们来来回回就这么两句话："还要多久"和"别动"。

每天早上，我都会按响自行车上的小铃铛，直到将母亲唤醒。

经过一夜的睡眠，母亲头发凌乱、睡眼惺忪，纱丽也变得皱皱巴巴的了。她走到阳台上，耷拉着身子，倚在一根白色的柱子上，仿佛站着站着又要睡着了。无论冬夏，她都起得晚。她赖在床上，紧抱着枕头。我的保姆班诺姐姐叫醒了我，让我准备好去上学。然后我又叫醒了母亲。她说我是她的闹钟。

我的母亲并不在意她看起来怎样。然而当她打扮一番或在额头上涂抹色彩时，总是美得让人移不开眼。当她在户外的阳光下作画时，她戴着一顶宽边草帽，帽子上系着一根红丝带。她在丝带中插上花朵、画笔和羽毛，以及任何能引起她注意的东西。我朋友的母亲绝不会戴帽子、爬树或者掀起纱丽去骑自行车。我的母亲会。在她开始自学骑自行车的第一天，她就摇摇晃晃骑个不停，跌倒了就把擦伤处的鲜血吮吸干净，然后再次骑上去。我的父亲说她大笑着、尖叫着，像狼一样露出了所有的牙齿。她骑着自行车冲进前廊里的一排花盆，她的长发披散开来，她的眼睛闪闪发亮，她的纱丽膝盖处被撕破。然而她一跃而起，又跑回自行车上。

即使在距离母亲和那个英国人（实际上是德国人）私奔只有几个小时的时候，我仍未察觉出她的异样。那天清晨，鳞茎状的、灰蓝色的云朵盘踞在天空中，低得好像伸手就能触到。当母亲出来目送我去学校时，她抬头看了看天空。继而有雨滴洒落，她尖叫着闭上眼睛，仿佛在雨滴中沐浴。

"昨夜的雨今天还在下呢。"她说。

荫蔽房屋的大树晶莹闪烁，当风吹动树枝，水珠从湿漉漉的叶子上簌簌而落。

"云这么黑，今天会是个好天。雨会酣畅淋漓地下个痛快。当太阳出来时，会有一道从这儿到火车站的彩虹横跨天空。"她用纱丽的一角擦了擦脸，"你最好快点，别淋湿了。你多带了一件衬衫在包里吗？你可别浑身湿透地坐在教室里，会发烧的。"我正要走，她说："等等，放下自行车，过来。"她紧紧地、久久地拥抱了我，亲了亲我的头顶，然后是额头。我不习惯她黏糊糊地表达爱意，这让我感到尴尬和难为情，于是我扭动着身体想要挣脱。但她的触摸让我感受到一阵喜悦。我骑上车离开了，心里希望她能看到我疾驰的身影，看到我在经过水洼时飞溅的泥花。

"记住我说的话！"她大声喊道，"别回来晚了。"

"我会按时回来的。"我喊道，"我蹬得可快了。"

* * *

我小时候经常发高烧，醒来时全身滚烫。我感觉到我的头向后倒在一个水桶上，有人往上面一杯又一杯地浇着冷水。我不记得抽搐的时候发生过什么，只能回想起抽搐过后的疲惫不堪。当我的皮肤被汗浸湿，母亲的声音在耳边响起："他会好起来吗？他会好起来吧？"我的祖父说："深呼吸。"然后他把听诊器放在我的胸前。他把他那头发花白的脑袋凑得更近了些，将手电筒的光照进我的嘴里。"啊？"他咕哝道。然后他配制了一些苦味药水，并把它装进有刻度的软木塞瓶子里。房间里整日悄然，阴影沉浮。我只能听到母亲进出的沙沙声，焦虑的低语声，瓶子被放回架子上的砰砰声，水被倒入玻璃杯的哗哗声。然后我再次陷入黑暗之中。

小时候，我在家里被唤作梅什金。这个名字没有随着我的年纪渐长被遗落在记忆深处，而是紧紧伴随着我并成了我的真实姓名。祖父告诉我，他给我起这个名字是因为我经常抽搐——就像陀思妥耶夫斯基《白痴》一书中患有癫痫病的梅什金公爵一样。

"我才不是白痴。"我说。

"当你读到《白痴》的时候，你会想成为一个白痴。"他说，"人之所以为人，是因为纯真无知。"

亲戚们对我的热病和抽搐深表同情，并提供大把建议，这激怒了我的母亲。有一次我正上楼去屋顶，一位从卡拉奇前来拜访的叔叔用尺子敲了敲我的腿，对我的父亲说："你看，膝盖是怎么弹跳的？这肯定是骨病的征兆——难怪这孩子如此瘦小。我知道一个人，他往印度各地配送药物，我把他的地址给你。"

这位叔叔一副无所不知的样子让我的母亲感到厌恶。无论是植物学、建筑学还是其他什么话题，他谈论起来都带有一种十足的权威。即使是一根柱子也绝不简单，它必须是多立克式或科林斯式的。如果他途经金钟路转角处的大教堂，他会指出它的飞拱结构。当我抬头看向天空，想知道是什么在飞时，他便摇摇头。母亲问他是怎么知道我的骨头很脆弱的，他说："很简单。我离医学学位只有一步之遥。这门课对我来说太枯燥了。"

他转过身来问我："告诉我，一千克铁和一千克羊毛哪个更重？"

我感觉自己变得紧张起来。我确信这是一个刁钻的问题，但是我还没来得及想清楚，就脱口而出："铁。"

"再想想，"他自鸣得意地笑着说，"再想想，我的孩子。一千克重的东西和一千克轻的东西重量相同。"他用尺子轻敲着我的头说："不能处处软弱，对吗？如果身体虚弱，思想就必须更强壮！"他说我必须通过学习象棋来锻炼思维能力，"阿廖欣，塔拉施，卡帕夫兰卡！他们病弱的身体里都蕴含伟大的思想，无一例外。"

我不知道这些象棋大师是谁，也不知道他们是否体弱多病。我只能点点头，想要伺机逃离。但我的母亲确保这位叔叔以后都不会再来了。如果他来信宣告来访，她就会这样回信："梅什金得了水痘，班诺的儿子得了麻疹，管家似乎得了霍乱。你还是小心为妙。"她确保所用的借口是一种冗长的传染性疾病。如果有人指出在一位医生的家里，接二连三地有人患传染病，这简直令人难以置信。她会说，借口越是牵强，真相也就越明显。

随着我长大些，发烧和抽搐的情况越来越少了。事实证明，我患的不是癫痫。有几个星期，几个月，然后是一整年，我都没有再发作。第二年仍然风平浪静。在那之后，我的祖父不再一看到我有什么风吹草动，就把温度计塞进我的嘴里了。亲戚们也不再推荐江湖医生了。那些庸医曾两次让我的一个远房表亲在新月之夜吞服魔水以治疗疾病。第三年之后，发病已经变成了很遥远的事，即使它的后遗症至今仍在：这种病使我的视力永久受损。从六岁开始，我的镜片一年比一年厚。一旦离开眼镜，世界就变成了母亲时常摹绘的那种画：点滴色彩碰撞交融，晕染出一种湖上轻舟或池中睡莲的意蕴。

有时我会摘下眼镜，看看和别人眼中不一样的世界。只见色彩与文字在纸页上交叠掩映，传达的意义也随之变化。远处的一切变得模糊而柔和。看不清楚带给人一种心安的感觉，而这种感觉，视力清晰的人永远无法体会。

*　　*　　*

从那时起到现在，大约有六十年了。在这期间，我大概换了三十副眼镜。现在是 1992 年。我家周围的事物已经变得肮脏不堪，这使得我更加频繁地摘掉眼镜。于是门外堆积如山的垃圾变成了一大片鲜艳的色彩，远处的广告牌变成了一个模糊的、黄蓝相间的长方形。原本伫立在那儿的可能是一座平房，后来被千篇一律的公寓取代了。

不变的是我对邮递员的期待。有一天，这份期待终于得到了回应。我收到一个包裹，是一个加了衬垫的航空信封，很笨重。邮戳诉说着它从加拿大温哥华一路辗转、历时三周来到此地的故事。我把它放在抽屉柜上。每一天，我都会将它拿下来，感受它的重量，看看我想用来拆开信封的刀，然后把它放回原处。我知道这个包裹和母亲有关，犹豫着是否要打开它。如果里面没有任何重要的东西呢？

如果有呢？

在我收到包裹后的第二天清晨，不知为何我的狗齐声咆哮起来，那声音将我惊醒。那一刻我突然有了一个念头，我必须立一份遗嘱。我必须写下那些我想让人铭记的事情，烧毁那些我想让人遗忘的。我仍需要栽种一些树苗，即使有生之年无法看见它们绿叶参天。我得确保狗的生活得到保障，确保伊拉有足够的食物维持生命。伊拉是寡妇，她和她的女儿、外孙住在主屋。她的女婿在商船上工作，一年中有半年的时间都不在家。她依赖我生活。

如今，我六十四五岁，却深信自己的时间已经终结。这显然不合逻辑。但我已经感受到地球在它笨拙的轴上摇晃了好几年。我本可以把悲观的想法抛在一边，打开包裹，然而我没有。此刻，它就在那里，以世界上每一封未拆封的信所具有的能量跳动着。

但我为什么不打开它呢？它究竟包含哪些我不知道的东西？我是在延迟快乐，还是在害怕自己可能会发现什么？

我可能会在里面找到母亲的照片或画像，也可能不会。很久以前，我的生命中有过这样一段时间——那时我十三岁，刚开始抽烟——我想，如果我面前有一张她的照片，我会把发光的烟头摁进她的眼圈，就如同我把那些潜伏在狗的皮毛里、橡胶似的灰色虱子摁扁一般。我会弄瞎她的眼睛。我会解除她的离去施加在我身上的咒语。

我立刻被自己吓到了。我会用旧气枪朝着瓶子射击，或者用镰刀向花园后方的长草划去，以摆脱这些想法涌现时产生的恶心感。

* * *

对那些更富有、更成功的人来说，立遗嘱是人生大事。而对我来说却并非如此，我几乎没有什么财产可供担忧。我仍居住在我出生时的那所房子里——不是同一栋建筑，而是庭院中的旧外屋。除了我去新德里做第一份工作的那几年，我从未离开过它。那份工作是我和一个名为阿利克·珀西·兰开斯特的英国人一起做的。他在印度独立后负责规划城市公园，种植林荫道两旁的树木，照管政府的植物苗圃。去新德里的那年我二十岁，我本可以在那里生活，但没有待太久。我需要蒙塔兹尔，需要附近群山拥簇的感觉。1956年，当珀西·兰开斯特先生决定移居到罗德西亚 [1] 时，我回到了家乡。我约见了地区行政长官，告诉他我们镇不应该只有一个负责给公园浇水、种植九重葛的市政部门，整个地区需要一个园艺部门。这项工作涉及生态学、城市规划、植物学和水资源管理：这是一门需要合格人才的科学。我带来了图纸和城市规划方案，展示了如何将我们的小镇改造成一个绿树成荫的绿洲，如何将它的边远地区改造成分水岭。终于，我被自己的喋喋不休弄得精疲力竭。

地方长官刚上任不久，比当时的我大不了多少，渴望有所作为。令我惊讶的是，我的劝说奏效了，一个全新的部门成立了。有好几年，我是它唯一的成员，园艺部门的主管。我无人可管，也没有办公室，只有市政委员会角落里的一张桌子。但每天早上，我都要和六名园丁一起开会，主持会议，打印出没有人看的会议记录，然后在镇上转一整天，做着笔记，告诉自己改变景观是件慢活。

我在阿萨姆邦的茶园和喜马偕尔邦的果园从事过园艺工作，曾是一个蝴蝶公园的顾问，也曾在一个国家公园担任生态顾问，但我

---

[1] 津巴布韦的旧称。

总是回到自己的岗位上——一名光荣的小镇园丁。当别人把固定存款、金钱和房子留给子孙后代时，我指着林荫大道说："我将把这些留给你们。"我向他们展示法院门前成排的美丽异木棉，它们每年都会变成亮粉色。在我交替种植白色和紫色紫荆的道路上，兰花般的花朵覆盖着荒凉郊区坑坑洼洼的人行道，几个星期以来一直改变着它们的模样。成群的夜莺与长尾鹦鹉来到这里啄食花朵。肥胖的妇女央求小男孩爬到树上，摘下花蕾给她们做饭。既然他们认为我是个怪人，我便毫无内疚地高举着拐杖冲向那些女人。

"别碰那些花蕾。让花儿开放吧！"

她们从树旁挣脱开来，嘟囔着咒骂道："老疯子，祝你的头无缘无故被嚼碎。"她们说我是个爱发牢骚的人，没有幽默感的讨厌鬼。

我不介意。这就是我将留给世界的东西，我暗自心想，在这样宏大的时刻——当我坐在纸和笔前，纸上只写下"我，梅什金·昌德·罗萨里奥"这几个字时。我将留给世界以树木，它们用绿荫、果实和花朵荫蔽着小镇。如今我行至暮年，曾经栽种的树苗也已长成四十英尺高的大树。

我想起阿赫塔尔夫人路旁的金链花树和凤凰木。那条路位于车站附近。我想尽一切办法给记者和地方长官写信，以确定那条路曾以此为名。那是一个在其坎坷一生中为世界奉献激情和音乐的女人的名字——而人们只用政客的名字来命名道路。后来，我在她的林荫道上种下金链花树和凤凰木，以此缅怀这位歌手的浪漫与热情。多年后的今天，它成为一场贯穿整个夏天的焰火表演，红色与金色交相辉映。

我还记得从学校到火车站的路上，我沿着阿赫塔尔夫人路骑车狂奔的情景，当时它只是一条荒芜的、被烘烤着的土路。那是1942年的夏天，我必须在一列火车发车之前赶到车站，因为学校里有传言，这列火车上装载着从未见过的货物。当我到达站台时，站台上满是身穿橄榄色和卡其色制服的士兵，还有一小群人盯着火车看。这列火车很长，车窗上有铁栅栏，每扇门都有警察站岗。热气在火车周围嗡嗡作响。我摸了摸其中一节车厢，感觉手好像被烧伤了。一个警察咧嘴一笑，问我是否也想爬进去蹲监狱。

透过车窗，我能看到一些人。他们神情恍惚，死寂的眼睛望向窗外。火车上只有男性。白人男性。他们把头靠在窗栏上，有的睡着了，有的醒着，但目光迟滞，就像动物园里疲惫的动物被塞进了对它们来说太小的笼子里。他们的脸肮脏、苍白，油腻的头发被汗水粘住，紧贴头皮。苍蝇落在他们身上，他们却无动于衷。在幽暗的车厢深处，似乎有更多的人和窗边的人一样。人们的腿和胳膊无力地从上铺垂下，身体瘫靠在其他熟睡的人身上。

我们从未见过白人如此卑贱。我们习惯了印度人骨瘦如柴、病弱不堪，但白人生来就不像他们。

我沿着站台走，然后在火车停站时又走了回来。载着外国战俘的火车经过蒙塔兹尔时通常不会停下来。有人说那天下午的停靠是为了让火车储备饮用水和食物，还有人说一些囚犯死于高温，他们尸体腐烂，散发恶臭，需要被卸下。

蒙塔兹尔的火车线路止于喜马拉雅山麓脚下，这些人将从那里被运送到附近的台拉登，并被监禁起来直至战争结束。意大利战俘主要被送往拉贾斯坦邦，波兰人被送往贾姆讷格尔，德国人被送往台拉登——至少报纸上是这么说的。台拉登的营地最大，有着来自不同国家的数千名囚犯，他们从很远的地方被运送到那里，有的甚至来自非洲和地中海。我的祖父说，台拉登的营地宛如世界的一个微缩模型。

当火车不耐烦地吹响几声汽笛，在一团烟雾中开动时，其中一个男人把脸贴在窗户上。他的头被剃得光秃秃的，小虫子在他头皮上的许多疮口周围嗡嗡作响。透过他敞开的衬衫前襟，我看到一小片苍白的皮肤。那人直冲我笑。犹豫片刻之后，我开始追着火车跑。我掏出口袋里的几颗硬糖，把它们从窗户递给了那个男人。没有人阻止我，一个追火车的小学生。我追着它跑，一直跑到站台的锡皮屋顶投落的阴影消失，站台变成了长满青草的泥土，于是我就站在冷漠、白热的天空下了。我的头因光线变化而眩晕，那双快要被太阳刺瞎的眼睛里游动着明亮的光点。

我希望在车站找到什么？当时的我并不知道，我脑海中一百个紧急问题的答案都储存在一个中暑昏迷的男人身上，他躺在那列火车前排第四节的车厢里。火车每呼出一股煤烟，他就离我愈发遥远。

当我的眼睛适应了光线时，我只能看到警卫车厢里站着一名士兵，他面朝后退的车站，一手拿着绿旗，一手拿着水壶。他仰起头，把水倒在身上。水浸湿了他的衬衫和脸庞。

* * *

　　我有一个长期坚持的习惯，就是把我发现的有趣的花草树木记录下来，无论是在我每天巡视这个小镇的时候，还是在外出旅行时，尤其是在我和我的两个本科班的朋友徒步采集植物时。现在我发现，那些简短的科学笔记和伴随它们的图画，能让我回想起在山上和沼泽地里的奇特漫步、在脆弱的帐篷里度过的漫漫长夜；回想起我们曾看到的那头豹子，它一动不动地栖息在一根树枝上，面无表情地注视着我们，散发着危险的气息，吓得我们的骨头瘫软成泥；回想起当我弯下腰去查看一株野草时几乎把我卷走的河流；回想起当我试图伸手去够一棵生长在岩石上、触不可及的虎耳草时失足的悬崖。一本植物学杂志。一张我漫游的路线图。在某些日子里，我似乎把所有的时间都花在注视一个模糊的、无关紧要的场景上，它从一个移动的窗口中飞驰而过。而在这些时候，我的笔记让我慢下来，让我回到一些地方，赋予那些地方以名字和意义。一段区分大花曼陀罗（俗称天使的号角，无毒）和曼陀罗（俗称刺苹果，有毒）的笔记让我回想起整个场景——那天晚上，我们如何争论这两种植物之间的区别，如何在炖锅里煮饭，然后抽烟，谈论只有在年轻时才会谈论的事情，坐在离家几英里远的火堆旁，笼罩在黑暗中。没有声音，只有树叶沙沙作响；没有气味，只有曼陀罗花和粗糙的、未经过滤的香烟散发出令人眩晕的香气。我是一个需要文字的人。任何事物想要有意义，就必须被记录下来。它们必须先存活在纸上，然后才能成为我头脑中的现实。它必须是一连串有序排列的单词，以便揭示一种意义、一个图案。

我将未完成的遗嘱搁置一旁。

包裹就在我的面前，仍未拆封，宛如神明，拥有我无法测度的力量。在我准备为自己的人生作一个整洁的收尾之前，似乎有必要写下任何于我而言意义重大、有关童年的东西。

当我开始写接下来的文字，试图梳理清楚自己的成长岁月时，我发现自己对于所写的那一天的时间、天气、说过的话或事件的顺序都只有一个模糊的概念。然而，许多想要忘记的事情却历历在目，令人痛苦。画面在我的脑海中闪过，就像被黑暗笼罩的闪光。起初，我试图勤奋。我联系了大学期间的两个徒步旅行伙伴。我向迪努提问："你还记得这个吗？你不记得那个了吗？"他的记忆常常与我的不同，以致我们的谈话以争论告终。我回到童年时去过的地方核实——河边真的有洞穴吗？祖父曾带我去的哈菲扎巴德街角真的有一座哥特式宅邸吗？我们曾看见屋前的草坪上有两匹马在吃草，而在这栋空旷的房子里，有四柱床、搪瓷脸盆、花箱和一间带有弹跳地板的舞厅。在那间舞厅里，哈菲扎巴德的纳瓦布[1]身着肮脏的棉质背心和腰布，怒目圆睁，乞求我的祖父为他卖掉房子里的一切，因为他身无分文。

在河岸上，我发现了一座发电厂，它四个巨大的烟囱吐出的烟雾使天空黯然无光。哈菲扎巴德的府邸仍在那里，尽管它的一半已

---

[1] 印度莫卧儿皇帝赐予南亚土邦一些半自治的世袭统治者的一种尊称，随着莫卧儿帝国覆灭，许多纳瓦布逐渐失去贵族身份，生活陷入赤贫。

经变成了一堆倒塌的砖石，另一半也被时间、风和雨熏黑了。

* * *

在讲述任何生命的故事时，我们不能假装是在按照事情的原貌讲述一切，即使这故事是我们自己的。我们的记忆以图像、感觉和转瞬即逝的体验出现，有时血肉丰满，有时只有依稀轮廓。时间凝固又融化。我们无法准确回忆起事情花了多长时间：几天，几周，还是一个月？大片的时间是空白的，而另一些时间却在回想之时变得尤为重要。我相信对大多数人来说都是如此。多年来，当朋友们在细节上反驳我时，对于记忆的不确定性让我开始以为，我不再能从旧照片中认出自己，那些黑白影像中的人是另一个人。一个人想得太多，可能会把自己想疯。

拉宾德拉纳特·泰戈尔在他的一首诗中写道：

> 我不记得我的母亲
> 但是在初秋的早晨
> 合欢花香在空气中浮动
> 庙殿里晨祷的馨香仿佛向我吹来母亲一样的气息 [1]

这位诗人十四岁时失去了母亲，而我的母亲离开那年我才九

---

[1] 冰心译。

岁。可她怎会离我如此之近，就像我在镜子中的倒影？她存在于每一个细节，却被禁锢在不同的单元之中，无法触及。所有的对话向我涌来，事件、争吵、她用油烟画眼线的方式、她头发上的鲜花、她额头上那一圈总是在午后时分被弄脏的红色吉祥志[1]。她如何吟诵押韵的短诗以使我们记住它们，她的皮肤如何金黄，她的眼睛如何睥睨，那双斜着的眼睛如何闪烁顽皮的光芒。我确信我真的记得这些事情，而不是借助故事和照片来建立印象。

然而随着年岁渐长，我愈发不能确定。

母亲的一位同代人——关于她，我之后还有更多要说——写了一本书，在书中她回忆了四十二年前的事情。我只能笨拙地翻译她是如何描述记忆运作中的时间机器的。

"当我下楼梯时，我的身体在颤抖……"她写道，然后她打断自己问：

> 但它真的发生在那天吗？我不能确定。我没有日记。我写的东西既非根据日记，也非凭借记忆。我不知道自己是否正一一写下这些事件，就如同它们所发生的那样。但在当时似乎是次第发生的事情，现在却既没有开始，也没有结束。这些日子同时存在于我的现在。噢，我无法解释。但为什么这很难解释呢？毕竟，阿周那从黑天张开的口中

---

[1] 吉祥志是印度妇女、小孩常见的一种面饰，颜色不同，形状各异，寓意吉祥、喜乐。其中，红色吉祥志是女子已婚的标志。

看到了整个宇宙，过去和现在。[1] 我也是以这种方式看待事物的。你必须相信我。这些不是回忆，而是我的现在。每时每刻，我都在向 1930 年逼近，我能切身感受到它。

这是我切身感受到的 1937 年。

---

[1] 见《摩诃婆罗多》。黑天是印度教三大主神之一毗湿奴的化身，他在俱卢大战前，向般度王子阿周那展示了宇宙的真谛。

2

　　母亲一生中最大的冒险发生在她嫁给我父亲的前几个月。他们的争吵大多以父亲的一句话告终："嘉亚特里，你的问题在于，你只想靠回忆生活。过去的荣耀。"他说这句话时语气温和。他在和别人争吵时惯用这种语气——先是和她，后来是和我——仿佛在一群被不合逻辑的激情弄得神经错乱的人中，他是唯一保持清醒和理智的人。父亲认为感情必须被紧紧地束缚住，否则便会如脱缰野马般一发不可收。如果母亲面露愠色，他就会说："发脾气对你没有任何好处。"

　　当母亲被日常生活击倒时，她跌进了乘船冒险的快乐回忆中。按照她的说法，那是1927年，她快到十七岁的时候，和她的父亲阿格尼·森待在巴厘岛湖中的一艘船上。他们向停泊在湖中央的一只木筏驶去。当他们走近时，看见木筏上有一个人，仰面躺着，脸被一顶扁平的草帽遮住了，是那个国家的农民常戴的一种帽子。那人听到他们划桨的水声，推开帽子，站了起来。他身材高大，棱角分明，一头金发，看上去如同船头的雕像一般，头发被风吹得向后飘动。他穿着一件白衬衫，前襟敞开。他的袖子被卷到肘部。他的裤子是沙色的。那人一见到他们就笑了起来。"不远万里从印度赶来——你知道我躲在巴厘岛的什么地方！"他向嘉亚特里伸出一只颀长的、被太阳晒黑的手，说，"来吧，既然来了，就上船吧。"

这个男人是德国艺术家兼音乐家，名叫瓦尔特·施皮斯。在接下来的几周里，他带着嘉亚特里、她的父亲以及他们的朋友去看舞蹈表演、去听音乐会、去海滩和绘画学校。她坐在他身边，听他讲述他们正在观看的舞蹈背后的故事。她的每根神经都激动不已。罗摩和悉多，哈奴曼和罗波那——她在家乡认识的神话人物。他们在这里有所不同，却又很熟悉。奇怪的是，她周围的大多数人都认为整部《罗摩衍那》的故事发生在爪哇岛，与印度毫无关系！嘉亚特里惊讶地发现，伴随她成长的神话和传说竟然以这种变体存在于如此遥远的地方。这正是她的父亲带她周游东印度群岛时想向她展示的东西。

在20世纪初，这件事情非同寻常——今天的人们很难理解它有多么不寻常。这并不是说印度人不出国旅行，而是几乎没有一位父亲会把钱花在培养女儿的天赋上，无论他多么富有。女儿应有的才能是那些可以作为诱饵钓到丈夫的东西。但阿格尼·森站在一个奇怪的角度看待周围的事物，他能分辨才能和天赋的区别，他看到了女儿内心的火花，如果加以悉心照料，就可以点亮整个城市。他为嘉亚特里请来家教，让她学习语言、绘画、舞蹈和古典音乐。而这一切都发生在那个时代，那个女人用唱歌跳舞来取悦有钱男人并因此受到嘲笑的时代。他带她去音乐沙龙，去看工作中的艺术家，去德里的历史遗迹，然后再去更远的地方。

其中有一次，当嘉亚特里坐在一块巨石上描绘穹顶和门廊时，一群灰色的鸽子从窗户里飞了出来，它们是这座毁于 11 世纪的宫殿里的唯一生物。这引起了她的父亲对消亡、腐朽、帝国兴衰的惯常思考，但他也告诉嘉亚特里，如果她把思绪拉回在印度河流域发现的陶俑、岩洞中闪闪发光的宝石般的壁画、埋藏在地下的佛塔和水下的石砌庙宇，再看看这些如今已成废墟的坟墓和宫殿，榕树在废墟的裂缝中发芽，她会看到，那些文明的权力、暴政和残酷都已不复存在，统治者们倒下了，他们的朝臣并排躺在狭窄的大理石棺材里，旁边是他们的国王、猫和妻子，但创造出来的美依然留存。窗户上的金银丝饰品，石头上的书法，她正努力描画的完美穹顶，这些东西的创造者，石匠、雕刻家、画家，他们在权力的大博弈中默默无名，他们的思想受人轻视，他们的意见无足轻重，他们的财富不值一文；而在其他一切都烟消云散之后，他们的作品仍然存在。当世界陷入动荡、毁灭似乎不可避免时，艺术不是一种放纵，而是一种庇护，它的碎片在经历了从创造到毁灭再到重新开始的循环之后仍然存在。"权力会崩溃，人会死去，但美能战胜时间。"他以一种中年人向年轻人传授智慧的口吻说道。

嘉亚特里听着，铅笔在打开的速写本上飞快地画着线条。穹顶开始成形，然后是它下面的拱门。轻快的几笔让一只鸽子飞了起来。他们从阿格拉走到法塔赫布尔西格里[1]的墓地，然后到达斋浦

---

[1] 印度北方邦的一个小城，曾为莫卧儿王朝首都，后阿克巴大帝迁都阿格拉附近，该城渐渐荒废。

尔。她骑了大象。当骆驼行走时，她紧抱着它起伏的背脊，然后被它的气味呛住了。她画了骆驼。

当嘉亚特里长大些，阿格尼·森带着她去了更远的圣迪尼克坦[1]，去呼吸泰戈尔和他的学生们所呼吸的空气。在那次旅行中，一位非常了解这位诗人的朋友告诉他，拉宾德拉纳特正计划明年去爪哇岛旅行。这一信息在阿格尼·森的脑海中生根发芽，他被一个挥之不去的念头吞噬：为什么不和嘉亚特里一起去那里，和诗人乘坐同一艘船呢？还有什么比同在一艘船上更好的机会能让她见到拉宾德拉纳特，与他交谈并向他学习呢？谁知道这会给嘉亚特里带来什么？诗人将和一群朋友一起旅行，其中包括迪伦，他曾向阿格尼·森提到过这个计划。信件往来频繁，火车票、轮船和汽船的铺位都订好了。在许多复杂的计划结束之后，嘉亚特里的父亲疲惫而兴奋，向女儿和家人宣布了这次旅行。他将带嘉亚特里去婆罗浮屠，去吴哥窟，去巴厘岛的寺庙。他将向她展示，亚洲有一个共享的文化世界，这一世界没有为殖民化所吞噬。

1927 年 7 月 12 日，一艘从马德拉斯出发的船开始穿越爪哇岛和巴厘岛，驶向新加坡。嘉亚特里和她的父亲将与诗人和他的朋友们乘坐同一艘船，一起在船上度过几日，再在新加坡待上一周之后，他们将独自前往马来西亚和柬埔寨进行为期一个月的旅行，最后及时赶到巴厘岛与泰戈尔一行人会合。考虑到阿格尼·森的年龄

---

[1] 印度西孟加拉邦的一个小镇，又称"寂乡"，在加尔各答附近，泰戈尔创办的国际大学即位于此地。

和心脏状况，嘉亚特里的母亲担心他的计划过于雄心勃勃。这是一个多么危险、异想天开、代价高昂的计划啊。但她的担忧被搁置一旁。

从加尔各答到马德拉斯，三天的火车之旅让拉宾德拉纳特精疲力竭。当他上船的时候，嘉亚特里和她的父亲站在栏杆旁。他是和朋友们一起来的，那些学识渊博、声名远播的朋友组成了一个保护圈，使他免受奉承者的骚扰。阿格尼·森不得不满足于最简短的介绍，而嘉亚特里只能远远地看着他——任何人都不被允许接近他。这不是阿格尼·森所期望的。他被迪伦的占有欲伤害了，躲在一本书的后面。

他们后来才知道，诗人本以为可以拥有三天独自沉思的时光，看着火车窗外掠过的印度风景，却事与愿违。在加尔各答后的第一站克勒格布尔，一群男生爬进他的车厢，塞给他一堆乱七八糟的笔记：学校的练习本，在家里缝订的一捆捆纸张。他们想要签名，其中一人恳求拉宾德拉纳特在火车再次开动前作一首新诗。他们往南走，每隔一小时左右就停一次车，每个车站的站台上都挤满了听说他在车上的人。在其中一站，一位老人爬上火车，双手合十，开始了一段听起来像是泰卢固语的演讲，讲完后深深鞠了一躬，然后在拉宾德拉纳特困惑的目光中离开。在另一站，一个人从人群中走出，来到诗人的窗前，手里端着一个黄铜托盘，托盘上放着柠檬、香和鲜花。他点燃了香，让烟缭绕在拉宾德拉纳特的头顶，然后一言不发地没入人海之中。一位祈求者慷慨陈词，再三恳求拉宾德拉纳特在戈达瓦里河中浸泡一整夜，并坚称这条河比恒河更神圣。在卡基纳达，一位曾在加尔各答生活过一段时间的英语教授走了进来，用结结巴巴的孟加拉语与诗人交谈。后来他放弃了，因为他忘记了自己排练过的台词。但他迫切地想要祝福这位伟大的诗人能够在文学道路上一帆风顺，于是大声疾呼："半个军团，半个军团，半个军团前进着！"[1] 在拉贾赫穆恩德尔伊，两百名学生走到不怒自威的诗人面前，说他们弄错了日期，从昨天起就一直在车站等他。诗人坐在铺位上，疲惫不堪，面色灰白，被推靠在窗前，隐匿在起伏的人群之后。"拉宾德拉纳特必胜"和"礼赞母亲"的呼声不绝于耳。当火车在夜间停站时，人们走进来，用灯笼照亮他熟睡的脸。

如果拉宾德拉纳特以为自己可以在大海中央的一艘船上获得安宁，那他就大错特错了。只要他一走近甲板，一位美国神父及其妻子就会不断向他靠近，即使他每次都转过身去，向他的朋友投以求助的目光。最后，他无路可走，只得给了他们时间。一坐下，他们就试图向他证明基督教与印度教有许多共同之处。

"我对此深表怀疑。"拉宾德拉纳特说。

"为什么，我们也有父亲神！"他们说。

"但是你看，我们还有母亲神、儿子神、朋友神、爱人神。我们甚至还有情人神。"诗人的同伴之一苏尼蒂·查特吉说，他的眼睛里闪烁着顽皮的光芒。神父意识到实现这一伟大皈依的可能性微乎其微，于是把老人一个人留在了甲板上。他坐在躺椅上看海，读书，有时也躺下来，闭上眼睛，仿佛疲倦极了。

---

[1] 出自英国维多利亚时代诗人丁尼生的诗歌《轻骑兵的冲锋》。

嘉亚特里慢慢向他靠近，又退了回去。她想问他，她是否可以去圣迪尼克坦向南达拉尔·鲍斯学习绘画。自上次访问以来，圣迪尼克坦便成为她唯一的梦想，她渴望和其他学生一起，在那片开阔的天空下，拿着一罐罐颜料和一捆捆画笔，像她听说的那样，自己磨颜料。她发现拉宾德拉纳特的一个朋友是圣迪尼克坦艺术学校的副校长。一切似乎都是神的安排：她会向诗人讲述她的访问经历，她当时多么渴望进入这所学校，却未能如愿。他会告诉副校长立刻让她入学。

她斜倚在甲板的栏杆上做着这样的梦，眼前没有陆地，只有湛蓝的海水。她心中的信念像一团秘密的火焰在燃烧：这次航行将引领她走向未来，走向她唯一可能的生活。

但她没有和诗人说话，她不愿增加他被围困的感觉。

有一两天，她在甲板上和他保持距离，既不靠近他坐着的地方，也不走得太远，以免超出他的视线范围。她精心策划的矜持与谨慎终于起了作用。有一天他大声叫她。在他改变主意之前，她急忙跑到他身边的空椅子旁。他的存在照亮了整个甲板，如同第二个太阳发出的光芒。她被吓得说不出话来，直挺挺地坐着，紧张地等待他先开口。他什么也没说。他们的目光所及之处是舞动的波浪和被阳光照得发白的蓝色，他们的头顶上是晴空中带有花边的白云。突然，他问她是否注意到，当船在泡沫和海浪中开出一条道路时，它不停地发出叹息；那永无止息的叹息，听起来不就像是海水在用悲伤的泪水荡涤着大地吗？

她不知道是什么使自己如此无礼，但她突然大笑起来。"我不悲伤，也不想流泪。水很蓝，很漂亮，我想画它。"然后她用手捂住嘴，为自己的反驳而感到吃惊。他会因此感觉受到冒犯而不再和她说话吗？但他之所以来找她做伴，一定是由于厌倦了被人没完没了地崇拜，而她发自本能地拒绝崇拜，这让他感到心旷神怡。他每天都邀请她到甲板上来，坐在他旁边。她喋喋不休地把自己上舞蹈课和画画的情况都告诉了他，不放过任何细枝末节，这使她事后一回想起来就羞愧不已。不过，即使他觉得这些是徒然或荒谬的，他也不会表现出来。正是他告诉她的父亲，他们要在木筏上找到一个德国人。"这位名叫瓦尔特·施皮斯的艺术家比其他任何人都更了解那个地区的舞蹈和艺术。"拉宾德拉纳特说。他告知她的父亲，施皮斯将会是他在那里旅行的向导，嘉亚特里也必须见见他。

"总有一天你会去巴厘岛和爪哇岛的，梅什金。"母亲在结束这些故事时会这样说，"我要带你去，我们会进行同样的航行。我们会再次找到瓦尔特，他会向我们展示许多东西。"她给我讲了很多次她的旅行，增添一个新的细节，遗漏一个旧的，一面铭记一面遗忘，我都能倒背如流了。当她开始讲述自己的故事时，我听到的是她嗡嗡的声音。她有一副清澈的嗓音，仿佛被山间溪水洗过一般，她能用这副嗓音做别人做不到的事情。当她讲有狮子的故事时，声音变成了低沉的咆哮；当她唱歌时，声音变得饱满而悠扬；当她试图引诱我喝完一杯牛奶时，声音像唽唽鸟鸣一样高低起伏；当她轻言细语时，声音传到房间的每个角落。

巴厘岛之旅是嘉亚特里和她父亲的最后一次旅行。在他们回来一周后，他在上班的路上晕倒了。关于接下来的几周，她没有多说，我想这是因为她从未经历过这样的悲痛。她一生都是她父亲宠爱的孩子，他使她拥有了她母亲所没有的一切：才华出众，受过良好的教育，了解自己的天赋。按照某种反常的逻辑，她的母亲把他的死归咎于她。如果不是嘉亚特里如此任性地想要环游世界，她那溺爱她的父亲就不会想到那次误入歧途的旅行。所有这些旅程——离家两个多月！在火车、船、汽车上颠簸劳累，吃奇怪的食物。爪哇岛上的人不是吃一种以蚂蚁为生的动物吗？

在母亲的童年照片中，只有她和她的父亲。小时候看到这些照片时，我并不觉得奇怪。但随着年龄的增长，这让我越来越好奇。为什么照片里没有她的兄弟？难道阿格尼·森从未带他的儿子们去过任何地方吗？在这些旅行中，他的妻子在哪里？

我只见过外祖母两次，一次是在我蹒跚学步的时候，一次是在我六七岁的时候。第一次的情形我已经不记得了。至于第二次，我记得在她的房间里闻到了一股令人作呕的、混合着某种化学物质的腐臭气味。她的皮肤看起来像不新鲜的面团。我们坐在她身边的时候，她一直在尖声抱怨：她吃得不好，儿媳们都是女巫，自己的女儿也好不到哪里去。我的母亲面色铁青，不停地让我去外面玩，但外祖母命令我留在房间里。当我们起身准备离开时，外祖母从她的衬衫里掏出一张皱皱巴巴的卢比钞票，塞到我的手里。卢比上仍留存着她那苍老皮肤的温度，感觉就像是我在触摸她。我把它扔在地板上，跑了出去，沿着走廊，下了楼梯，出了大门，来到马路上，这时我才呼出一口气，吸了一口弥漫着街边咖喱角店热油味的空气。一分钟后，母亲走到我身旁，牵着我的手，把我拉到了路边。

"开心吗?"她问,"你之前不是想来德里吗?"

嘉亚特里比她的五个哥哥小得多。当她最小的哥哥结婚时,她才十岁。婚礼上的喧闹、欢庆,成堆的鲜花,华丽的大门,门口高台上站着的北印度双簧管演奏者,这些都成为她最为生动的记忆。在婚礼上,她痴迷地站在红金相间的新娘面前,哭喊着:"我想结婚!我想当新娘!"她不会料想到这个幼稚的愿望有多讽刺。

嘉亚特里的父亲一去世,教她舞蹈和音乐的家庭教师就被送走了。她的家人决定尽快把她嫁出去。一个没有父亲的年轻女孩对于她的哥哥们来说责任过于重大。接下来发生的事情被我的父亲描述为一段罗曼史,他喜欢复述它,每次都用上新的华丽辞藻。母亲则面无表情地听着,用手指在纱丽上涂鸦。父亲告诉我们,为她物色一位合适丈夫的消息是如何传开的。亲戚们推荐了一些可能的人选——不是很多,因为有传言说我的母亲是一个牙尖嘴利、聪明过头的女人。不仅如此,她还学习跳舞和唱歌。谁知道她在旅途中都干了些什么?一个年轻的女孩漂洋过海到底是为了什么?这未免太出格了。说到这里,父亲停止了讲述,看着她说:"我从来没有被智慧和勇气吓跑过。一个没有头脑的女人算什么?"

在他们结婚之前,父亲是母亲家的常客。每当他去德里时,他都会去看望他的大学老师阿格尼·森。多年来,他不断邂逅我的母亲:起初还是个小女孩,后来十几岁,当他听说自己以前的老师去世时,他突然出现在他们家门口——他说他是来吊唁的。这恰巧是一个合适的时机,嘉亚特里正在一个新郎人选的家人面前接受检阅。新郎人选和他的亲戚们在客厅里坐成一排,我的母亲负责给他们端茶，这样他们就可以近距离地观察她以及她的待客礼仪。很快他们就会要求她唱首歌，或让他们看看她的头发有多长。父亲说，当他等待时，即使隔得很远，他也能看出来嘉亚特里就要把茶盘摔到地上了。几分钟后，他看到她冲出房间，上楼去了房子的另一个地方。这更坚定了他来时的决心：他要救她。这时，我的母亲停止了涂画，摇着头坐了起来，"不是这样的！完全不是这样的！"

"你没有怒气冲冲地离开房间吗？你没有把热茶洒在新郎人选的衣服上吗？他们回来提亲了吗？没有？ Q.E.D.[1]！"父亲喜欢用Q.E.D.来结束争论，他用食指在空中写下它们。

我的母亲是来自德里的孟加拉印度教徒，我的父亲是来自北印度的盎格鲁－印度人。在蒙塔兹尔，父亲一家被印度教徒视为一群不信神的基督徒，而在基督徒眼中，他们则是信仰印度教的异教徒。但父亲对诸如种姓和宗教类别的划分不屑一顾，他相信在大自然的眼中，所有人生而平等。他不相信上帝。他从小就是一个无神论者，唯一信奉的神是国家，他就是这么告诉嘉亚特里的家人的。在他身上看不到一个新郎应有的特质。

那他们为什么一致认为我的父亲符合条件呢？难道他们是担心我的母亲会把他们所有的茶具砸向她未来的追求者吗？难道只有他愿意娶一个没有父亲、没有嫁妆、又唱又跳、在异国他乡做过一些在孩子面前无法揣度的事情的姑娘吗？这一关乎未来命运的惊人决定，有人问过我母亲的看法吗？我不知道。可能没有。他们是如此

---

[1] 拉丁词组缩写，意为"证明完毕"。

急于摆脱她，以至于甘愿忍受女儿嫁给异教徒的丑闻。一个令人不安的差异是我父母的年龄：她十七岁，他三十三岁。但她会追上他的，他们对彼此说，年龄的差异会随着时间的推移变得微不足道。此外，成为母亲一定会使她狂野的性情有所收敛。他们在 9 月结婚，离阿格尼·森去世还不到一个月。

当父亲不调侃我那大如蒲扇的耳朵时，他就会重复关于母性和成熟的概念。最后他说："画画、唱歌、跳舞，这些都是很美妙的事情。每个人都需要爱好。但有爱好的同时，也要有严肃的事情。试着读些小说之外的东西——我给了你那么多书……那本印度史呢？你甚至没读过第一章吧？想想梅什金吧。"

"梅什金？梅什金！这和他有什么关系？"

"他以你为榜样。你给他树立了什么榜样呢？就那样在花园里跳舞？拉姆·萨兰和班诺在灌木丛后窃笑。尊严，嘉亚，是我们最宝贵的财产。"

"我会想到想象力或幸福，而不是尊严。而且只有那一次。五年前。梅什金当时还太小，什么也不知道。"

"现在他长大了。"

"我不再去花园跳舞，任何地方我都不跳。我停止了一切。我不唱歌，也不跳舞。我几乎从不画画。你还想要什么？"

"我不想让你停止它们中的任何一个。我只是求你不要那么……怎么说呢……冲动。"

"冲——动。"母亲说道，仿佛她正在试穿这件言语的外衣，以判断它是否合身。

"你知道我有多宽容吗？有时我感到绝望。每个人都钦佩我是一个思想开明的人。他们在我的休息室里说，他允许他的妻子拥有一切自由，让她做任何她喜欢的事情。可是有一天……"

"所以我的自由是你锁在铁质保险箱里的东西？在你觉得合适的时候才施舍给我？"当母亲这样发火时，钟不再嘀嗒作响，狗躲到了床底下。

"我只要求你不要这样跟我说话。"父亲说，"就好像我们在一个鱼市里——而且儿子还在听着。他会学到什么？我很绝望。"

父亲的困惑是真实的。他们就像困于岛上的两个人，一起生活却没有共同语言。我想起一件关于颜料盒的事。有一次，母亲从加尔各答的一家商店订购颜料和画笔，这家商店又从英国为她订购这些货物。经过一番漫长而焦灼的等待，一个用麻绳捆扎着的牛皮纸包裹到了，里面是圆胖、崭新的颜料管。装有钴蓝色、翠绿色和她最喜爱的焦棕色的颜料管子躺在一张破损的牛皮纸上，刚刚暴露在世界面前。母亲一连几天都在欣赏那些完美的管子，她把它们拿起来，又放回颜料盒，直到她情不自禁地拧开其中一个盖子，挤出第一滴颜料。

后来有一天，父亲把那些颜料带到他的学院收了起来——我不记得为什么了，也许是为了让她明白爱好与更重要事物之间的区别。一周后，他把它们带了回来，放在餐桌上，然后走进浴室，仿佛没有做过任何越界之事。母亲看到了她的颜料盒，放下手中的活儿，拿起它，径直走到外面，把它扔到后花园的一个角落里。珍贵的管子和松鼠毛刷散落在灌木丛深处。"它们永远消失了，满意了吗？"她冲着紧闭的浴室门喊道。

那天，父亲让我跪在野花、荆棘和多刺的草丛中爬行，汗流浃背地寻找每一支笔刷和每一根管子。他跟着母亲去了厨房，去了储藏室，甚至在她去晾晒纱丽的时候也去了阳台，不停地重复道："这只是个玩笑，嘉亚，你难道看不出来吗？"几周后，他下班回来，带着一本来之不易的、奢华的艺术书籍来求和。

在那之后的几天里，一种脆弱的满足感将我们维系在一起。母亲一边工作一边唱歌，父亲则朗读报纸上的奇闻逸事。他宣布，那年夏天他不允许她去德里。因为没有她，这个家就太安静、太沉闷了。我希望我们的生活永远如此。

* * *

尽管在外祖母病房里的那一刻钟令我感到厌恶，但在接下来的德里之行中，我还是满心欢喜。一天后，父亲放下我们，回蒙塔兹尔去了。直到他的马车驶过小巷的拐角处，他才停止规训："一定要刷牙，梅什金。不要一个人到处乱跑。不要在河里游泳，它比看上去要深得多。不要让你的表兄弟带你去电影院，你还太小。"

母亲儿时的家太大了，我无法在停留的那一周内把它全部探索一遍。我发现自己身处一个又一个的庭院之中，而每个庭院都通向更多的庭院。一片绿意盎然的角落里有一个莲花簇拥的水池。黑暗的楼梯从走廊上消失，不知通往何处。沿着狭窄的走廊，房间鳞次栉比，露台高低错落。每一套房间里都住着我的一个舅舅和他的家人。每一家的外观和感觉各不相同。如果其中一家有一面悬挂在支架上的比利时长镜，另一家则有笼子里的鸣禽。全家人的食物都是在一楼的厨房里做的，厨师们用扫帚一般的长勺搅拌着巨大的锅。吃饭的时候，我们坐在地板上，面前摆放着钟形的金属盘子和碗，孩子们在一端，大人们在另一端。坐在那一排座位最前面的是母亲的长兄，他身材瘦小、头发灰白，说话的声音如同锯木头一般。当锯子在房间里发出刺耳的声音时，每个人都停止进食，恭恭敬敬地听着。

三舅的儿子比我大几岁，我对他像狗一样忠诚。他则把我这个热切而虔诚的追随者置于他的羽翼之下。他会说："来吧，我们去找点乐子。"然后用一种激起我内心自豪感的方式捶一下我的肩膀。他又高又瘦，笑起来眼睛眯成一条缝。大家都叫他托布。父亲曾警告我隐藏在一切生活乐趣中的危险，而他一离开，托布就带我去了流淌于房子附近的亚穆纳河。他让我把衣服脱到只剩内裤。河边的沙岸上长着足球大小的墨绿色西瓜。他用刀砍断了瓜茎，把瓜滚到我面前。"把它抱在胸前，"他指示我，"我教你游泳。"然后他扯下自己的衣服，跳进棕色的水里。我站在岸边，看一眼瓜，又看一眼托布。"跳进水里。我会照顾你的。"他对我喊道，"来，我不会让你淹死的。"我就是这样学会游泳的——抱住一个瓜浮在水面上，托布用手臂支撑着我，他的声音在我耳边响起："动一动你的腿，动一动你的腿，白痴！"

有一天，托布和我，还有家里其他几个孩子，跟着我的母亲还有我最小的舅舅一起去了奥林匹斯马戏团。马戏团表演在一顶五颜六色的布帐篷里进行，里面充满了兽皮的刺鼻气味。我们坐在前排，因为票是母亲买的。当她可以挥霍时，她绝不会精打细算。我走进帐篷，紧紧抓着托布的手，害怕极了。我想离开，想立刻回到安全的家中。但我不敢承认，我害怕受到嘲笑。母亲会第一个嘲笑我的。她会说，眼泪和恐惧从不会让任何人获得维多利亚十字勋章。如果我哭了，她就会把目光移开。"得了吧，梅什金，你和我，我们是由最坚硬的物质构成的。你见过我哭吗？"

马戏团的前几场表演来来去去：多索先生骑着他的单轮自行车，奥尔加小姐和祖拉小姐跳着钢丝舞，老虎们和加文船长漫步登上舞台，船长一边举着一块写有 R.B.TIGERS 的牌子，一边介绍自己和老虎。接着是长牙象和非洲狮。然后来了一头印度狮子，它用挽具拉着一辆摇摇晃晃的马车。一个瘦骨嶙峋、身穿腰布的男孩挑动着狮子，用一根鞭子轻轻拍打它。当我们捧腹大笑时，男孩吐了吐舌头。三个女孩——胡安妮塔、佩皮塔和森诺瑞塔——组成了空中飞行三人组。中间那个叫佩皮塔，每当她荡到前面时，她都会看向我。当她高高地荡起时，她的辫子被甩到空中。如此这般高低起落了三四次之后，她跳下吊绳，在空中转了几圈，就在我们的面前落地了。她对我眨了眨眼。

然后，我们期待已久的一幕上演了。魔术师"恐怖伊凡"在号角声中登上舞台。他穿着猩红色斗篷和金色丝绸长裤，和他在奥林匹斯马戏团的广告牌上穿的一样，仿佛他耍了个小花招，从广告牌上走到了现实生活中。他做了一些我谙熟于心的把戏：他向我们展示一只空壶，然后开始从中倒出水来，水比一整桶所能装纳的还要多。他把鸟从帽子里拽出来。他蒙上眼睛，用钥匙打开一个柜子，念出观众放在抽屉里的一封信。他挣脱捆锁在身上的铁链。然后，他突然把目光投向我的母亲："来吧，我需要一个志愿者。夫人，如果您足够勇敢，就上来吧。"他戏剧性地后退几步，等待着，"没有你，我们的演出无法继续。"

母亲坐在我和她的小侄子中间，我最小的舅舅只好伸长了脖子，对她说："嘉亚特里，你不能去。待在原地别动。这是什么荒谬的要求？"

她哥哥的话注定会激起她的逆反心理。得体、克制、顺从，这些正是她终其一生想要消灭的东西。魔术师用嘲弄与挑衅的目光盯着她。她的哥哥也是如此。选择显而易见。她站起身，整理好披在深蓝色纱丽外、缀有闪亮小圆片的灰色披肩，然后爬上舞台。这时号角吹响，鼓声隆隆。帐篷里一片寂静，仿佛所有人都屏住呼吸，想知道魔术师会对我母亲做什么。我听说他们会用剑把人砍成两半，或者先把人锁在箱子里，然后再砍成两半。我吓得手脚发冷。我的膝盖直打战。我感觉到托布友好地在我的头上拍了一下，低声说："不会有事的。"

魔术师拿出一块绣有银色星星的黑布，卖弄地抖了抖它，向我母亲深鞠了一躬说："夫人，您自己看吧，这里面是空的。没有怪物藏在里面。马戏团的狮子不在里面，狗不在里面，也没有蛇或短吻鳄。我说得对吗？"

母亲笑了。魔术师说："您的孩子在第一排。在那儿。那个小男孩叫什么名字？那是您的儿子吗，戴眼镜的那个？把他交给我一个星期，我会神不知鬼不觉地带走他的坏眼睛，还他一双好眼睛。他看起来很害怕——他一定在想，这个邪恶的魔术师会对我妈妈做什么。告诉他，布里面什么也没有。"

母亲重复了他的话。那块布里面什么也没有。

"我甚至可以告诉您，夫人，这块布是干净的，它在洗衣店里洗过。它闻起来有花香。我看得出您出身高贵，夫人，感谢您为我的舞台增光添彩。我绝不会用一块没有洗过的旧布来邀请您配合我的表演。能上台表演的贵族女性并不多。"这时又响起一阵鼓声和喇叭声。一个红鼻子小丑跳上舞台，把我们都吓了一跳，他尖叫道："不，不，不！贵族女人才不会爬上马戏团的舞台呢！舞台是为小丑们准备的，是为训练有素的蠢驴们准备的。"小丑翻滚着，像马一样嘶鸣。魔术师向小丑挥舞着手杖说："消失！滚出去，你这个臭气熏天的笨蛋。"小丑尖叫着离开了舞台。

这时，我看到母亲开始显得烦躁起来。那是一种我非常熟悉的表情——是她在情绪爆发或者突然说出一句唐突无礼的话之前的那种表情。"我可没那么多时间。"如果是别人让她遭受这些，她会这么说，"也许你很闲。"

号角齐鸣中，魔术师请母亲坐在一张矮凳上，矮凳上方四根柱子交叉而立。他又动作夸张地向我们展示了一遍黑布，然后把它搭在柱子上，以使她隐匿在人们的视线中。现在我所能看到的只有一个用布搭成的帐篷状的东西。"恐怖伊凡"的眼睛闪闪发光。昆虫在热气腾腾的煤气灯周围乱窜。他皮肤渗出的汗珠在灯光下发亮。你可以看到他棕红色胡子上凝固的发油。当他说话时，银色的唾沫从他的嘴中飞溅而出。

魔术师大喊道："这位善良的女士去哪儿了？她去波斯了吗？还是在阿什哈巴德定居了？她在白沙瓦还是拉瓦尔品第？因为……"接着又响起一阵鼓声。他快速拉下星光点点的黑布，露出一片空白。几秒钟前还坐在舞台上的母亲已经消失不见了。

我们吃过的午餐——从清真寺旁的一家餐厅买的烤肉串、奶油浸肉和面饼——在我的喉咙里翻滚，仿佛就要喷涌而出。我不记得她是怎么回来的，也不记得我们是什么时候回家的。我只记得当我看到她本该出现的地方空空如也时，我尖叫着、哭喊着，试图跑到舞台上，而托布不得不用一只手掌钳住我的脸颊，嘶嘶地对我说："这只是个把戏，她会回来的。"

她回来的时候并没有告诉我那是什么把戏。在接下来的几周里，每当我问她去哪儿了，又是怎么回来的，她都神秘地微笑着说："生活中有些事情你永远也弄不清楚，梅什金。有时候会发生一些没人能理解的事情。"起初，我太生气了，什么也没问她。我对她又打又踢，大声吼道："走开，和魔术师待在一起！我要告诉爸爸。"在看完魔术表演回来的路上，她一直在训斥我："梅什金，你把一切都毁了，那样大喊大叫。你什么时候才能长大？一个人如果不大吵大闹，就什么都做不了吗？就跟天塌了一样。"

当她在德里和家人在一起时，她把孟加拉语、印地语和英语混起来说。有时我听不懂她在说什么，但我可以看出她很生气，而我是她生气的原因。我忍住啜泣，开始踢一块石头。关于踢石头，我有自己的一套规则，即在踢的时候，要避免石头滚进坑或水沟里。

它必须被一路踢回房子。如果这块石头丢了，就不能再换另一块了。我的脚趾隔着鞋子感到疼痛，但是我仍然踢着石头。

"他怎能不尖叫呢？"她的哥哥说，挡住她的去路，不让她继续向前走，"难道你不明白这种事会对一个孩子造成什么影响吗？"

"够了，梅什金。"母亲说着，从他身边绕过，"别踢了，你会伤到脚趾、弄坏鞋子的。我想是时候回家了，在我那亲爱的娘家待太久可不是什么好主意。"

当魔术师让母亲消失时，我真的以为她死了吗？她就那样在一股魔法的烟雾中永远地消失了吗？我那时知道死亡吗？也许我知道。早在孩童时代，我就时常陷入一阵忧郁之中。当时我也许只有五六岁。半夜的时候，我躺在父母的床的中央，表面上睡着了，实际上却很清醒。周围的人有说有笑，我流着泪，想到我的母亲、父亲、祖父和迪努总有一天会死去，留我独自一人，不禁感到痛苦至极。我不知道这个概念是如何进入我的脑海的，但从那时起，我就一直想知道一个孩子是在什么时候意识到死亡的。是在某个特定的时刻吗？是在生命孕育之初，随着生命本身一起进入我们意识之中的吗？我们是通过蚂蚁和蚱蜢的死亡，还是通过失去至亲之人来了解它的？

1937年雨季的一天，母亲离开了。有段时间我一直在想，她是不是在我上学的时候去世了，而没人告知我这件事。但父亲不喜欢童话，他信奉诚实和准确。我认为他之所以告诉我们她去了一场短期旅行，是因为他真的相信这一点。这也是他在接下来的几周里无动于衷地照常生活的唯一原因。他在黎明时分散步，回来之后喝一杯加有蜂蜜和柠檬的热水，像往常一样在八点之前准备就绪，穿着他常年穿的那身制服——土布库尔塔衫和白色宽松长裤——骑上自行车离开。他把长裤剪短了，以便在踩脚踏车时不弄脏它。他去了学院，在那里讲授古代文明、莫卧儿帝国、历史上著名的战役，然后去印度爱国者协会待上两个小时。他六点回来，喝他那杯加了三滴牛奶的大吉岭咖啡。在那之后，他读书，用留声机听音乐，在晚餐时问我学校里的情况，听祖父讲他诊所里病人的故事。

他的学生不时会来讨论论文或别的文章。但母亲离开后，我们家发生的最大变化是访客变少了，无论是来借宿的还是来吃饭的。现在我知道，这一定是因为人们对她的出走感到羞耻，于是假装遗忘我们的存在，以此来掩饰这个家庭的耻辱。但当时我认为，这是因为家里不再有母亲准备的令人垂涎欲滴的美食。现在，班诺姐姐每天早上都会来找祖父，站在那里，用一种疲惫的、宿命般的眼光看着他。

"今天做什么菜？"

"只要吃不死人就行。"

班诺姐姐尤其喜欢顾影自怜，认为自己受尽委屈。但与此同时，她又盛气凌人，不可一世。她走开了，嘴里嘟嚷着，声音大到每个人都能听见："说的净是些废话，如果食物不合他们的口味，谁会受到责备？只有班诺，可怜的班诺，谁会在乎她？"

早在母亲嫁过来之前，她就开始为我们家工作了，主要负责清洁和洗衣。多年的工作使她获得了权威和地位，她由此成为一名管家和保姆。她用一种威吓的声音命令在这所房子里干活的其他人，声音一直传到牛棚。她衰老的皮肤如同坚韧粗糙的皮革。她用指甲花把头发染成橘黄色。她嚼着槟榔，充溢在嘴巴里的槟榔汁液仿佛鲜血一般。祖父喜欢给我灌输他所谓的有用想法，他曾告诉我，跟她说话的最佳时机就是当她嘴里塞满槟榔，无法开口回答的时候。我总是试着听从他的建议。

3

　　我的祖父出生在台拉登，从他父亲那里继承了一家名为"罗萨里奥父子"的家具店。我的曾祖父是一位名叫拉伊·昌德的商人，他娶了一个名叫露西尔的英裔印度女人为妻，他相信在一个由英国人统治的国家里，她的姓氏罗萨里奥会被认为比他自己的姓氏更高贵，所以拉伊·昌德随了妻子的姓氏。至于他为何选择他妻子那听起来像葡萄牙语的名字，而非一个直截了当的英国名字，这让我的祖父大惑不解。"如果我们叫伍德伯恩、卡莱尔或莱特，"祖父用一种徒然神往的语气说，"我们仍会是木业大亨。"

　　起初，只有这家店被称为罗萨里奥，但渐渐地，这个名字占领了整个家族。我祖父那令人难以置信的名字——巴瓦尼·昌德·罗萨里奥——被他的密友们简称为巴蒂·罗萨里奥。我叫他爷爷，其他人都叫他罗萨里奥医生。然而，我的父亲名叫内克·昌德。他抛弃了"罗萨里奥"，因为它散发着被殖民的味道。作为一个进步的人（他曾这样评价自己），他会把我的名字的最终决定权留给我，但他敦促我追随他的爱国脚步，以阿布伊·昌德的名字在学校注册。阿布伊：无所畏惧。他没有像其他人那样为我取一个神的名字。它很简短，很容易被记住。但不知为何，大家都只叫我梅什金·罗萨里奥，就连我的老师们也是如此。

虽然我们的姓氏让人们对我们的宗教信仰感到困惑，但这并不重要，因为就连我的家人也不清楚自己属于什么教派。这里既没有像迪努家那样供奉印度教诸神的神龛，也没有像丽萨·麦克纳利家那样供奉耶稣受难像以及各式各样的天使和圣人。母亲从来不为家庭的幸福而斋戒，我也从未见过她祈祷。她和我的父亲似乎在为数不多的几件事上达成了共识，其中之一就是他们都不相信任何一种更高的力量。如果事情出了问题，他们会责备自己；如果有什么好事发生，他们会惊叹自己的运气。至于拉伊·昌德，爷爷说，他一生中唯一的信仰就是赚钱。如果皈依基督教、耆那教或伊斯兰教能让他的前途更加光明，那么拉伊·昌德会认为没有理由不这样做。

拉伊·昌德靠木材发家。在1857年那场大起义[1]中，北印度变成了一个屠宰场，他的父母都被杀了。拉伊·昌德藏在干草下，乘坐牛车逃离了西坎德拉。那一年，他十五岁。我经常让爷爷重复拉伊·昌德逃跑的故事，惊讶于他当时只比我大几岁，在这个世界上孤身一人，无父无母，四处逃亡——我多么羡慕他啊。我觉得他和我一样瘦小，戴着眼镜。但我心里明白他一定和我不同，他一定和迪努一样：是那种跑得快、骂得狠、擅长撒谎、能用弹弓射下栖

---

[1] 1857年，印度爆发反对东印度公司殖民统治的起义，起义以失败告终，莫卧儿帝国正式灭亡，印度进入英属印度统治时期。

果的男孩。每次爷爷重新讲完这个故事后，我都会在花园里闲逛，在我用旧抹布为自己做的腰带里，塞着一块棕榈糖和一些干巴巴的面饼。爷爷说，这就是拉伊·昌德逃跑时带在身上的全部食物。我躲在灌木丛后面，潜伏在牛棚旁，我们的两头牛，拉利和皮利在那里反刍，排泄大块的粪便。尽管牛粪遍地，苍蝇横飞，我还是毅然决然地躲在牛棚里，躲在成堆的旧麻袋后面，与想象中的英国士兵战斗。

爷爷说，1857年的那一天，拉伊·昌德的牛车只走到了下一个村庄。之后，他步行、搭车、挨饿、乞讨，一路北上，一步一步地越过台拉登，进入加尔瓦尔，然后再往上走，最后到达靠近恒河源头的喜马拉雅山坡，那里溪流湍急，悬崖险峻，冬天雨水变成冰雪，陡峭的山坡被雪松覆盖。晚上，豹子在啸，羚羊在鸣，豺狼在嚎。但这些潜伏着的野兽的声音并没有眼睛血红的暴徒那么可怕。在哈尔希尔，拉伊·昌德偶然发现了一个名叫弗雷德里克·威尔逊的英国人的偏远哨所，他几年前就来到了那里。拉伊·昌德加入了威尔逊那群野蛮狂暴、嗜酒如命的伐木工和猎人中，他们以狩猎、出口皮毛和麝香以及剥制动物标本为生，同时还担任英国山地旅行者的向导。就是在这里，拉伊·昌德和露西尔结婚了。露西尔是他在一次协助威尔逊引导穿越高山关口的探险活动中认识的。

当英国人开始修建铁路，需要木材做枕木时，威尔逊开始伐木。比小山还高的喜马拉雅雪松曾在他周围茂密、隐秘的森林里平静地生活着。它们花了几个世纪才长到两百英尺高。木材是油性的，不受时间和白蚁的侵蚀，几乎不会腐烂。他砍倒了成千上万棵树，并让这些原木顺流而下，漂到哈里德瓦尔。后来，他成为当地的权贵，自己铸造硬币。有人说他比加尔瓦尔的王公更强大。

爷爷的一个故事是，有一天夜里，他被困在一座索桥的废墟上，据说这座索桥是威尔逊在贾德恒河上建造的。满月当空，树上的叶子像水银一样闪闪发光，周围渺无人烟，只有风轻柔的呼啸声。一阵马蹄声打破了寂静，那声音越来越近——这时，我总是把脸埋在爷爷那瘦骨嶙峋、散发着烟草味的胸膛里，他微笑着在我的头顶上方低语："你知道那是谁吗，我的小梅什金？一个白人的鬼魂，一身白衣，骑着一匹有着白色马蹄的白马。弗雷德里克·威尔逊的鬼魂正在寻找他的渡河桥。然后我听到远处传来脚镯的叮当声，吓得我赶紧逃命。"

我试着想象爷爷仓皇出逃的场景，但这并非易事。我从未见过他慌乱的样子。他满意于这个世界都在等着他——等他说完一句话，等他从盘子里舀出最后一口食物，等他穿好衣服离开家，等他爬上马车。多年来，我一直在思考是什么让爷爷与众不同，是什么让人们对他毕恭毕敬，就是这个。他从不匆忙，因为他知道即使是在潜意识里，每个人都想听他要说什么，或者看他要做什么。没有什么能让他感到惊慌。有一次，在吃午饭的时候，一只红屁股的大猴子闯进我们的餐厅，跳上桌子，坐在那里一个接一个地剥橘子。爷爷是唯一留在原地的人。他调皮地盯着猴子说："先生，这些橘子合您的口味吗？也许您更喜欢苹果？"

做威尔逊的朋友是有利可图的。拉伊·昌德有好几年的时间都在担任某种管理者：从甘格拉招募伐木工，从旁遮普招募锯木工，照管哈里德瓦尔的木材仓库，从而捞了不少油水。当他积累起财富时，他开了一家木工作坊。几年后，他在台拉登、卡拉奇、蒙塔兹尔和奈尼塔尔都开了店。他还在奈尼塔尔建了一座避暑别墅。"罗萨里奥父子"在库马翁和迦尔瓦尔的山间避暑小镇中都是有名的家具制造商。

这种成功并没有持续多久。在我祖父十六岁时，拉伊·昌德和露西尔在一个星期内相继死于霍乱。他和他的几个兄弟姐妹在露西尔的亲戚家中度过了余下的成长时光。尽管经历了这些剧变，爷爷还是抢救出了一些拉伊·昌德时代的遗留物，并把它们陈列在他的卧室里。一个角落的长椅上披着一张虎皮。它的头直立着，搁在下巴上，琥珀色的眼睛跟随着你。标本剥制师让它的嘴永远张着，长长的黄色獠牙随时准备战斗。它的爪子夺拉在沙发的一侧。房间的另一个角落里摆放着一只被虫蛀过的、时刻保持警惕的虹雉，据说是弗雷德里克·威尔逊亲手诱捕并制作的。在爷爷的更衣室门口，一顶遮阳帽栖息在一支老式步枪上。小时候，每周日的下午我都会蹑手蹑脚地走进他的房间，而他会大喊道："你来了，我的伙计！一分钟也不能浪费！是时候把那头老虎收入囊中了！"他会把帽子扣在我的头上。他的嘴里叼着烟斗，肩上扛着步枪。我们在房间里绕着披有虎皮的沙发徘徊。他在衣橱里藏了一些威士忌，以便避开我那节制有度的父亲的目光，安静地啜饮。在那些下午，他会把它拿出来喝。"喝杯酒壮胆，梅什金，"他会说，"在我们去追捕那个吃人的恶魔之前。这将是缅甸雨林中漫长而艰难的一天。给，你也有份。"他会递给我一个空杯子，我会把想象中的威士忌一饮而尽。

我不知道是早年丧父让祖父成了一名医生而不是一名家具销售商，还是仅仅因为他没有继承他父亲的商业头脑。他的兄弟们也没有继承到父亲的商业头脑，尽管其中一个还在卡拉奇守着残留的生意，靠着从我祖父那里借来的钱过着上流社会的腐朽生活。我们镇上还有一家大谷仓式的商店，这是祖父从他父亲那里正式继承的财产中唯一可观的部分。"罗萨里奥父子，创始于1857年"的字样用绿色和金色压印在门上方的木质招牌上。在它下面有一块比儿童写字板大不了多少的牌子，上面写着"巴瓦尼·昌德·罗萨里奥医生，全科医生"，黑底白字。他的名牌上不像其他医生那样满是首字母缩写，也很少有外人知道祖父的医学学位谱系。他的医学学位始于印度，终于英国，我的祖母生病时他就在英国。他没能及时赶回来救她的命。据本地传言，她的死让罗萨里奥医生伤心欲绝，他发誓永远不会离开这里去大城市追名逐利，他要在自己这个医疗条件落后的小镇上为人们看病。

祖父经营着他的旧货店诊所，就像在一家明亮的医院里穿着白大褂的外科医生一样自信。他的诊所在旧商店的一个分区里。各种各样的东西仍然出现在那里，从破损的茶具、椅子到水晶酒杯，都是人们带来作为二手物品出售的。如果有人看上了一张桌子或一套茶具，爷爷就会卖掉它，再把卖来的钱交给它的主人。如果没有，在主人再次认领它们之前，它们就作为家具继续留在他的诊所。

1937年的一天，瓦尔特·施皮斯就是在这里出现的。

* * *

　　我第一次见到瓦尔特·施皮斯是在一个夏日午后，那是一天中最沉闷、最冗长的时光，整座房子仿佛被施了魔咒一般，每个人都热得头晕眼花。百叶窗在前廊上舞动出明暗交错的线条。风扇呼呼转动，百叶窗沙沙作响。冰块每隔一天被送来，上面覆有木屑。它融化着，形成一个不断扩大的水坑。这就是每年夏日午后在这所房子里发生的一切。

　　"罗萨里奥父子"位于丽萨·麦克纳利小姐"家外之家"楼下拱廊区的一角，"家外之家"是她出租的一系列房间，租期有长有短。要到达我们家，你得沿着拱廊一路走下去，经过王子理想理发店、密涅瓦洗衣店、白沙瓦水果店、书店和石川牙科诊所。在我出生之前（他们是这么告诉我的），这家牙科诊所就已关闭，因为有一天早上，在蒙塔兹尔已行医二十年的石川医生醒来后，除了日语不会说任何语言了。他的诊所仍然挂着一块招牌，上面画着两片肉嘟嘟的粉红色嘴唇，伸展在两排洁白的牙齿上。他深居简出，人们只能偶尔看见他蹒跚着去市场用手语买东西，或去邮局取回来自横滨的汇票。

　　从他的诊所转过街角，经过一片环绕着穆斯林圣人墓的荒野，就是我们的房子。它是一座单层建筑，由一排刷成白色的四间平房组成，前面有阳台。甚至早在那时，它就被大树遮住了。它是唯一留存下来的老房子。迪努家的房子是最后一个消失在这片土地上的。现在房子的四周高楼林立，但房子本身还是我童年记忆中的样子。昏暗凉爽的宁静，高高的天花板，长长的镜子，沉重的家具，旧书的气息，家具的光泽和麝香的味道。餐厅低沉的钟声。它周围的土地太过杂乱，很难将之称为花园。但它当时和现在一样，有树木、青草和灌木丛———一片神秘的土地，变色龙在这里变成树叶的橙黄与青绿。隔壁的一边是迪努家，另一边是另外两座我们不感兴趣的房子。我家门前的路缓缓向下倾斜，一直延伸到与它成直角的河流。那个 5 月的下午，我和迪努坐在河边钓鱼。

我们把渔线放在水里，坐在树荫下，树荫低俯在河流拐弯的地方。将近一个小时过去了，我们什么也没钓到，也许那条河里的鱼认出了我们的脚步声，不再被我们辛辛苦苦从地里挖出来并穿到鱼钩上的虫子迷惑了。河对岸有一座石砌的小庙，圆锥形的屋顶上插着一面红旗。那人就是从庙里走出来的。他在对岸站了一会儿，用手遮挡着阳光，看向我们的方向。

"是个英国人。"迪努说。

我们以前见过英国人。他们身材高大，被一群谄媚的印度奴仆包围着，而这些奴仆的工作就是驱赶其他印度人。我们的河岸上出现了一个英国人，就像出现一只企鹅或一只长颈鹿一样不可思议。

当迪努再次开口时，他的眼睛没有离开那人。

"他没穿衣服。"

那个外国人光着身子，只穿了条短裤，甚至连鞋都没穿。就在我们争论他是否有资格裸体时，那人猛地扎进水里，开始用有力的、如镰刀一般的划水动作向我们游来。这条河并不太宽，我们也曾游于其中，但从未游至彼岸，总是沿着河岸游。我们等待着。他越游越近，我们因恐惧和兴奋而无法动弹。当他浮出水面换气时，我们看到了他的脸——头发颜色很浅，仿佛在做鬼脸。

他把自己拖到岸上，就在我们旁边，仿佛一艘船一般，一出水面就变得更大了。我不得不把头向后仰，才能看到他的脸。他的脸上贴着几缕湿漉漉的头发。我记得，即使在我还是个孩子时，他的美就深深地震撼了我——或许这只是因为他陌生的肤色和奇怪的说话方式。他的眉毛是深金色的，额头高高地翘在一个又长又直的鼻子上。

他说："你们没偷我的衣服吧？"

迪努和我慌忙站了起来，我们的鱼竿缠在一起。我们立正站着，就像在学校被老师训话时所做的那样。"我们什么也没拿，先生，"迪努说，"以我的名誉担保，先生。"他比我年长几岁，身形也比我稍大些，他的四肢仿佛在一夜之间长得更长了，他看起来像是一根快要倒下的竹子。他那宽松的、过于肥大的短裤在伤痕累累的膝盖上拍打着。英国人笑了。他的眼睛里闪烁着愉快的光芒。"用不着叫我先生。"他说。他弯下腰从灌木丛后捡起衣服，把湿短裤扔在一边，背对着我们。我以前从未见过一个成年男人赤裸的臀部，在我家里最极端的裸露场景是我父亲或祖父在腰上围着浴巾，但那也是极为罕见的情况。迪努惊恐地瞪大了眼睛，那人却若无其事地聊起天来，就好像他在两个陌生男孩的围观下一丝不挂是件再正常不过的事情。他的英语听起来与我们在学校里听到的英语不同。有时他会停下来寻找合适的词语，用听起来不像是英语的语言说些什么，我们只能猜测他的意思。他说他是名艺术家，之前一直在河岸上画画，然后游到对岸去观察寺庙。他来这里是为了寻找一位失散多年的朋友。他打算在我们镇上待上两周，也许更久。我们经常到河边来吗？我们住在那里吗？他直起身子。此时他已经穿好了衣服和鞋子，把一个帆布包扛在肩上。啊，罗萨里奥家，他说，他在麦克纳利小姐旅馆中的房间里看到过它。那不是一家古董店吗？不管它是什么，它看起来很有趣，也许他会去那里。"为什么不是今天呢？带我一起去吧，孩子们，好吗？也许我会找到一张折叠桌。"

这就是为什么我会在 1937 年一个炎热的下午带着瓦尔特·施皮斯去祖父那里：在医生的诊所里寻找一张折叠桌。

* * *

当我还是个孩子的时候，蒙塔兹尔有一种村庄的感觉，它是一个从中世纪发展到今天的定居点。那里的建筑物在荔枝、杧果和奶油苹果的果园之间拔地而起，在树木多于房屋的景观中显得尤为突兀。春日来临，成百上千棵木棉光秃秃的枝干上突然绽放巨大的肉质花朵，我们的小镇顿时绯红氤氲。冬天，芥菜花开，田野一片金黄。其他时候，甘蔗的深绿色或小麦的赤褐色覆盖着它。在晴朗的日子里，远处是喜马拉雅山麓的蓝绿色丘陵。现在，当我翻看母亲的旧画册时，我注意到了这些颜色。我可以看出那些风景是如何深深地印在她的脑海中的。

通往山区的道路穿过我们的小镇。我们的北行铁路线一直延伸到平原变成山丘的地方。我们的火车站有拱形的屋顶、高大的窗户、高耸的柱子和锯齿状的墙壁：这是一座宏伟的哥特式建筑，尽管每天只有三四列客运列车气喘吁吁地驶入。其他所有的列车都从这里疾驰而过，冒着滚滚黑烟，仿佛在一个如此微渺的小镇里停留片刻都太过沉重了。

我和迪务最喜欢的活动之一，就是在黄昏时分跑到我们家附近的铁路线上，看着飞驰的火车在光和声的风暴中闪过。我们等待着有一天，火车会慢悠悠地驶过，慢到可以让我们看到里面的人。如果我问祖父，为什么在我们车站停靠的火车这么少，他会用悲伤的语气解释说，在乌尔都语中，蒙塔兹尔这个词的意思就是"焦急地等待"。我们车站的命运就是生活在火车停下来的希望中，但它注定会失望。

曾经统治我们小镇的纳瓦布们已经被英国人废黜了，"罗萨里奥父子"的许多东西都来自他们衰败的府邸，那儿的东西正被逐一出售。祖父的诊所离我们家不远，位于英国人建造的营地与纳瓦布的旧城之间的昏暗地带。

瓦尔特·施皮斯停下来查看诊所外的招牌，并一脸困惑地敲了敲写着"巴瓦尼·罗萨里奥医生"的小招牌，向竖框窗户里窥视。祖父经常出诊，但今天我能看到他在里面与人交谈。我推开厚重的玻璃门，觉得自己举足轻重，因为我给他带来了一位访客——一位外国访客。爷爷正忙着向一个拿着胡须刷的圆脸男人展示布谷鸟钟的工作原理。那男人瞪着钟，似乎害怕布谷鸟出来。爷爷说："即使我们看着它，它也不会更快地敲响四点的钟声。事实上，我相信当你这样做时，时钟会慢下来。"

"你这是什么意思？这只钟走得慢吗？"

"不，我不是这个意思。它每时每刻都在精准运行。我现在所有的工作都是根据布谷鸟的叫声来计时的。事实上，我不知道你把这个钟拿走后我该怎么办。我的意思是，如果看着水壶，水会沸腾得更慢……"

"被看管的时钟不会报时。"瓦尔特·施皮斯总结了爷爷的陈述。他拿起钟，翻转过来，看了看钟的背面。

这个想买钟的人张大了嘴，他圆圆的脸颊因为一个外国人如此随意地靠近而惊恐地颤抖着。"天啊，"他说，然后以一种挑衅的语气说道，"印度必胜。"

他继续用印地语对爷爷说："如你所知，只要我们还是英国人的奴隶，我就拒绝与他们有任何关系。我讨厌他们和我呼吸同样的空气。只有当他们把我和我的同胞视为与之平等的人对待，我才会成为他们的朋友，而在那之前，绝无此种可能。"他在地板上敲了敲手杖，也许是为了测试它是否还能承受他的重量，然后从椅子上站起来，"我过会儿再来……也许吧。"他从瓦尔特·施皮斯身边滑过。他推开门，一阵刺目的阳光过后，诊所又陷入往常那种半明半暗的昏沉之中。

房间里出现了一阵尴尬的沉默。我那一向冷静的祖父似乎对这一粗暴的离开感到不安。我没有让事情变得更容易些，而是尖声问道："为什么他说讨厌与英国人呼吸同样的空气？还有其他类型的空气吗？"

"我不是英国人，我来自德国，我们那里有这些钟表，"瓦尔特·施皮斯说，"在我儿时的家里就有一个。小时候我看到布谷鸟钟，以为它是一只真正的鸟，我渐渐地喜欢上了它——然后母亲在钟的附近发现了一些烤面包片。我每天都给它食物。每一天。"他放下钟，环顾诊所四周。这个地方可能是一个杂乱无章的收藏家的拥挤客厅。布谷鸟钟是挂在那里的五只钟之一，当整点来临时，它们会不合节拍地相互报时。那里待售的还有神秘的瓶子和地球仪，音乐盒和水烟袋，书籍，钉子桌和与之不相匹配的椅子。候诊的病人正是坐在这些椅子上，等待着被叫进内室的。内室被一块木质隔板和一扇双开式弹簧门隔开。

弹簧门的另一边是诊疗室常见的用具，包括描绘人体解剖结构细节的可怕图表。一个放在高架上的广口瓶让我着迷。它装满了一种透明的液体，里面漂浮着一只手，有两根软绵绵的多余的手指从拇指上垂下来，上面还有指甲什么的。那具断手尸体是谁的？我所恐惧、厌恶却无法逃避的一切本质都装在这个瓶子里。我确信总有一天，它会从瓶子里逃出来找我的。

瓦尔特·施皮斯看着广口瓶，脸上露出困惑的微笑，缓缓往里走，又回过头说："我可以进去吗？"然后不等回答就继续走。当你找到里面的门时，你会看到诊所出乎意料地通向一个内院。丽萨·麦克纳利的旅馆有一段通向院子的楼梯，她把旅馆里所有洗好的衣物都挂在院子里的晾衣绳上。

"哦！这就是楼梯通向的地方。我一直想知道。"

"我已经请求过丽萨不要挂那些床单……"爷爷说，"这边走，让我带你看看……"他试图把瓦尔特·施皮斯从后面的脏乱环境中引开。他曾经鼓起勇气告诉丽萨,床单会降低格调,但她说湿床单根本没有任何影响。这一声明让祖父感到困惑,他沉默了。

即使瓦尔特·施皮斯注意到院子里一片狼藉,他也没有表现出来。他环顾四周后,又回到诊所里,在一把待售的椅子上坐了下来,似乎打算在这里待很长时间。在喝过两杯茶并交谈了半个小时之后,他才告诉爷爷,他之所以来到我们的小镇,既非出于偶然,也非特意前来旅行。

"我是来找人的,"他说,"她叫嘉亚特里·森,我在巴厘岛见过她和她的父亲。她就像我的一个朋友。我在德里找过她,有人告诉我,她的父亲去世很久了。她嫁到了这个小镇吗?我甚至还有一个地址。这里——我的笔记本——这里的某个地方。哦,是的。浮桥路3号。离这儿近吗?也许你认识她?"

* * *

母亲童年时的一幕场景又浮现在我眼前。经过她的多次讲述,它是如此生动,如同我亲眼见到过一般。那时她十三四岁,在孟加拉的一片森林里沿着一条红土小路奔跑。在她的头顶上方是开满花朵的卡蒂姆树的树冠。虽然这些花朵几乎不值一看,但它们的香味令她晕眩。她周围的一切广阔而狂野,天空是一片明亮的蓝色,被高大的树木的叶子切割成锯齿状的边缘。她父亲的声音在她耳边模糊地响起:"嘉亚特里,看那些鸟!停下来,看一看!"她抬头看着空中飘舞的白鹭，就像风从附近学校孩子的书本上撕下的白纸。她张开双臂，仿佛她在飞翔。她旋转着，直到她头晕目眩。她不停地跑着，没有方向。当她到达学校时，她停了下来。她可以听到音乐。一首歌。这是一所由拉宾德拉纳特创办的新学校，一座宁静的修道院。在这里，她可以看到与她同龄或比她更小的男孩女孩用孟加拉语唱歌。她懂孟加拉语，但尽管有家教，她还是读得不够好。这首歌让她停下了脚步。血液涌向她的头部，她不得不扶着树干来支撑自己。她抬头望着白鹭斑驳的天空，望着树叶和花朵，感觉这首歌既甜蜜又痛苦，这是她这么多年来从未有过的感觉。她转身对父亲喊道："我想留在这里！让我留在这里，和他们在一起！"即使在她说出这句话时，她的心里仍感觉到有数以百计的事情把他们和德里的生活联系在一起。她的母亲常年疾病缠身，卧床不起。她的父亲需要她在家里做他的小伙伴，他总是这样称呼她。

"有一天，我会住在很远的地方。"在故事的最后，她对我说。当我瞪大眼睛凝视着她时，她庄重地把手放在心口上。她的鼻孔张开，眼睛紧紧地盯着我，皱着眉头，又粗又直的眉毛拧在一起。她正用画笔木制的那头挠着脑袋，当她推动画笔时，她的头发乱蓬蓬地立了起来。"我将带你一起走，梅什金。我们将会环游世界，历经冒险。我们要加入马戏团，住在帐篷里。不是像有魔术师的那个马戏团，而是一个好的，有小象的。"

"我们今天就走吧！"我大声喊道。那时我七岁，无法想象一觉醒来后，没有温暖而困倦地蜷缩在她身边。我的胃在颤抖。"你要走了吗？你真的，真的会带我一起走吗？"见她没有回答，我又问道："你会带着丽萨阿姨吗？"丽萨·麦克纳利是她最好的朋友，她们每天至少见一次面，母亲不可能丢下她和我。如果她告诉我没有丽萨她不会走，那也就意味着她会带着我走。

母亲笑了，是她那种令人难以捉摸的笑，她说："不管你做什么，都不要停止做梦。"她把我的两只耳朵向后按，也许有一天它们会少伸出来一些，她的眼睛说。她从我们一直坐着的沙发上跳了起来，抖了抖她的纱丽。她出门之前总会精心打扮一番，穿着亮闪闪的漂亮衣服，戴着与之相配的耳环。她在家时则从不费心，总是穿着沾有姜黄、又旧又软的棉质衣服和带有补丁、褪色的衬衫。但她的发髻上每天都有一串香甜的花。每天晚上，园丁在给植物浇完水后，都会从庭院边缘的灌木丛中摘下白色茉莉，为她做一个花串。有时她也会戴上一两朵红色鸡蛋花。当我坐在离她足够近的地方时，花朵低垂的香味就会溜进我的鼻子。她揪着我的耳朵说："准备吃晚饭了。还有，他们到底有没有把水装满？去，看看班诺姐姐在哪里。"她把橱柜的钥匙摇得叮当作响，仿佛这只是平常的一天。仿佛一天又一天会以完全相同的方式紧随其后。

* * *

有些晚上，母亲会唱那天在圣迪尼克坦听到的那首歌。只有当她和我单独在屋顶上时，她才会唱它，而且（她告诉我）如果天空像一个星星的针垫，那么她至少可以数出两千零二十二颗星星。这是我们的歌，我的和她的，她说，当我感到悲伤或害怕时，一定要唱这首歌。当我还小的时候，她会把我抱在怀里，边唱边转圈。现在她张开双臂，像一只飞翔的小鸟，在阴暗的屋顶上四处飘荡。几秒钟内，她就忘记了我和她在一起。

满天的太阳和星星，
这个宇宙爆发生命的活力，
而在这之中：我！
我找到了一个空隙。
在惊奇中，它诞生了——
这就是它诞生的原因——我的歌。
在时间的无限中
地球转动。
在潮汐的涨落中
世界摇曳。
在我的血管里，在我的血液里，
我感到一阵悸动。
在惊奇中，它诞生了——
这就是它诞生的原因——我的歌。

我已张开耳朵，
我已睁开眼睛，
我已将灵魂倾吐
在大地的怀抱中。

我在熟知中

寻找未知。

在惊奇中，它诞生了——

这就是我的歌诞生的原因，

在满是太阳和星星的天空下。

* * *

写到这里时，我停顿了一下，然后放下了我的笔。这是一支粗头的犀飞利墨水笔，它已经喝掉了很多瓶墨水，染黑了我的手指。我回想起在"罗萨里奥父子"的那个下午，想知道是否就是在那一刻，一切都改变了。如果瓦尔特·施皮斯没有想到他那个不可思议的计划——寻找一个他在十多年前遇到的女孩，那么我的父母会不会一直在一起，不安地挤在家庭的樊笼中，他们的棱角相互摩擦，直到多年以后终于被磨平？我遇到的大多数已婚人士似乎都是这种情况。还是说他们关系的毁灭实则不可避免，只是时间问题？

我弯下腰去抚摸脚边的两条狗。它们在睡梦中咕哝着、摇晃着，清楚地表明它们不喜欢被打扰。另一方面，它们会肆无忌惮地叫醒我。我又在想，它们是如何训练我越来越喜爱它们的纯真无邪的，尽管它们一有需求就来骚扰我。晚上，它们在我的床上，头靠枕头，有时用爪子拍打我，有时大声呜咽着。我抚摸着它们，让它们重新入睡。我不需要别人。当我和我的动物们在一起时，我感到满足和完整，这是我和人类在一起时从未有过的感觉。人们认为我的孤独是一种怪癖或失败的症状，仿佛我与动物和树木更亲近是因为人类背叛了我，或者是因为我没有找到可以爱的人。我很难向他们解释，我多年前种下的一棵树的阴凉，或一条狗徒劳地追逐一只蝴蝶的狂热，它们提供给我的东西，是人类的陪伴所不能提供的。

这可能是因为我的生命从一开始就有动物和树木。当然，还有我们的牛。但我最初的朋友，有时是我唯一的朋友，是一条狗，她叫里基。是我的祖父发现了她——或者说是她发现了我的祖父——在之后的岁月里，他和她就此事进行了许多单方面的讨论。在我三岁那年，一个寒冷的 12 月，诊所外面的街上有一条小狗。她独自玩耍，追逐着纸屑和她自己残缺的尾巴。过了一段时间，这只淡黄褐色的小不点溜进了温暖的诊所。祖父捡起她，把她带到外面的院子里——他能把她留在那里吗？他和丽萨·麦克纳利商量，希望她能帮忙照看她，但丽萨拒绝了，她说在她的狗死后，她告诉自己再也不能养狗。丽萨比我母亲大不了多少，但在那个年代，她的年龄已经大到足以让人们把她视为一个终身未嫁的老处女，她应该对任何伴侣都心存感激，即便是一条狗。"哦，那个丽萨，"她的亲戚们叹了口气，"看看她的高傲把她带到了什么地方，把她留在了架子上。"丽萨说她喜欢她的架子。只有装饰品才能留在架子上。

丽萨在架子和小狗问题上的顽固态度让一切尘埃落定。祖父把狗带回家，给她取名"里基"，和吉卜林笔下那只獴的名字一样。我还养过其他狗，但没有一条在离别时像她那样心烦意乱，或在重逢时像她那样欢欣雀跃。再次被人丢弃在人行道上的恐惧似乎主导了她的情绪。也许事实是，所有的狗从婴儿时期就明白，当你找到你的朋友时，你们就需要共度生命中的每一刻。为什么要分开？

一想到持久的人类陪伴，我就感到厌恶。我从未结婚。盖伯瑞尔·奥克对芭丝谢芭说的那句话，虽然具有浪漫的意味，我却觉得是一种威胁："在家中的炉火旁。每当你抬头看时，我就在那里——每当我抬头看时，你就在那里。"[1]四十年前，有一个女人希望每当她抬起头时，我就在那里。迦丹波利。不止她一个。一个男人不需要做很多事就能被人觊觎。当我长到比父亲还高时，曾被母亲压在后面的蒲扇般的耳朵奇迹般地变平了。我获得了学位，在德里找到了一份工作。我开始意识到，每当我假期回家时，周围的女孩都更快乐了。她们的父母总是邀请我去做客，称赞我像我的祖父："啊，老罗萨里奥医生，多么智慧，多么英俊，"他们说，"要是他再多活二十年就好了，而你就是他的镜像，梅什金，这是一种安慰。"我知道这与事实大相径庭，但当时的我还过于愚钝，不明白他们的目的是什么。

昨晚，也许是因为所有这些回忆的涌现，我从一个梦中醒来。梦中我和迦丹波利在一起，她那沉重、黑暗的气息又钻进我的鼻子里了。她会在夜里来到我在德里的房间，那时她的父母以为她已经安然入睡了。她会走进来，锁上门，脱下纱丽，解开上衣的纽扣，从衬裙里爬出来，站在灯火通明的房间里，一丝不挂，得意扬扬地让我看她一眼，而我们还没有和彼此说过一句话。她坚持要用油灯，而非电灯。

---

[1] 出自英国小说家托马斯·哈代的作品《远离尘嚣》。

昨天，当我从梦中醒来时，我再次闭上了眼睛。她那张发红的、仿佛在痛苦中扭曲的脸在我的眼前停留了片刻。她的头发凌乱。"不要停止，永远继续下去。"她在我的梦里轻声说。

　　我打开了灯。

4

施皮斯先生一定是在第一次去诊所后不久来到我们家的。我不记得母亲在与他阔别重逢时说了什么或做了什么——也许当时我不在场。我只记得之前和他一起来我家的那个女人，她是如何在花园里散步，低头闻着花香，兴奋地尖叫着冲向附近墙上昂首阔步的孔雀，然后从低矮的树枝上摘下一个绿色的杜果。我把所有的杜果都看作是我的个人财产，可以按我认为合适的方式分配。在漫长炎热的下午，我和戈拉克用弹弓保护它们不受猴子的伤害。其他人有什么权利未经允许就采摘它们？起初我不敢抗议，毕竟她是英国人，但我无法抑制自己的愤怒，说道："那个杜果太小了，它不应该被摘下来。总之，你不能吃它，它又酸又硬。"

那个女人瘦得像一支铅笔，一绺乌黑的头发贴在她的脸上。她穿着长长的黑色衣服，衣袂飘飘。一个魔术师或女巫。她的衣服很宽松，很长，足以隐藏任何东西。一根魔杖。一把扫帚。

她停下脚步，转过身来把目光投向我。"你知道我吃什么吗？我吃加上一勺糖的生鸡蛋。我吃罐头里的豆子和葡萄藤上的葡萄。我吃烤箱里烤的小男孩。加很多盐。"我向后退了一步。"我厌恶孩子，"她说，"但你——我喜欢你的样子。来吧，带我到处转转。"

她说话时面无表情，然后又回到了她的闲逛中，似乎以为我会理所当然地跟上去，当我没有这样做时，她停了下来，伸出手说："来吧，你还在等什么呢？"她的手指上戴满了戒指，脖子上挂着长长的、一串又一串的珠子。"看到了吗，七个，都是银的。如果我将手指并拢，它们就会发出咔嗒声。你想看看吗？像这样。"我很难完全听懂她所说的，她的英语听起来与我习惯的那种不同。但我没有错过她说她吃男孩的那部分，所以我和她保持了距离。

"贝丽尔，"施皮斯先生转过身来，叫住了她，"请注意言行。不要偷他们的水果，不要吓唬孩子。来，来见见你的印度舞引路人。这就是我跟你说过的那位女士，她在湖里的木筏上发现了我。"

贝丽尔·德·佐特[1]不再和我说话，把目光转向我的母亲，然后像长颈鹿一样朝她跳去。她比我那娇小的母亲高出一截——他们俩都是如此。她伸出手握住母亲的手，恳切地说："很高兴……终于！请你帮个忙好吗？我需要看上千支舞蹈。卡塔克舞、婆罗多舞，所有的。我需要一个会说这门语言的人，告诉我其中的含义。我完全不懂。你能帮助我吗？"

---

[1] Beryl de Zoete（1879—1962），英国舞蹈演员、舞蹈评论家、东方学者。

* * *

贝丽尔·德·佐特说，她曾在德累斯顿的赫勒劳向埃米尔·雅克－达尔克罗兹学习舞蹈，后者教授一种叫作"体态律动"的舞蹈形式。这是生命中的巧合之一，她说，舞蹈学院在停办很久之后变成了艺术家的聚居区，瓦尔特·施皮斯去了那里居住。早些时候，贝丽尔一直在教授舞蹈，直到一笔遗产让她可以停止工作。据说她是一个孤高的人，她的衣着和举止都很奇怪，但每个人都承认，即使是那些不通音律的人，也会在她的培养下逐渐拥有一种节奏感。

贝丽尔是英国人，但她能把其他三四种语言说得和英语一样流利。我隐约记得她随身带着一本书。书要从后往前翻，可能是用波斯语写的。她也想学习这种语言。祖父很快就发现，她拥有牛津大学的学位，周游世界，写着舞蹈方面的文章。她告诉他，她尝试过结婚，但以失败告终，后来她大部分时间都与一位中文译者生活在一起。这位译者有一只眼睛是瞎的，比她小十二岁。

她说："他沉默寡言，而我喋喋不休，把我们两个人的话都说完了。我们真是天生一对。"

他名叫阿瑟·韦利，多年后我在他编辑的一本贝丽尔·德·佐特的散文集中偶然发现了这个名字。来自一个消失的时代的名字。来自一个亦真亦幻的世界的名字。在看到这本书之前，我不确定自己是否把贝丽尔当作一个真实的人。在我童年的隐秘想象中，她白天是人，但到了晚上就会变成吃人的老太婆。当时我并不知道，事实上她拯救了生命，她在德国拯救了即将被纳粹处死的犹太舞者，把他们偷偷带到英国，并向她的每一位朋友寻求帮助。

在贝丽尔·德·佐特遇到母亲后不久，她一定认为年轻、美丽、有天赋、受折磨、被扼杀的嘉亚特里·罗萨里奥是一个明显需要被拯救的对象。几天后，也许是几周后，她已经是我们家的常客了，她讲述了她在利比亚沙漠中的锡瓦绿洲遇到的一个半男半女的人的故事。

如今我仍然可以听到这个故事，如同它在那天晚上被讲述的那般，贝丽尔音乐般的声音传遍了整个花园。她们以为没有其他人在家，贝丽尔荡着挂在我们家一棵树上的秋千，母亲坐在旁边的石凳上。我从外面玩耍回来。当我穿过花园后面的阴影，准备进屋时，我听到了贝丽尔的声音，于是停了下来。母亲的眼睛紧紧盯着贝丽尔，她是如此全神贯注，以至于当我蹑手蹑脚地走近，直到离她们不远时，她也没有看见我。她的双肘支在膝盖上，手掌托着下巴。她的纱丽已经滑落到胸前，但没有我父亲在旁边责备她的不端庄，她也就没有把它整理过来。

"在返回绿洲的路上，我们敲开了一个名叫艾莎的年轻女子的门，她以唱歌、跳舞和蔑视传统而闻名于锡瓦绿洲。我准备向她介绍自己，但她不在家。一个女人在锡瓦绿洲独自生活，就像她在英国与十个丈夫一起生活一样令人震惊。她的故事是这样的。她以前是一位英国上校的妻子或情妇，这位上校声名远播，曾在锡瓦绿洲开了一家小旅馆。在被他抛弃之后，艾莎再也无法忍受回到当地女人那种与世隔绝的生活中去，所以她别出心裁地把自己伪装成一个男人，就像19世纪末某些意志坚强的英国女人所做的那样，不穿胸衣，剪短头发，自由自在地走动，尽情地回敬男人对她们的厌恶。艾莎的情况要困难得多，她以不同的方式解决了这个问题，不如我们的新女性那样令人尊敬。但她和她们一样，剪掉了头发，穿上锡瓦绿洲最贫穷的男人所穿的那种白衬衫或长外套。她靠加工和出售手镯、戒指和篮子来养活自己，她的房间在晚上是一种低级沙龙，她在那里打鼓、唱歌以取悦男人。"

我原以为锡瓦是印度教神的名字[1]，但看来这个名字在别的地方还有其他生命形式。这就是我一直忘不了这个故事的原因，还是因为后来我才明白，这个故事给母亲留下了多么深刻的印象？

在贝丽尔·德·佐特和瓦尔特·施皮斯进入我们生活的那一年，他们已经完成了一本关于巴厘岛舞蹈的书。他们的下一个计划是记录印度的舞蹈。瓦尔特·施皮斯第一次见到母亲时，她还是一个正在学习印度古典舞的年轻女孩。他隐约记得她说过的事情，她的梦想是加入莱拉·罗伊或乌黛·香卡的舞团，在圣迪尼克坦的芭蕾舞团中跳舞。她曾告诉他，印度的舞蹈正在发生变化。它们正褪去诸如咬唇、眨眼的羞涩姿态，逐渐转向动感和音乐。她要在其中一个舞团里跳舞——她以年轻人的信念宣布这一点，年轻人没有理由相信生活往往不同于他们所计划的一切。瓦尔特·施皮斯不会料到，舞蹈将与他遇到的这位热情的印度女孩永远分离。

母亲有一对沉重的脚镯，是她在德里接受导师训练时佩戴的。她有时会把它们从盒子里拿出来，摇一摇，听一听它们的叮当声，

---

[1] 锡瓦（Siwa）和印度教三大主神之一湿婆神（Shiva）音近。

然后再放回去。我从未见过她跳舞，只有一次，她在丽萨·麦克纳利的客厅里跟着留声机播放的施特劳斯跳华尔兹。房间里挤满了钉子桌、针织猫和迷你大本钟。当她们旋转时，这些物品随之翻滚、飞舞。她们一直跳到音乐停止，然后瘫倒在沙发上，躺在一堆深红色和绿松石色的丝绸中。

＊　＊　＊

路边的其他房子、我们家的其他朋友、学校里的其他男孩——我们认识的其他人都没有来自其他国家的访客。而这些人不仅仅是来自其他地方，他们生活在一个岛屿上，四面被印度洋包围，那里有成千上万座岛屿，有些仍未经开发，有些不过是露出海面的岩石，有些则像是世界的缩影，有山、庙宇、宫殿、海洋、河流、田野、村庄和城市。母亲告诉我，你可以在几天内把他们的国家从头到尾走一遍，而要去其他地方，你必须乘船。迪努和我开始玩有鲨鱼、短吻鳄和船只的游戏。我们以食用明火烤的野猪和鱼为生。我们吃着想象中的无花果，爬到想象中的椰子树上喝椰汁。我们用杀鹿取肉的那种砍刀劈开椰子。

在他们初次来我们家后不久的一天清晨，母亲和他们坐着双轮小马车走了。她发现了一位卡塔克舞大师，他住在蒙塔兹尔的老城区并在那里教书，那里是 19 世纪的狭窄小巷的迷宫，挤满了老房子、清真寺、市场和妓院。当她爬上马车，坐在贝丽尔·德·佐特身边时，迪努家那个干瘦的看门人开始大喊："夫人！告诉那些老爷，我见过他们的国家！我为他们坐过牢！我为他们打过仗！我为他们杀过人！告诉他们给我土地！告诉他们我需要一所房子！戒备！"

看门人几乎看不见也听不见了，但他仍然戴着第一次世界大战时发给他的军帽，每天晚上他都在迪努家的大门外来回走动，大声喊着"戒备，戒备"，就像他还在战场上一样。据说，一颗子弹还嵌在他体内的某个地方。祖父在夜间被看门人的呐喊吵醒，他说应该把这个人送回伊珀尔或送到精神病院，但迪努的父亲认为退役士兵无论是否疯了，都值得我们尊重。母亲也这样认为。她在马车的后座上挥了挥手，喊道："我会的！我会告诉他们的，卡拉克·辛格！他们将写信给英国国王。"

母亲在和她的新朋友们一起去探险之前，是否征得了我父亲的同意呢？我不知道。她一定想过，这就像捅了一个充满流言和猜测的蛇窝。我不知道这是否正是促使她这样做的原因。她在父亲上班之后开始她的冒险，在父亲回来之前回到家中。那天晚上，她异乎寻常地娴静端庄，在厨房里搅动着一个又一个锅，在晚餐时谈笑风生。父亲也讲了一个有趣的故事，讲的是一个学生喜欢把他的婆罗门辫子绑在天花板的挂钩上，据说孟加拉学者维迪亚萨格尔就是这么做的，目的是防止自己在深夜学习时打瞌睡。一切都近乎完美，直到我加入了聊天的行列。

"妈妈，下次你和施皮斯先生一起坐马车的时候也带上我。"

一切都静止了。

我知道这种静止。我惧怕它。我低下头，看着自己的脚。我晃了晃它们。我们吃过的面包布丁残留的香草和牛奶味让我感到恶心。我想让钟敲响，让狗叫，让树枝倒下：任何声音都可以。

爷爷揉了揉我的头发，然后拉起我的手。他说："我们去看看猫头鹰是否回到了屋顶上，梅什金。"

这就是母亲的一贯作风。她是那种不顾后果的人，在她的船已经离岸边几英里远的时候才开始看天气预报。我想象不出她还有其他的样子。长大后，我明白了她与其他女人——亲戚的妻子、朋友的母亲——有多么不同。迪努的母亲做梦也不会想到，她会坐着马车，和两个陌生人一起离开家，到老城的红灯区寻找一个教授传统舞的老师，而他的工作是训练妓女。人们只知道迪努的母亲是"迪努的母亲"，再也没有人记得她的名字了。她很少走出家门，除了迪努的亲戚、我的父亲及祖父之外，她没有见过其他男人。她一年到头都穿着一件硬挺的纱丽，佩戴着与之相配的金饰，眉间有一圈完美无瑕的红色。她问身边的每一个人，女人有什么必要在城里到处乱跑？会有神灵降临来监督这个家庭吗？这真是一种耻辱，真的是——而且，现在所有人都可以看出这一切的后果——嘉亚特里总是在天亮后还酣睡如泥，而她的家人们都已起床；还有一次她把生病的孩子丢在家里，跑到德里去了；每当阿尔琼那邪恶的弟弟布里坚到他们家时，她总是和他喋喋不休。他的脑子已经被酒弄糊涂了，而她的呢？还有太多这样的事了，不胜枚举，每一件都预示着必将发生的事情。

迪努的父亲阿尔琼叔叔的语气更为强硬："你疯了吗？"在母亲乘坐马车的第二天，他对我的父亲说："研究印度舞蹈？有什么好研究的，我的朋友？舞蹈的发明是为了让男人看女人，而不是让女人看女人。"他拍了拍车的引擎盖，笑了起来，"注意盯着你的那个妻子，内克。还记得她在花园里跳舞那次吗？你的所有仆人……"

父亲清了清嗓子，扬起眉毛，对我做个了手势。"是吗？"他的声音平静，"你的记性比我要好，尤其是在这些鸡毛蒜皮的小事上。"无论父亲在家里对母亲说什么，在外面他都小心翼翼，从不向外人透露丝毫不和的迹象。奇怪的是，迪努父母的反对让他相信母亲并没有做错什么。为什么她不能去自己喜欢的地方（自然是在合理的范围内）？妇女也有权利。这是他前几天在印度爱国者协会的一次会议上听到穆克提·德维所说的话，当时她发表了一篇言辞激烈的演讲，劝说男人们把他们的妻子从深闺中解救出来，让她们为民族独立而战。

父亲说话时紧紧握住我的手，我能感觉到他在警告我不要乱说话。通常他都穿着拖鞋，但那天，尽管天气酷热难耐，他还是穿了双崭新的黑皮鞋。这双鞋在他的脚上显得出奇地大，他肥大的裤管在离脚几英寸的地方拍打着，他那骨瘦如柴的、穿着白色袜子的脚踝在两者之间形成一座木棍般的桥梁。如果这还不够奇怪的话，他还戴上了那种民族主义的布帽，看起来像一艘倒置的船。我试图挣脱他的手，但失败了。

迪努的父亲又拍了一下他的车，转换了话题。"这是款新车型。道奇。过些天我带你兜风，在我去法院之前把你送到学院，你不会相信它有多平稳，就像在一艘驳船上。"

"我是个喜欢步行的人，你知道的。如果我们想走得更快，我们的胃里就要有油箱。"

迪努的父亲气恼地摇了摇头，鼓起腮帮，吐了一口气。"你知道吗，内克，我们从小就是朋友，可我还是看不懂你。总有一天你得放弃你那虚无缥缈、不食烟火的哲学。你得知道如何享受生活。"

阿尔琼叔叔大腹便便，两颊饱满，鼻孔张开，鼻孔下面的胡茬又黑又密。他的眼睛很小，而且时刻保持警觉。一位理发师每天来到他家，为他上发油、梳头、剃须、修剪小胡子和鼻毛。他在上法庭前会往身上撒些陈年香料，你总能在他经过时辨认出他，因为有芬芳的云雾缭绕在他身后。没有人可以指责他不享受金钱，阿尔琼叔叔微笑着说，一个人得会赚钱，也得会花钱。

"每天晚上，睡觉之前，我都会站在敞开的窗前，望着外面的黑暗。夏天的风在吹，树木布满灰尘，快要枯死了。但我知道，黎明时分，植物要浇灌，汽车要清洗，奶牛要挤奶，杧果将要成熟。我要审理五个案件，要见十个客户，要约谈辩护律师，要雇用诉讼律师，要照看坎普尔的布厂，还有麦田和甘蔗地。这一切都在我的脑海中闪过，我惊叹不已——这是我的王国，因我而生，靠着我而存活。"

"太对了，太对了。"父亲喃喃自语，想要离开。他本来是要带去我检查眼睛的，我很高兴它被耽搁了。视力检测比学校考试更糟。在学校考试中，我有渺茫的机会通过，而在视力测试中，我从未通过。

然而，迪努的父亲还没有完全结束，仍在滔滔不绝。这位辩护律师以其雄辩口才和英式口音而声名远播，甚至在安拉阿巴德高等法院也被视为传奇。

"这并非像改造房子那么简单，内克。一想到我负责养活的三十五个人，我的胸腔就会充满自豪。"他捶了捶他那宽大的胸膛，"一个懒散放荡、嗜酒成性的弟弟，每条巷子里都有他的风流韵事。一个作家！一个家喻户晓的名字！但你认为他能赚到不被他喝掉的一拜沙[1]吗？还有我年迈的母亲，我的姑姑们，我的员工。所有这些。我想到了厨师、女佣和司机——我能听到一种宁静的嗡嗡声——就像一辆好车的引擎声——从后院传来。还有谁能像我这样照顾一个年老糊涂的看门人？还有谁会赡养老办事员？那个愚蠢的职员是我父辈时代的残余！一旦他们由我来照顾，他们就知道我不会让他们失望。但他们要遵守规矩。每只狗、猫、牛，每个人都需要明确的规矩。"

他把手握成了一个肉乎乎的拳头，伸了出来。"镣铐就在那里，内克，在丝绸和天鹅绒之下。家庭所需要的——这个国家所需要的——是一个良性的独裁政权。这就是它的全部。人们说，把英国人赶出去，他们是暴君。我说，留着吧，他们才是我们所需要的。没有他们，印度就会陷入混乱。一旦我下了命令，它就会被刻在石头上，我的朋友，刻在花岗岩上。嘉亚特里是个活泼的女孩，但看看她都跟什么人在一块儿！你什么时候才能掌管你自己的船？"

我感觉到父亲此刻正怒火中烧，准备说些尖刻的话，但被玻璃破碎的声音打断了。声音从屋里传来，接着是几秒钟的沉默，然后

---

[1] 印度货币单位，面值很小，1 拜沙等于 0.01 卢比。

女人的声音越来越高。我们听到迪努在号叫："这只是碰巧发生的！是个意外！"阿尔琼叔叔猛地把头转向房间。"那个拿着板球的白痴……迪努，迪努！他今天非挨鞭子不可……"

阿尔琼叔叔认为自己慷慨、睿智，最重要的是，公正。他的三个儿子拥有最好的板球拍、自行车，最新的气枪和最多的零花钱，但迪努很怕他。每隔一段时间，特别是当被抓到违反规矩时，他就会被他的父亲召见。

他拖着沉重的步伐走到他父亲的办公室接受审讯："那么，年轻人，你现在在哪个班？你是班长吗？为什么不是呢？告诉我，中国的首都是哪里？英国的首相是谁？站直了，孩子，挺起下巴，挺起下巴。"这些问题噼里啪啦地砸向迪努，他支支吾吾，难以招架。而与此同时，他的父亲一直在做其他的事情，比如在一份文件的空白处做笔记，或问他的职员第二天的工作材料是否已经打印好了。

迪努比我大，在学校他是我的保护者。当高年级的男生追赶我时，他挡下他们，对他们拳打脚踢。如果欺负我的人比他还高，他就不顾后果地低着头冲向他们的腹部。但在家里，他就像一只被追捕的猎物一样警觉。我想他甚至在那时就知道，他永远无法达到要求。他太过瘦长、笨拙，不够机灵，无论是他的下巴，还是他前正击球 [1] 的方式，它们都不够合乎规矩。

---

[1] 板球术语，向击球员身体正面前方击球。

* * *

我的父亲和迪努的父亲不同，他从不传唤我或审问我。即便如此，我还是对他保持警惕。母亲知道这一点，如果我不听话，她只需说："等你父亲回来，等他知道你的所作所为。"父亲性格冷峻，我们热衷的事情对他来说无聊至极。

例如，一天晚上，我的祖父、母亲和我正坐在一起，谈论着一些无关紧要的事情。这时父亲回来了，他用严肃的语气宣布，那天警察突袭了学院。"三个学生被拘留了。三级审讯，毫无疑问。他们没有做任何煽动性的事情。"他双手抱头，瘫倒在地，仿佛他是阿特拉斯[1]，而世界的重量增加了一倍。"所有这些焦虑和愤怒——这是学生生活应该有的样子吗？它应该是关于学习、关于发现的。现在你还不会为此烦恼，但过不了几年，梅什金就会成为他们中的一员。"

父亲叹了口气，"我们在自己的国土上逃亡。"

所有的谈话戛然而止。父亲的内疚感淹没了整个房间，没有人能够逃脱。当我们的同胞为我们入狱时，讨论政治以外的任何事情都是不合时宜的。我只能听懂革命者投掷炸弹、发动军队与英国人作战的部分。我也想这么做。但父亲认为甘地的非暴力方法更符合道德，也更有效。这也是穆克提·德维的主张，他彻底被说服了。"你们一定要去听她演讲，"他劝我们，"她周围的空气充满了牺牲

———————

[1] 古希腊神话中的擎天巨神。

74

和服务的精神。你们在她面前坐上几个小时，离开时就会觉得自己得到了净化。"

穆克提·德维是蒙塔兹尔服务团的负责人，该组织也被称为印度爱国者协会。她出生时另有其名，但后来改为穆克提，意为自由。此时，她已经坐过两次牢，她的一只耳朵在被警棍击打后失去了听力，因此在与人交谈时，她总是把头歪向一边。在我见到她之前，我以为她是连环画杂志中的人物，永远在吟唱和纺棉。后来有一天，父亲坚持要我去参加一个会议。尽管我抗议，他还是让我穿上了白色的手纺土布衫[1]。当我到达会场时，我才明白其中缘由：那里的人们都穿着白色的衣服。人们或站或坐，或挪动位置，协会的院子里是一片躁动的白色海洋。穆克提·德维还没有到。人们等待着，喝着茶，吃着花生，大声闲聊。她从一个侧门进入，人群中出现了一阵充满期待的寂静。她的笑容爽朗、豪迈，很像甘地。当她走向前台时，她不停地与会场里的熟人寒暄："那么，穆什塔克，可以看出你的妻子烧得一手好菜。苏妮塔，你怎么还是这么漂亮呢？肖巴·辛格，你来了，秘密警察本人！告诉探长，我想念他的旅馆！"她笑得浑身颤抖，便衣警察低下了头。

穆克提·德维的皮肤是煮熟的土豆的颜色，绿色的血管在她的手臂上穿行。持续的禁食使她变得瘦弱不堪，她的肩膀蜷缩着，锁骨就像可以挂上钩子的竹竿，但她看起来并不痛苦。与之相反，她似乎发现了这个世界广袤的乐趣，她盘腿坐在棉垫上，像一个小小

---

[1] 在独立斗争中，甘地号召印度人用手纺土布代替洋布，从而打击殖民经济。

的、被逗乐的神灵一样看着她的听众。她发现我挤在第二排两三个高大肥胖的男人中间，就叫我过去，让我坐在她身边，说："这样不就好多了吗？面对人们总比背对人们要好。"来访者没完没了的演讲令我昏昏欲睡，她弯下腰，向我耳语道："你知道我对英国统治的看法吗？我认为克莱武勋爵[1]最大的优点就是他已不在人世。而对于死亡，人们有很多话要讲。"然后，没有一秒钟的停顿，她用一句尖锐的评论打断了一个沉闷呆板的人对于邦级选举的看法，让所有人都拍手叫好。当她开始演讲时，我看到大厅里的人们是如何以一种暂停一切，甚至连呼吸也屏住的静止状态来听她演讲的，我以某种模糊的、幼稚的方式明白了她是多么魅力非凡。

我的母亲和祖父从来没有去听过她演讲，父亲也无法说服他们效仿她的苦行。每当父亲谈到禁欲和节食的好处，或印度富人需要到贫民窟住上一周时，爷爷的嘴角就会浮现一抹嘲讽的微笑。父亲很少做这些事，也没有被逮捕过。他一边抱怨为自由而战是多么困难，一边为他想推翻的政府工作。但除此之外，他还能靠什么来养家糊口呢？如果他孑然一身就好了！他将一无所有地生活，为事业献身。

爷爷从不评论父亲为自由而战的方式是多么讽刺，但有一次，只有一次，他称父亲为半瓶醋（Dabbler）。我听不懂，就问父亲这是什么意思。

"半瓶醋？"父亲神情疑惑地说，"你爷爷说我是个半瓶醋？是

---

[1]　Lord Clive（1725—1774），英国殖民者，首任孟加拉行政长官。

这样吗？"

爷爷支支吾吾，"梅什金无意中听到了一些他不理解的事情，并想当然地说了出来。我说的是唠叨鬼（Babbler），他听错了。"

父亲依旧每天例行公事。他在日出前醒来，和协会其他成员一起结队行至河边。穆克提·德维和其他几个人从她的街区出发，那儿离我家有些距离。他们拿着圆形的铜钟，一路轻敲，吟唱着颂神诗和爱国歌曲。在鸟儿醒来之前，他们在黑暗的热浪中从一条巷子走进另一条巷子。一股安静的人流从沿途的门口缓缓淌出，最终汇入由穆克提·德维带领的小队伍中。钟声越来越响，在我家门口徘徊。他们在等待父亲的加入。之后，他们经过迪努家，朝河边走去。他们渐行渐远，钟声和歌声也愈发柔和。他们沿着河岸走，一直走到另一端的哈菲扎巴德，然后在纳瓦布的宅邸中坐上一个小时。纳瓦布的两匹马在附近吃草。他们吟唱颂神诗，聆听穆克提·德维的演讲。在那之后，父亲回来了，喝了一杯加了蜂蜜的温柠檬水，而我则准备去上学。

母亲没有和他一起晨祷。她躺在阳台的小床上，闭着眼睛，床单皱巴巴的，纱丽在膝盖处打了个结。在阳光明媚、鸟鸣频仍的天空下，在滚滚热浪中，她熟睡着。只有当我上学前在门口按下自行车铃时，她才会挣扎着起床。她紧紧抓住最后一丝睡意，直到我的铃声再也不能被忽视。

5

　　贝丽尔·德·佐特和瓦尔特·施皮斯花了数周时间才从巴厘岛到达蒙塔兹尔。尽管他们原计划在这里停留两周，然后再前往印度的其他地区，但贝丽尔说，她觉得他们甚至还没有开始做任何一件想做的事。她说，一路上都是如此，这就是他们花费这么久才来到这里的原因。他们本以为不会在爪哇岛停留，但那里太迷人了。在巴达维亚[1]，他们看东西、买东西，还看望了瓦尔特的朋友——他在担任苏丹的西方管弦乐团团长时，曾生活在那里。所有这些都让他们头晕目眩。在前往新加坡的船上，他们结识了一些朋友，这些朋友坚持让他们在去马德拉斯之前再多待几天。整个旅途中，这一过程在大大小小的地方不断重复。"为什么不在有理由停留的地方永远停留呢？为什么要在有理由离开的地方多待一分钟呢？"她说。我知道母亲听得很认真，因为我在她的笔记本上发现了这句写在引号里的话。

---

[1]　雅加达的旧称。

瓦尔特·施皮斯迫不及待地想要离开城镇，去寻找自然景观和乡村居民。他说，他在城市里感到格格不入，城市让他向往荒野和更简单的生活方式。很快，他就找到了附近的一个村庄，在那里隐居作画，最后在一间泥土小屋里与农民同住了三晚。没有人知道他是如何与他们沟通的，但他从田野的草地上回来了，眼睛红红的，一幅画已经完成了一半，准备下周还要回到村里。

他说，他在村子里遇到的那两个人，他们身上有某种东西引起了他最深切的同情。他们坐在屋外的绳索小床上，正准备开始吃饭，但当他们看到他在寻找水和阴凉的时候，便邀请他也坐到小床上休息，并推给他一个盘子，盘子里放着一个热乎乎的、厚厚的烤面饼，上面有一大块正在融化的白色黄油。走了这么长的路，他太饿了。他不假思索地把它吃了个精光。后来，当他了解到这个家庭是多么贫穷时，他才意识到，那天下午家里有人——可能是一个女人——因为他而没有吃东西。他们什么也没说，当晚又给了他两张面饼、腌菜和生洋葱，并在院落中为他找了一处可以睡觉的地方。他被他们的善意感动了。他把口袋里所有的钱都留给了他们，但他确信他们这么做不是为了钱。他说，他们让他想起了巴厘岛的村民，他们低调柔和、轻声细语，以至于外人误把他们的谦逊当作无知，认为他们是笨口拙舌的农民。事实远非如此。他们是有教养的、文明的、温和的人。他们对艺术和音乐的感觉是至高无上的。

"我从未听过他们的音乐。"爷爷说。

瓦尔特·施皮斯从座位上跳了起来，兴奋地用手捋了捋头发。他挥舞着烟斗，"它令人惊叹！我第一次去爪哇岛的时候，在日惹听到了皇家甘美兰音乐[1]——一开始是轻柔地演奏，不绝如缕，然后是锣鼓深沉的抽搐，深沉得令人不安。中间还有激动人心的鼓声。有时，所有的音乐都消失了，然后又从某个地方点点滴滴地回来。我为之欣喜若狂！我什么都不想做，只想听那种音乐，了解关于它的一切。"

"那你这样做了吗？"爷爷说。

"我必须赚钱，那时我没有工作，刚从一艘货船上下来。你可以想象我在钢琴上痛击出狐步舞曲，让成群的荷兰人随之舞动后的感受。这就是我当时所做的，为了谋生。"

"好吧，我并不反对狐步舞曲，"爷爷说，"我跳过狐步舞，甚至在我年轻时还跳过华尔兹。丽萨·麦克纳利可以证明。"

"嗨，得啦，罗萨里奥医生，"瓦尔特·施皮斯笑着说，"这就是你能做到的最好的事了吗？我正在寻找印度音乐，帮我找找吧。"

最终，瓦尔特·施皮斯对印度音乐的第一次体验纯属偶然。一天晚上，爷爷和他，还有我——我不记得还有其他人和我们一起——去了蒙塔兹尔郊外山顶上的一个小杜尔迦庙，在那里可以俯瞰整座城市。我们带着食物、一两盏飓风灯和一顶帐篷，计划在那里过夜。天空清朗，只有一朵铺展的云遮住了月亮。乌云的边缘闪耀着银色的光芒，月光将黑色的天空切割成苍白的条状。当月亮向西游走时，它的一处边缘显露片刻，继而又沉入云层后面。山下有

---

[1] 印尼历史最悠久的民族音乐，是以打击乐器为主的合奏，巴厘岛与爪哇岛的甘美兰最为著名。

动静传来。我们无法判断那是什么。

时间流逝，动静偃息。它从我们的视线中隐去，直至再次出现：一排摇曳的萤火虫。当它走近时，我们看到那是一群妇女和女孩。她们手持蜡烛，火光照亮了她们的脸。一个女孩走在队伍的最前面，她的脸看起来就像母亲艺术书中的那些天使，空灵、平静、遥远而精致。她们用柔和的声音唱着一首缓慢而忧郁的曲子。合唱声跌宕起伏。当合唱声完全消失时，走在队伍最前面的女孩抬起头来，独自唱着，歌声纯净而高亢，似乎能穿透云层，传到藏在云层后面的月亮上——与其说是歌声，不如说是悠扬的吟唱。"一首玛尔西亚，"爷爷低声说，"穆斯林的哀悼圣歌，一种类似挽歌的歌曲，通常在穆哈兰姆月[1]被吟唱。"他们在哀悼什么？我不知道。但我以前从未听过此类歌曲，施皮斯先生也没有。

她们没有看见我们，径直向杜尔迦庙走去。有一阵子，我们还能听到她们的声音，但声音渐渐消隐，烛光也越来越暗。仿佛一个咒语被打破了，巨大的满月从云层后面溜了出来。它离得很近，你可以看到里面的斑点。

施皮斯先生坐在山上，看着远处的小镇——我们的小镇——在那个时刻闪烁的几盏灯。"梅什金，你坐过船吗？"他用一种恍惚的声音说，"当我无法忍受在德国生活时，我决定离开，去爪哇岛。但怎么去爪哇岛呢？我需要一艘船，于是我签订雇佣合同，成为一名船夫。当时我二十八岁，是船上最年长的人。一无是处！我假装

---

[1] 伊斯兰历的第一个月。

只懂俄语，这样他们就会把我的愚蠢归咎于语言障碍。他们给我的任务很轻。其中一项任务是看守瞭望台。什么是瞭望台？你爬上梯子，来到桅杆上一个小小的、摇摇晃晃的篮子前，从那里看着你周围的海，如果有什么东西冲向你……我唱着歌，看着周围的水——黑色的水，白色的泡沫和星星。只有天空、水和星星！我想，这就是我想要的生活！当我可以生活的时候，我不想在艺术上浪费时间。这就是生活！处于生活的正中央，紧张地度过每一分钟。今晚听到那些女孩唱歌。我从未听过如此动人的人类的声音。在这个山顶上。我们的头顶只有月亮和天空，我们的周围只有寂静、干热和草丛中的风。这里是一切的中心。"

他从口袋里掏出一支口琴，放到嘴边，开始演奏起来。声音在空气中回荡，仿佛在我们的山顶上有一支管弦乐队。当他演奏时，他随着音乐律动，用光着的脚轻轻拍打地面。他演奏的旋律似乎在夜晚的空气中跳跃。

施皮斯先生把乐器收了起来。"舒伯特的一首曲子，《鳟鱼》。罗萨里奥医生，你知道它吗？用钢琴演奏会更好。或者小提琴。"他静默片刻，凝视着山下的灯光。他和我们在一起，却又离我们如此遥远。他脱下衬衫，把它捆成一个枕头。然后他扑倒在草地上，揉了揉我的头发，咧嘴一笑："我比泥地里的猪还要快乐！幸福不知怎么地就来了。"他闭上眼睛，脸上仍然带着微笑。

他平躺在地上，腹部凹陷，肋骨像船的骨架一样突出。他的脸现在也更锋利了：棱角分明，凹凸不平。他闭着眼睛，一副毫无防备的样子，仿佛可以对他做任何事。他是久经漂泊后被冲上岸

的东西。一根浮木。一艘沉船。一条装在瓶子里的、我无法破译的
信息。

* * *

在户外的那个夜晚后不久，施皮斯先生决定认真了解印度古典
音乐。他让我的母亲说服布里坚叔叔，让他参加私人音乐晚会，让
他到年老的大师家里听他们练习。他开始跟一个名叫阿夫扎尔·汗
的年轻人学萨罗德琴 [1]，阿夫扎尔·汗本人还是个学生。阿夫扎尔
身材苗条，体态优美，手指修长，长发飘逸。他用黑色眼影粉画眼
线，耳朵上戴着金耳钉，身上总有一股丁香的味道。施皮斯先生发
现他是如此迷人，以至于将他带进旅馆的房间，给他拍了一整个下
午的照片。有几次，他让他在晚上住到旅馆，在天色破晓时为他拍
照，说这是拍摄肖像的最佳时机。

在丽萨家一个令人难忘的烛光之夜，施皮斯先生向阿夫扎尔讲
述了巴厘岛的皮影戏。在那之后，阿夫扎尔那正弹奏着萨罗德琴的
双手，在墙上变幻出阿拉伯式的精致影子：一会儿是一只鸟，一会
儿是一朵花，一会儿是两只鹿。音符流淌，阴影投落。最后，瓦尔
特·施皮斯双膝跪地，戏剧性地亲吻了阿夫扎尔的手，先是一只，
然后是另一只。

在丽萨·麦克纳利的旅馆里，玎玎琴声让整个环境更显嘈杂，

---

[1] 北印度古典音乐乐器，琴声低沉内敛。

贝丽尔正在尝试跳卡塔克舞。她并不喜欢它。"无趣，无趣，无趣！就像没有性的弗拉门戈！再过两周，我的脚就会和熨衣板一样扁平了！"当时丽萨的第三间房里住着一个旅行推销员，他抱怨脚步咚咚的噪声，而来旅馆教贝丽尔舞蹈的老师也不喜欢她。私下里，他告诉我母亲，他从未教过一只鹤如何跳舞，当然也从未在盎格鲁-印度人的旅馆里教人舞蹈。他是一位广受尊敬的老师，如果她想学，就得去他家，他在那里教授其他弟子。

我们的生活似乎进入了一种新的模式，现在将访客包含在内。在母亲第一次与他们一起去老城区后，爆发性的政治运动打断了任何进一步的尝试。一切又恢复至常规状态。贝丽尔甚至在军营里找到一位英国熟人，一个有钢琴的军官，他允许施皮斯使用钢琴。也许彼时家中正暗流涌动，而我对此一无所知。我感觉不到夏天的炎热。我和迪努一起生活在想象中的世界，那儿的天气是不同的。我们轮流扮演施皮斯先生躲避的纳粹分子，或者站在船只的瞭望台上，用枪瞄准海盗，将其射杀。有时，我们成为西班牙革命一方的士兵，以橄榄和葡萄酒为生，杀死见到的每一个神父。我渴望参加一场真正的战争，那样我就可以躲在丛林里射击了。我看不出战火已经在蒙塔兹尔蔓延，无论是在家里还是在外面。

* * *

我不清楚访客在这里待了多久。我所描述的大部分事件，它们的顺序和细节可能更多的是猜测和重建，而不是作为呈堂证供的那种真相。但有一个晚上，所有的细节都历历在目，挥之不去。现在回想起来，我知道那是地动山摇的一天，地面上出现了一道裂缝，后来变成了深渊。

这个夜晚在我的脑海中一幕一幕地上演，就像一部我看了太多遍的电影。父亲回到家，发现瓦尔特·施皮斯坐在藤椅上，画着我们家的榕树，而贝丽尔·德·佐特在花园的另一处随着音乐起舞。丽萨也在那里，她穿着一条红色的喇叭裙，用纤细的指尖提着裙子，试图跟随贝丽尔的步伐。"让你的身体流动起来，让它与大地一起移动，感受快乐，"贝丽尔说，"松开你的裙子！"她说，这种舞蹈形式所基于的原则是，音乐的情感必须通过整个身体来表达，它应该来自强烈的感觉。在我们看来，它似乎包含了大量充满活力的挥舞——手和腿在明显矛盾的节奏中舞动。也许对观众来说，它的观感并不如舞者所感觉的那般好。尽管如此，母亲还是吹着口哨喊道："丽萨，你是天生的舞者！"

布里坚叔叔懒洋洋地躺在草地上，伸着双腿，说："哇，哇！"就像参加乌尔都语音乐晚会的客人一样热情。即使在那个时候，他也随身带着一瓶朗姆酒，还有一只钢化玻璃杯，在赞叹之余不时啜饮。一只蚱蜢不知从何处跳出来，开始试着探索他的库尔塔衫；他的心思全在跳舞的女人身上，直到我母亲向前倾身，用一片叶子拂去他背上的昆虫。

父亲身边有两个学生，他们戴着黑框眼镜，怀里抱着成堆的书，是那种看起来认真恭谨的男孩。他们目瞪口呆地看着跳舞的人。班诺姐姐、拉姆·萨兰和戈拉克停下手头的工作，站在前后花园之间的台阶上观看。为了获得更好的视野，也为了与大人们保持足够的距离，以免我们的笑声被他们听见，我和迪努、曼图、拉朱、兰布站在迪努家和我家之间的墙上。

父亲后来说，他的学生肯定期望他们老师的房子是一座陈放书籍与学术的宁静殿堂，而第二天，学院中却到处流传着这样的消息：内克·昌德教授在他的花园里举办舞蹈课，这种舞蹈课在蒙塔兹尔前所未见。他的妻子和陌生男人坐在那里，对一个穿裙子的英国女人吹口哨。父亲并不觉得这很有趣。丢了面子，你就失去了权威；如果你是一名老师，失去权威，你就失去了一切。

"权威。尊重。纪律。听话的小奴隶什么时候做过有新意的事情？你的大学听起来像个牢房。"

"纪律并不意味着奴役，嘉亚特里。凡事都要讲究方法，无政府状态是没有出路的。"

我站在他们卧室门外的阴影里。我能看见母亲坐在梳妆台前，从发髻上拔下一根根发簪。她的梳妆台上放着一个熟透的杧果，那是早上我留在那里的。她把拔出的每一根发簪统统刺向它，直到它变成一只凌乱的豪猪。她扔掉发间那串泛黄的茉莉花，恼怒地摇了摇头，"我要拿把剪刀把这些头发全都剪掉，然后扔掉这些发簪。"

"这关头发什么事呢？"

"你知道现在有女人在开飞机吗？而你却在对我进行权威和尊重的说教，只是因为我和一些朋友坐在花园里！"

"朋友？这些人什么时候成了你的朋友？几周前你还不认识他们，现在他们成了你的朋友？就因为他们是外国人吗？难道印度人对你来说还不够好吗？"

"简直不可理喻，你自己也知道，你的思想太狭隘了，"母亲说，"此外，布里坚也在那里，据我所知，他不是外国人。丽萨也不是。"

"布里坚并没有为整件事情增光添彩。我真好奇嗜酒成性的他是如何写出那些书的。而我——思想狭隘！我恳求过你多少次，让你跟我一起到集会去聆听穆克提·德维的演讲？睁开你的眼睛，看看一些新的东西吧。认识那些能够超越一己之私的人。我们的国家风雨飘摇，我们的人民正在为自由而战，而你却只想着自己。"

"伟大国家的自由对我有什么好处？告诉我吧！它能使我自由吗？我可以选择如何生活吗？我可以像瓦尔特那样去乡村生活吗？我也可以在那里画画吗？或者走在街上唱歌？我可以像你父亲那天那样，在远离城镇的星空下度过一个夜晚吗？就连梅什金都比我自由！别跟我谈什么自由。"

"凡事都要合乎时宜，嘉亚，现在不是只考虑自己需求的时候。"父亲叹了口气说。他沉默了一会儿。当他再次说话时，语调缓慢而耐心，仿佛在向一个特别迟钝的学生解释。"这就是问题根源所在。你对自由的理解过于肤浅，无法将个人自由与国家自由区分开来。我们面临的是一场不朽之战。我们正在为把整个国家从外国的压迫中解放出来而战斗。男人和女人正牺牲一切。他们正为此把自己的欲望抛在一边。总有一天，在英国人被驱逐出去之后，几个世纪的压迫将不复存在，我们都将获得自由。不可接触者。穷人。我们将在一个全新的黎明醒来，那时的空气将完全不同。而你呢？你能想到的只有发型和唱歌。"

母亲从梳妆台的镜子前转向父亲，眼睛里燃烧着怒火。"你知道如果我现在是自由的，我会做什么吗？我会离开这个家。我会离开，再也不回来。我会去圣迪尼克坦，拜倒在拉宾先生的脚下，我会乞求他的庇护。我会画画。我将能够仰望天空，而不会觉得它是一个困住我的玻璃罐子。那里的空气肯定大不相同。"

母亲把用发簪扎过的、渗出汁液的杧果扔到房间的一个角落。她扑倒在床上，双手抱头，开始愤怒地抽泣起来。她的肩膀颤抖着，头发像披肩一样遮住了她的脸。父亲盯着那团黄色的杧果浆像呕吐物一样从墙上淌下，然后转过身来看着她。他小心翼翼地把手伸向她的肩膀，放在那里。她甩开了它。

"听着，嘉亚，你说得好像你在监狱里一样，"他用恳求的语气说，"我不希望你有这种感觉。我希望你能快乐。我希望你能像我第一次见到你时一样快乐。和你父亲一起……那些我常去看他的日子。但实际上是为了看你，你知道我从一开始就爱上了你。你总是在门边等着，让我进去。你带我上楼，进入他的书房。你端了一盘茶上来。我给你带了一本文艺复兴时期的画册。你还留着它，那本有你喜欢的波提切利的天使的画册。别跟我说我不在乎你的感受。我不想你有被囚禁的感觉，当然不想。我知道你有爱好，我也希望你有。每个人都需要爱好。尤其是女性，她们被家庭束缚得太紧。"

母亲的啜泣声越来越大，越来越难以控制。她含着眼泪语无伦次地嘟囔着。

"我希望我们不要像这样吵架……我敢肯定，每个人都能听到。你能想象这对梅什金的影响吗？别哭了，嘉亚，请别哭了。想想他。"

"梅什金，梅什金。"母亲的声音哽咽着，"仿佛其他一切都不重要。仿佛在梅什金到来之后，世界上所有其他事情都戛然而止。"在接下来的几分钟里，我唯一能听到的是母亲拼命地抑制她的绝望情绪。她不屑于流泪，但今天她在自己内心筑起的堤坝已经决堤。父亲坐在那里，低头看着自己的手。最后，他从床上爬了起来。

"如果这就是你对自己孩子的感觉，那么继续这个话题就没有任何意义了。"他从一旁的桌子上拿起一本书，"你考虑过我的感受吗？我可能也有一些情绪？也许你不是这所房子里唯一感到被禁锢的人？"

父亲朝门口走来，我缓慢地移动到过道幽暗的深处。他走后，我在他们的卧室旁伫立良久。母亲的啜泣声愈发低沉，有时听不见任何声音。沉默的时间越来越长，直到我认为足够安全，才向屋内投以一瞥。我看见母亲趴在床上，她的脸埋在枕头里，乌黑的头发缠结在一起。她伸出的双手紧紧握着，似乎在挣扎。

* * *

据说毕加索的视觉记忆异常准确，他观察事物时，目光深邃、平静、强烈，仿佛他的眼睛正在拍摄照片，再烙印到脑海中。当他想对一幅旧画进行新的诠释时，他会日复一日地在博物馆里花上几个小时，仔细端详这幅画。我不知道他的工作方式对于那些坐在那里描摹的男男女女有什么影响。当他要给格特鲁德·斯泰因[1]画像时，他研究了她将近一年。他让她坐下，然后看着她。他看着，但没有画出一条线。他画她的时候，是根据记忆。

我不是毕加索。我不是艺术家。我也不像那些熟谙生存之道的人能很好地做加减法。这在一定程度上解释了我对植物的喜爱，也是我把对它们的爱转化成毕生事业的原因。植物不会要求你造一个句子或解一个方程，它只要求你定期、持续的关心与照料。这就是我所做的。我看着那些花草树木，开始画它们。这是在母亲离开很久之后的事了。我是一个很好的绘画者，我有一摞画满树叶、花蕾、花朵和树木的素描本。我曾观察施皮斯先生是如何画我们家的榕树的，他专注于每一片叶子和垂悬的树根，仿佛要把它们分毫不差地印在脑海中。那棵树现在还在花园里，它的树围几乎是原来的两倍。我已经记不清有多少次试图按照他的风格来画它了。我还看他画昆虫、花和狗。他的画超越了对单纯的精确性的追求，我并不具备这种作画能力。但我确实从他身上学到了对于细节的关注，这是我在生命早期所看到的。

珀西·兰开斯特先生对我的植物画印象深刻，如果我试图描述一种我见过的植物，他总会说："别再说了，孩子，给我画出来吧。"我仍然可以回想起两天前或一周前看到的植物——它的每一

---

[1] Gertrude Stein（1874—1946），美国作家、诗人，后居住在巴黎，举办文学和艺术沙龙。

根线条。尽管我手边已经没有这株植物了，但我还是凭借印象迅速勾勒出它的轮廓，直到被他认出。有时他还称赞我的画作是"善于观察的"，甚至是"很美的"。有一次，他用了"精致"一词，并建议我把一些画装裱起来。在他发表了赞美之词以后，一连几天我都感到心满意足，要知道他是很难被取悦的。

我之所以离题，是因为在开始写下这些记忆时，我不确定自己可能会记得什么。我发现，当我越来越强烈地沉浸在我所描述的时光中时，仿佛五十多年前的事件又在我眼前上演。我不确定自己是否想继续下去。我经常在夜里醒来，不知自己身在何处。我的梦境中出现了很久以前的事情，其形式难以辨认。不过，父母那晚的可怕争吵却历历在目，如在昨日。母亲的哭诉在我的脑海中盘旋。

"梅什金，梅什金。仿佛其他一切都不重要。仿佛在梅什金到来之后，世界上所有其他事情都戛然而止。"

我的到来使母亲窒息，使她的世界萎缩，使她痛苦。这就是她对我的感觉。当时，这些话就像一记重拳打在我的肚子上。多年来，我一直不允许自己纠结于此。但现在我不得不这么做。我正在写它。

我时常在想自己为什么要这样做：重温、回忆、写下这一切，是为了谁？我们是我们的行为，还是我们留下的记录？也许都不是。我曾在某处读到过，有人让泰戈尔在生命的最后阶段写下他的自传。诗人想知道原因。是因为全世界都想知道他的浪漫纠葛吗？是因为作品中的情欲需要现实来源吗？他不打算这么做。他曾经历的一些时光是如此痛苦，以至于他不忍心再去重温。

对我来说，重温痛苦并非易事，我写下这些也不是为了向别人讲述我的生活。我没有子孙后代对我的生平提出疑问，也不是一个能够激起好奇心的名人。也许这只是一种拖延时间的方式：我仍然没有打开从丽萨·麦克纳利在温哥华的亲戚那里寄来的信封。它到达此地已有数周，我将它锁了起来，这样它就不会频频出现在我的视线中，引得我想一探究竟。我为何不直接打开它？我在害怕什么？

我害怕新的痛苦。

就像我们的脚为自己塑造了新的鞋子，以便及时停止伤痛，我也为自己塑造了过去。现在它很适合我，我可以生活于其中。它是一个外壳，我可以躲进去而不用担心受伤。我不想再重塑一个过去的新版本。

然而，当我写下这些时，我惊讶地发现自己能够以完美的平和心态重新审视过去，甚至从中品啜出一种幸福。今天早上出门散步时，我对我的狗说："其实也没那么糟，真的。"那么多钓鱼、打板球的时光。很久以前，身穿虎皮、头戴太阳帽的祖父做出滑稽的动作。我骑着大大的黑色自行车进行的探索。

瞧，我对狗狗们说，那是过去通往河边的路，那时它尚未被封锁。那条河？好吧，发电厂已经占领了河岸，反正我们也不想去那儿，我们还是走回迪努以前的房子吧。现在那里是一座五层楼高的堡垒，里面住着许多陌生人。在我家和迪努家之间曾经有一道矮墙，我们每天都要翻越它好多次。现在它有十英尺高，墙的尽头是铁丝网，所以我们会经过它走回家。唯一不变的是浮桥路上那片圣人墓，以及我那破旧不堪的平房和杂草丛生的花园。甚至连浮桥路这个名字也变化了，这个名字让我联想起一座曾经横跨河面、早已被拆除的桥。现在它叫什么名字对我来说都一样，无关紧要。

狗从大门冲进来，我跟在它们后面把门关上。施皮斯先生喜欢摹画的那棵榕树上正在进行一场激烈的鸟斗，羽毛和树叶在空中飞舞。这是母亲坐过的石凳。当贝丽尔为她讲述艾莎剪掉头发变成男人的故事时，她就坐在那里。（挂在长凳旁的树上的秋千早已不见踪影。）看着长凳，我感到放松。我甚至可以坐上去，什么都不会发生。我拍了拍身旁的一个位置，两条狗都爬了上来，然后试图把对方推下去。它们在友好的打斗中翻来滚去。它们滑稽的动作和天真的打闹让我暂时忘记了其他一切。

在离我们较远的地方生长着一棵楝树，后面是一片菜地。我有一个很棒的盟友。一个曾经和我一起在政府苗圃工作的园丁。他叫戈帕尔，当时还很年轻，现在已经是个中年人了。他每周都会来我家一两次，骑着一辆嘎吱作响的自行车，把铲刀塞在腰间。他身上有一股新鲜肥料的味道和烟味。我们有自己的日程安排。现在正值春天，我会在菜地周围走走，研究在哪里种葫芦、山药和秋葵——夏天，只有这些植物在我的花园里生长。种植的诀窍是在树下为它们找块地方，这样它们就有阴凉了。给植物的水很少。我知道当我责备戈帕尔又没关水管的时候，我听起来就像珀西·兰开斯特先生。

回到蒙塔兹尔后，我和珀西·兰开斯特先生保持了多年的联系。即使是现在，每当我遇到一个似乎无法解决的园艺问题时，我就会想到他并与他交谈，询问他我该怎么做。我想象着他的回答，他所有可能的回答，这推动着我接近问题的答案。多年来，我一直在练习与缺席的人交谈，那些过早离开的人，我们的对话还没有完成。回想起来，有时我的问题似乎太过愚蠢，我觉得自己根本不该问出口。在这种时候，我想起珀西·兰开斯特先生喜欢说中国谚语的习惯。他就像从帽子里拎出兔子一样，每种场合都拎出一句。"宁愿保持沉默看起来像傻瓜，也不要一开口就证明自己的确如此。"当我问他一些特别愚蠢的问题时，他用这句话让我闭嘴。虽然我现在忘记了事情缘何而起，但这句谚语中蕴含的真知灼见让我受益良多。它让我珍惜沉默的价值，让我认识到语言似乎有一种令人发狂的能力，可以让你失去控制，说出你从未想过的东西，或者远远没有说出你迫切想要表达的东西。

珀西·兰开斯特先生经常抱怨的一点是，园丁们不知道多浇和少浇的区别。"他们会让水管一直开着，直到水将花坛完全淹没，漫上附近的草坪和远处的道路。"管理德里的绿化是他的激情所在，任何阻碍他的东西都会激怒他。可能是长尾小鹦鹉毁坏了小玉米棒，可能是豺狼挖开了花坛，也可能是受过多年训练的园丁无视指示，乱播乱种。尽管有这么多的挫折，他还是只想从事园艺工作。

有一次，当我告诉他我正在考虑找一份更赚钱的工作，然后结婚时（我的生命中也曾有这种时刻），他准备了一句中国谚语：如果你想快乐一小时，就喝酒；如果你想快乐三天，就结婚；如果你想快乐八天，就杀猪吃；但如果你想永远快乐，就做个园丁。

"园艺部门，"他告诉我，"由于缺乏设施，无法为你提供酒、妻子或猪，但我们可以帮助你成为一名园丁。"

6

瓦尔特·施皮斯来看祖父的次数比他的朋友多得多，当他不在村庄的时候，他几乎每天都来。他从村庄外出回来，带着粗糙的小弦乐器、陶土杯、黏土动物和他曾尝试吹奏但没有成功的竹笛。他把这些东西带到爷爷那里，他们的头凑在一起，一个金发，一个白发，俯身于破碎的黏土之上，这成了诊所里的日常景象。之后，他们会坐在两根烟斗冒出的烟雾中，喝着一杯又甜又浓的茶。它是祖父的得力助手贾格特在病人来访的间隙沏的。施皮斯先生告诉爷爷，他在诊所里感到平静，他认为这是一家古怪的商店，在这里可以找到任何东西：健康、茶、知识或一张古董躺椅。有一次，他发现了一堆遗留下来的松脆的旧乐谱，这些乐谱让他忙了好几天。如果在爷爷检查病人时，施皮斯先生不得不在一旁等待，他就会为折叠门外排队等候的人画素描，或在他随身携带的一本书上匆匆写下些什么，这使他心满意足。

这些画很奇怪，爷爷告诉我的母亲："你会感到困惑，嘉亚特里，它们看起来出奇地幼稚，然而事实上一点儿也不。"

"我看过他的画，非常好。"母亲说。

"这就是他们所说的现代艺术，"父亲说，"也许他不会画画。"

"不，他不是外行。我想说的是，我们很可能就在天才面前——不，真的，不要做鬼脸，我们中有多少人能够在遇到天才时认出他来？我们不能，因为我们是普通人。"

"天才！这就好比说布里坚是一位真正的作家。他不是。他只是个庸俗的写作者。这个施皮斯在我看来很普通。"父亲说。

"不，内克。我想我们还没能……理解他的才华。"

"才华！"

"是的，才华。这个人既不自吹自擂，也不轻视他人，更不会喜怒无常，所以你把他当作普通人。事实上，我敢肯定，我以前从未见过一个自称艺术家的人还能如此谦逊。"爷爷说，"贝丽尔告诉我，瓦尔特从欧洲最好的老师那里学到了他的艺术。她说他崇拜一个名为卢梭[1]的画家，并师从于一些声名显赫的艺术家，这些艺术家叫……她说什么来着？奥托·迪克斯和……？"

"克莱，"我说，"保罗·克莱。"

"哦，我想起来了，保罗·克利。梅什金，你真是爷爷的好孩子。"爷爷拍了拍我的肩膀说，"嘉亚特里，请告诉班诺，土豆需要更多的黄油。"

"我想她把我们的黄油都喂给了她的孩子，"母亲说，"如果不放进土豆里，我想不出它会去哪儿。前几天，我们做了一大桶黄

---

[1] Henri Rousseau（1844—1910），法国后印象派画家，以纯真、原始的风格著称。

油——梅什金和迪努还帮忙搅拌，不是吗？现在它已经空了一半。"

"这有什么好大惊小怪的，就为了一点黄油？穆克提·德维每天只吃两顿饭——扁豆糊、面饼和水煮蔬菜，有时在黎明祈祷后喝一点牛奶。当你明白你是为了活着而吃，而不是为了吃而活着时，只吃一点就可以维持很久的生命。这就是甘地所提倡的。控制你的食欲，所有的欲望。我希望我有足够坚强的意志。"

"比孟加拉寡妇的食物还糟糕。"母亲喃喃地说。

"孟加拉寡妇的饮食是很好的。健康而朴素。看看这张桌子。足够一个贫困家庭吃两天了。在一个一半人口吃不上饭的国家。试着向别人学习。我们不可能生来就无所不知。至少要有一个开放的胸襟，嘉亚特里。"

"开放的胸襟？"母亲低声说，"在谈及绘画的时候，你开放的胸襟在哪里？"和父亲在一起时，她的声音通常低沉而克制，与父亲慷慨激昂的语调形成鲜明对比。然而，他总能听到一些似乎与他相悖的声音。

"我喜欢那些让人一目了然的画，"他说，"我能理解用文字表达的抽象概念。但为什么你想在墙上挂一幅需要解释的画呢？难道绘画不应该看起来是赏心悦目的吗？它们还应该是怎样的？你希望鲜花在现实生活中看起来像青蛙吗？"

"战争期间，瓦尔特被囚禁在俄国的一个集中营里——因为他是德国人——他发现了新事物，他称之为立体主义、未来主义和表现主义。他在线条、方块和圆圈中发现了美和意义，"爷爷一边解释，一边又吃了些鱼，"在那之后，他发现了卢梭的作品。他说，这永远地改变了他。"

"如果他被囚禁过，那我就不怪他了。排成一排，围成一圈。"父亲说，带着讽刺的笑容。

"好了，好了，内克，别抱有偏见了。这不是一个学者该有的样子，"爷爷说，"尤其是一个历史老师。"爷爷悲伤地摇着头，让你觉得你让他失望了。他有一个鹰钩鼻、一个饱满的额头、一头浓密的银发，还有一双明亮的、善于审视的眼睛。那双眼睛让人觉得自己需要打动它们的主人，但可能无法做到。也许父亲一生都有这种感觉。

"我绝非心胸狭隘之人，我阅读各种各样的文学作品……"父亲说。

"你怎能妄加指责自己从未理解过的画呢？"母亲说着，又往我的盘子里放了一块炸鱼，"它们可能在另一方面是很好的。梅什金，吃吧，求你了，别光顾着推开它。文学与此无关，理解文字的人往往不能理解其他事物。"

"我不是在指责什么，"父亲突然说，"我只是开个玩笑。"

"你把这些观点说得像个玩笑，但你并不是在开玩笑。"母亲说。

"一个人即使不是艺术家，也可以有自己的观点，不是吗？那个穿黑衣服的英国女人真是可笑至极，在客房的阳台上跳来跳去，还称之为舞蹈。你为什么不让丽萨停下来呢？路上的行人都看得目瞪口呆。他们西方人知道什么是舞蹈吗？他们有的只是芭蕾，而所有的芭蕾都是一群天鹅踮着脚尖旋转。想想我们有多少种舞蹈形式，如果他们要写一本关于印度舞蹈的书，那需要用尽一生来书写！前几天，沙基尔说他觉得这个德国艺术家是个骗子。沙基尔去过欧洲，见识过那里所有的艺术。"

父亲习惯引用穆克提·德维或他的律师朋友沙基尔的话，作为对世间万事的最终定论。沙基尔博览群书，父亲喜欢说他是一个真正的学者，一个能专注于任何事情的人。

沙基尔叔叔的头是歪着的，有一只眼球一动不动——迪努说它是用汽水瓶的瓶底做的。每次他来的时候，他都会用那只好眼睛盯着我，而那只汽水瓶底似的眼睛则目光涣散地瞄着别的东西。他命令我按正确的顺序说出莫卧儿王朝皇帝的名字。

"为什么说到奥朗则布就不说了？"当我支吾其词时，他步步紧逼，"他和巴哈杜尔·沙阿之间发生了什么？我们现在所有的苦难不都可以从那几年里追根溯源吗？好了，罗萨里奥少爷，你想到什么了吗？"他向我挥了挥脱皮的灰白色食指，然后坐到椅子上啜饮茶水，与父亲讨论政治。

母亲对他厌恶到极点，一听到他的名字就火冒三丈。她哐啷一声把勺子放进餐盘里。祖父在椅子上不安地挪动着，似乎想要站起来。"有些人无暇顾及任何与自己世界观不符的东西，"母亲说，"他们自以为无所不知，没有人能够给他们带来新的东西。他们从生活中榨出所有的快乐，使之干涸，然后把它切成一堆他们称之为规则的颗粒。什么是一幅好画，什么是一本好书，什么是你应该吃的食物——他们什么都知道。"

当母亲意识到自己提高了声音，话也滔滔不绝时，她停了下来，把桌上的碗碟推来推去，把鱼推给了爷爷，把黄油推给了我，尽管我们俩都没有做任何要求。我盯着盘子，嚼着冰冷的炸鱼。我当时并不知道，当父母在餐桌上争吵时，爷爷也会感到不知所措。难道我们要若无其事地继续吃下去吗？还是应该公开表态并站队？在这种时候，我的脑子一片混乱。我希望这顿饭快点结束，我不停地偷偷瞥向墙上那只长钟，它那毫不妥协的箭头并不比平时更快地转动到九点，那是我被允许离开餐桌的时间。一只巨大的蜘蛛正在覆盖餐厅一侧的绿色窗帘上搜寻，看起来就像那个穿着黑色束腰外衣的英国女人在草地上迈开长腿。在一段蹩脚的低语中，爷爷说："今天一个病人说他正失去嗅觉，我们能做些什么呢？这意味着什么？他再也尝不出食物的味道了，因为他再也闻不到了。"

一时间，谁也想不出该说些什么。房间外的声音被放大了。有人在厨房里争吵，风扇在呼呼作响，花园里的青蛙在呱呱地叫——每天晚上这个时候它都如此。爷爷呼吸时发出呼哧呼哧的声音，他一边咳嗽，一边补充自己的空气储备。最后班诺姐姐端着盘子走了进来。盘中，一个金色圆顶布丁正瑟瑟发抖。糖浆像缎带一样从它的四周流淌下来。它站在一摊闪闪发光的焦糖中。当班诺姐姐把它放在桌子上时，所有人都盯着它看了好一会儿。

"这就是我所说的艺术，"父亲说，"总有一天，会有合你胃口的艺术。你先是看着它，为一篇论文做深刻的、学术性的笔记，然后你吃掉它，写更多的笔记。"

父亲有时会露出最调皮的微笑，而当这种笑容出现时，无论它何其短暂，都是一种奇迹。母亲不为所动，爷爷却松了一口气，说道："这看起来是不是很美味，对吧梅什金？"布丁刚端上来时看起来很大，但开始迅速缩小。最后只剩下一小块，大家都假装没有注意到，直到父亲拿起勺子去舀。他把那勺布丁在自己的盘子上放了一会儿，然后把它倒在母亲的盘子上。母亲给了他一个礼貌的、紧绷的微笑。她用勺子舀起那块布丁。我们等着她吃。"这应该给梅什金。"母亲说，"他记住了艺术家的名字。"

当我吃完最后一勺时，父亲仍旧静静地坐着。收拾好餐桌后，母亲回到了他们的卧室。她说她头痛得厉害。

夏天的时候，我和父母都睡在屋顶上。爷爷说晚上的空气不再适合他，于是便一直待在卧室里，无论天气多么闷热。我们的小床上有竹竿可以挂蚊帐，我一进去，就拥有了一个属于自己的小房间，在空旷的天空下，父母就在不远处。那天晚上，父亲让我先上去，说他随后就来。我躺在黑暗中，蒙着头，以免树上的鬼魂看见我。我能听见隔壁屋顶上的布里坚叔叔正唱着一首缓慢而婉转的图姆里[1]。他经常坐在他们家的屋顶上喝酒，直到深夜。他偶尔啜一口酒，那声音停止片刻，继而再次响起。只有在夜里才打鸣的疯公鸡此时啼叫起来，但布里坚叔叔置若罔闻，继续唱着他那神秘而悠扬的歌。我刚要睡着，就听到楼梯上有脚步声。我掀开头上的被单，哭喊道："你去哪儿了？我很害怕。"

"有什么好怕的？"父亲用疲惫的声音说，"你每天晚上都睡在这里，发生过什么事吗？"他手里拿着一只壶。他让我从床上起来，

---

[1] 北印度流行的轻古典歌曲形式，风格虔诚、浪漫，通常以爱情为主题。

往床垫上洒水降温。他没有在他和母亲睡觉的另一张床上洒上一滴。他没有上他们的床，而是掀起了我床上的蚊帐。"有我的位置吗？"他说。

我们躺在蚊帐里凉爽、潮湿的床单上，透过蚊帐的纱网仰望夜空。父亲用一把棕榈扇在我们身上扇动着微风。当他的手臂累了的时候，风就时不时地落下来。布里坚叔叔开始唱另一首冥想曲，声音听起来有些困倦。

"再告诉我一遍我是怎么出生的。"

"你已经听过很多次了，梅什金，安静点，听布里坚唱歌。他今天唱得很好。"

"我不要，再讲一遍嘛。"

"那是一个夏日清晨，你的爷爷在花园里，一个穿着褪色的蓝色库尔塔衫的老人打开大门，走了进来。有多老呢？可能有一百岁了。他没有牙齿。他的头皱得像一颗老柠檬。他的背佝偻着。爷爷认为他看起来很累，所以他问老人是否想要喝杯水或喝点酒。老人说，他要一路赶火车去坎普尔见他的女儿，但他弄丢了钱。有人偷走了他包里的钱，现在他该怎么办呢？他在蒙塔兹尔没有住所，没有亲戚，没有朋友。爷爷起身进屋，拿出钱包，给老人足够多的钱去坐火车，还有富余的钱用于路上吃饭和寻找女儿。"

"爷爷相信一个陌生人是愚蠢的，还是善良的？"

"你告诉我，梅什金。"

"爷爷是善良的。愚蠢和善良比聪明和冷漠更明智。老人告诉他，你善待了一个陌生人，所以我也会善待你。事实上，我是一个巫师，可以满足你的两个愿望。"

"那你祖父的愿望是什么？"

"你告诉我。"

"你祖父的第一个愿望是，他应该有一个像你一样的孙子。所以你就出生了。他的第二个愿望是，我们所有人、爷爷、你、你妈妈和我，都能一直幸福地生活在这里，养很多狗，有很多食物，花园里有很多花。他还提出了第三个愿望，我以前从未告诉过你，那就是让这个孙子每天晚上早点睡觉。"

* * *

第二天下午，贝丽尔·德·佐特拎着一个袋子来了，里面装着她的衣服。她把它递给我的母亲，说："你愿意做个天使，让你的女仆来洗这些衣服吗？麦克纳利小姐洗起衣服……好吧，最仁慈的说法是，她洗衣盆里的衣服都在喊着要用肥皂，但肥皂很少回应它们的召唤。"贝丽尔·德·佐特住在那儿的几周里经常向母亲提出这样那样的要求。她来讨要音乐、墨水、裁缝、购物小贴士、笔记本、洗净的衣服、煮过的饮用水、灭蚊剂、书籍。这激怒了我的父亲。

母亲带着疲惫的笑容从她手中接过洗衣袋。贝丽尔·德·佐特眯起眼睛说："现在不是每月的那个时候，对吗？为什么你看起来像一只滞留在日光下的猫头鹰？"母亲转过身，贝丽尔追了上去，"对我来说，只和瓦尔特一起去参加那些舞会是在浪费时间。我们俩什么都不懂。我该怎么办？我一点儿也不擅长那些精深的学问。我所说的一切都是我亲眼所见、用心感受的。你能帮助我去看、去感受。你真的不能和我们一起去吗？"

母亲垂下了头，"我……其实家里有很多事情要做。而且我感觉身体不太舒服。"

为什么母亲把一切都搞错了？我不明白她怎么会把父亲前几天晚上刚刚告诉她的事情全忘了。我说："我父亲说过，她不能离开家，不能和外国人在城里到处乱跑。"

"嘘，梅什金，安静点！"

"父亲说，当我们其他人也在家的时候，欢迎你们来做客……"这时，我的头被敲打了一下，我没有再继续说下去。

"我不是告诉过你一百遍了吗？大人说话的时候不要乱插嘴。"

"在巴厘岛，当有令你沮丧的事情发生时，总还会有另外一些事情让你的精神重新振作起来。在这里也是一样。"贝丽尔·德·佐特说。她没有注意到母亲与我的交流。"任何在今天看来不可逾越的障碍——明天我们将旋转着、舞动着从中翩然而过。"她从脖子上取下紫色围巾，披在母亲肩上，"这比你今天穿的灰褐色衣服更适合你，你不觉得吗？它为你那可爱的金色脸颊增添了色彩。你有一双迷人的眼睛，宝贝，去洗洗它们，笑一笑，涂点口红。想想明天——它总是，也只能是新的一天。这真是一种安慰。"

母亲的脸一下子亮了起来，仿佛她有了一个主意。"等等，贝丽尔，"她说，"坐下来读点东西，占用你不到一分钟的时间。"她把围巾放在一旁的椅子上，把纱丽的一端塞进腰间，把头发拢成一个紧紧的发髻，然后跑到厨房，唤来戈拉克。他们炸了一大堆咖喱角——母亲一整天都在往咖喱角里塞馅料。这些东西本来是为我们的茶点时间准备的，我知道父亲很期待它们。但她把热腾腾的、喷香的包裹递给了贝丽尔。"给你和瓦尔特的，"她说，"很抱歉不能再为你们的舞蹈工作帮忙了。"

父亲下班回家，我听到他说："只有烤面包片？我以为你在做咖喱角呢。"他把烤面包片在盘子里推来推去。他有一张长长的、温和的脸，现在它突然变得更长了。他最显著的面部特征是一双大而黑的眼睛，这双眼睛里似乎集聚着一个痛苦和激情的私人宇宙。多年后，他的一位同事告诉我——尽管他当时已经过了退休年龄，但话语间还是带着几分羡慕——学院里的大多数女学生都爱上了我的父亲，那时他还是她们的老师，她们认为他英俊得不可思议，悲剧得令人难以忍受，需要得到帮助。

而母亲却无动于衷。

"我以为你已经对油炸食品失去了兴趣，"她说，"我以为穆克提·德维已经告诉过你，贪食是一种比骄傲和欺诈更严重的罪恶。"

父亲把那耐嚼的、冰冷的烤面包片浸入茶水中，好让它变软。它的一部分扑通一声掉进了茶杯里。

7

　　无论我父母的生活如何危机四伏——他们对正义和邪恶的对立认识，他们对必需和放纵、自由和囚禁的冲突观点——那个夏天，我个人道德世界中的第一次危机却来自一个完全意想不到的地方。

　　那些日子，除了吃饭时间，我和迪努都很少在家里出现。我们钓鱼或玩耍，主要是和班诺姐姐的儿子拉朱、曼图以及迪努家司机的儿子兰布一起。兰布比我们大几岁。他脸上的痘痘如同火山爆发。他和一棵椰子树没什么两样：他有着瘦长的、有些佝偻的身躯，从臀部到肩膀都是一样的狭窄，头上顶着一丛巨大的、无论如何都是竖起来的头发。我们常常围着他跳吉格舞，唱着一首取笑他身高的毫无意义的短歌，开头是"大力兰布，两安那约为十二拜沙"。他也会兴致勃勃地加入，尽管这首短歌绝无赞美他的意思。然而不得不承认，他很结实，也很强壮，我们需要依靠他狭窄的肩膀才能够到对我们来说还太高的树枝或架子。

　　兰布是我们通往成人世界的桥梁。他教我们抽烟，他知道花园里哪种杂草是大麻，也是从他那里，我们对性以及与性相关的身体部位有了初步认识。这发生在一天晚上，当时兰布正在迪努家厨房外的小棚里做烤面饼。他用沾满面粉的手指向我们招手，"想看点什么吗？要保守秘密哦！"

棚子里点着一盏油灯，灯光之外是黑暗的阴影。阴影中堆放着一捆捆干草，上面爬满了老鼠。迪努的家人从来没有来过这里。

我们蹲在兰布身边，他把面团拍成圆形，再揉出形状，然后用小指尖小心翼翼地把它分成两半。"看到了吗？"他问道。

"当然，"迪努说，"这很简单。"迪努从不喜欢承认自己的无知，他更喜欢在不懂的时候虚张声势。"我只能看到一大坨面团。"我说。

"是屁股，你个蠢驴。"兰布说，接着又做了更多类似的雕塑。他在创作作品的同时，还对他用面团塑造的每个身体部位有可能发生的性行为进行了一番演讲。我们听得如痴如醉。

第二天，迪努把他的知识派上用场，在我们学校厕所的墙上画了一些肮脏的画。我无从得知这些画是如何被追溯到作画者身上的，但随后迪努的父亲就传唤了他。迪努去了他父亲的办公室，阿尔琼叔叔锁上门，并且锁了很长一段时间。没人告诉我里面发生了什么。迪努事后只说了一句话：他要拧断那个向他父亲告密的人的脖子。因为他的父亲已经得出结论——兰布对迪努产生了不良影响，需要被送走。他解雇了司机，并命令他在晚上之前带着家人搬出仆人的住处。当司机卑躬屈膝、痛哭流涕时，阿尔琼叔叔允许他去坎普尔的家族纺织厂工作，条件是当他离开蒙塔兹尔时，要带着他那卑鄙龌龊的儿子一起走。

现在我知道了，对于一个习惯在农村生活的人来说，去纺织厂工作简直就是坐牢。那些工厂的机器老旧、维护不良，工人们在石棉和锡皮的炙烤下月复一月地长时间轮班工作，直到身体垮掉或被机器杀死。兰布的父亲知道等待他的是什么。

在司机被宣判到纺织厂工作的那天晚上，哽咽的哭声、尖厉的哀号、男人的声音、女人的声音、孩子的哭声、东西掉落的声音将我们惊醒。从屋顶上，我们看到班诺姐姐、戈拉克和拉姆·萨兰手里提着灯笼，匆匆赶往迪努家。我们看到人们在迪努家的后院里进进出出，聚了又散。然后是几声撕心裂肺的尖叫和片刻的寂静，继而喧嚣如故，声音甚至比之前更大了。

早上，班诺姐姐绘声绘色地讲述了这件事，我们从她口中得知，阿尔琼叔叔的司机因丢了工作而喝得酩酊大醉，怒火中烧，打了兰布。谁让他和老爷的儿子交朋友的？难道他不知道仆人要和主人保持距离吗？

兰布比他的父亲更高更壮，他反击了。他的母亲曾试图把她的丈夫和儿子拉开。其他人也加入了混战。然后，司机拿着一块磨石冲向了他的儿子，用磨石砸他。一击又一击。没人能阻止他。石头砸碎了兰布的半边脸，打断了他的肋骨和一只胳膊。兰布现在在医院里，处于昏迷状态。他的半边脸就像果冻一样。

"如果他有一把菜刀，他会把这孩子剁成碎片。"班诺姐姐津津有味地说。戈拉克没有附和她，只是淡淡地说道："噢，我有个表弟，他曾经用刀把自己的拇指切掉了。"班诺姐姐冷冷地哼一声，对这一可悲的意外表示轻蔑。

那天，我没有去找迪努。整个上午，我都潜伏在花园一角的破旧马车里。午饭过后，午后惯常的宁静笼罩着我。我跑到河边，平躺在河岸上，张开双臂，耳朵贴着焦黑的地面。草是黄色的，岸边的芦苇是焦棕色的，河水已经退去，露出几码深的龟裂的土地。太阳悬挂在灰尘的阴霾中，水面太过耀眼，让人无法久视。如果我睁开眼睛，就会看到黑色风筝的影子如同预兆一般在头顶盘旋。于是我闭上眼睛，把耳朵向地面贴得更近了。也许我在哭，尽管在奥林匹斯马戏团的"恐怖伊凡"和母亲对于眼泪的看法的影响下，我变得坚强了，不再总是哭鼻子。我开始感觉到青草在我的鼻子上摩挲，听到昆虫的嗡嗡声。我听到身旁有一个声音，非常柔和："你在听什么？"

是瓦尔特·施皮斯。他几乎每天都是这样从河对岸游过来的。现在他摊开毛巾，躺在我旁边的草地上，身上仍然湿漉漉的，散发着河水的味道。"你在听大地的声音吗？"他把耳朵也贴在了地上。

"你可以听到大地的声音吗？"我说。

瓦尔特·施皮斯的脸紧挨着我，他闭着眼睛专心致志地听着。"我可以。雷鸣般的声音，永不间歇，是的。"他说，用手轻轻按住我的头，"听啊！伟大的生命已经苏醒。"

"什么是伟大的生命？"

瓦尔特·施皮斯突然大笑起来。他揉了揉我的头发。"它来自一首诗。一首贝丽尔非常喜欢的英文诗，每当太阳优美地落山时，她就会背诵这首诗。我认为诗人指的是上帝。但我们如何能够知晓诗人的意思呢？"

我们转过身，仰面躺下，仰望天空。天色愈发朦胧，风筝消弭无踪，光线昏黄晦暗，一场风暴即将来临。风在某处聚集，你可以感觉到。

在我意识到自己在说什么之前，我已经说了。"兰布死了。这都怪我。"当迪努由于画了那些肮脏的画而被扣留在学校时，是我怀揣着不为旁人所知、需要被披露的内情跑回家中的。当迪努的哥哥询问我迪努为何晚归的时候，我不假思索地说出兰布在迪努的耻辱中所扮演的角色。迪努的哥哥告诉了阿尔琼叔叔，他打发走了司机，现在兰布可能会死。

"但殴打那个男孩的是他的父亲。"施皮斯先生说，"你没有打他。即使你不说，别人也可能会说。这样的事，藏不了多久的。"

此刻，我的眼睛噙满泪水，泪水顺着鼻子流了下来。我努力不让自己抽泣或鸣咽。我没有抬起头。

我听到了纸张的沙沙声，还有熟悉的敲烟斗、划火柴的声音。我闻到了烟草的气味。我想起贝丽尔·德·佐特是多么讨厌缭绕的烟雾。然后我想到兰布，想到即使他还活着，我也可能不会再见到他了。痛苦再次紧紧扼住我的喉咙。

"今天早上我很难过，"我听到施皮斯先生说，"我想起一个我很亲近的人。我的表弟，康拉德。我以前总是叫他科西亚。他是为了我才去巴厘岛的。他的工作是照看我的动物——你知道，我有很多动物。"

"有多少？"我没有抬头。

"哦，猴子，鸟，青蛙。许多动物。我一直认为大自然是最好的东西，丛林是最好的地方。我就是这么跟科西亚说的。我们在丛林里散步，在海里游泳。那是一种快乐。有一天，有人告诉他，在巴厘岛的占星历中——某种他们用于预测未来的东西——记载着科西亚会被卡拉劳吃掉的信息。卡拉劳是什么？一条大鱼。什么是未来？谁知道未来？我笑得前仰后合，告诉他只管去游泳吧，别犯傻了。几周后，水很浑浊，所以没人想要游泳，但康拉德脱掉衣服，冲了进去。他到处嬉闹，大喊大叫，做着鬼脸，以至于当他真的尖叫呼救时，我们都没在意。我崇拜大自然，但可怕的事情一直在自然界中上演。他的右腿被鲨鱼咬掉了。我们送他去医院，他没能活下来。在很长一段时间里，我的心都备受煎熬。我陷入巨大的悲痛之中。我想，我就要被召回欧洲了。巴厘岛在说，回去吧，在这里你会被摧毁。你犯了错。你没有警告科西亚注意鲨鱼。"

施皮斯先生把一只手放在我的肩膀上，说："但事实并非如此。巴厘岛什么也没告诉我。"

我抬头看着他。在午后的光线中，他的眼睛很蓝。他盯着我，目光灼灼，如同放在纸上的放大镜汇聚起的炽热阳光，其强烈程度足以将纸烧毁。"没有什么占星历，"他说，"鲨鱼做了大自然让它做的事。某种比科西亚、我或鲨鱼更强大的力量的结合体把他推向死亡。这是场悲剧。悲剧太大了，你无法看到它的到来或阻止它。如果我们能预见前路，知晓未来，也许就不会有悲剧发生。"

我没有把我和施皮斯先生在河岸上的谈话告诉任何人。我不知道是什么促使我打破少言寡语的习惯，和他这个几乎完全陌生的人交谈，但那天的世界仿佛收缩了片刻，缩小到河岸上，他和我坐在那里。在那个收缩的世界里，我是安全的，我可以畅所欲言，并得到安慰。此后多年，每当我忧虑不安之时，我就会和想象中的施皮斯先生说话，就好像他真的在那里，是我可以信任的朋友。那天下午他所说的话以某种无形的方式冲淡了我对兰布遭遇的强烈恐惧，尽管在那之后的好几周里，当我独自躺在黑暗中的小床上时，一旦我闭上眼睛，我所能看到的就只有兰布的脸，它像融化的蜡一样变形，在棺材的花簇中长眠。仆人们要把棺材抬到火葬场。兰布的头向右耷拉着，而他的妈妈无论哭得怎样撕心裂肺，都要坚持把它摆正。

8

昨天，我暂停写作，绘制了一个时间表。我不得不利用推理而非记忆来做这件事。就我所能确定的时间而言，瓦尔特·施皮斯和贝丽尔·德·佐特是在1937年夏天来的——兰布被杀死时，大概是在5月下旬或6月上旬，他们已经在那里待了一段时间。我们的暑假肯定已经开始了，或者在那之后不久就开始了——我记得的下一件事是我们像往常一样去库马翁山度假的那几周。我常常数着离出发的日子还有多少天，当我划掉日历上的方格时，内心的兴奋之情与日俱增。火车把我们送到站后，剩下的路我们就只能骑马而行，晚上在路边的村庄里歇歇脚。我们几乎带上了所有的家当：锅碗瓢盆、炉灶、被褥、毯子、灯笼。戈拉克和里基。他们同我们一起乘着骡子旅行。整整一年中没有比这更惊心动魄的事了。

每年夏天，我们都会成群结队地走进祖父租住的村舍院落里，从一个房间到另一个房间，然后来到外面的花园里，对着树上的小桃子或新筑的鸟巢欢呼不已。透过窗户，可以看到雪峰以及远处山谷中黄绿相间的田野。田野的周围错落着白色的村庄小屋。在山中的清晨，我不需要被摇醒。当我睁开眼睛时，从天窗倾泻而入的阳光便映入眼帘。

整个假期，母亲都处于一种极致的放松状态。这也许是因为父亲在山上只待一周，或者最多十天。"这是调查研究和开展工作的最佳时间。夏天。"他写信给我们，"思绪平静地待在家中，想读就读，想写就写。学院的图书馆空无一人。"他白天独自工作，晚上和沙基尔见面，清晨去游行。"我可以在整个上午全神贯注地研究古印度，晚上则专注于哲学著作。我制作了一个笔记本，每天在上面写下一个掠过脑海的重要想法。昨天我的想法是这样的：每一个有思想的人，倘若他想充分发挥自己的精神潜能，就需要孤独和自由。古时候，苦行僧都去冥想。现在我们不能再这样做了，我们有工作，有家庭。但是，如果佛陀待在家里，他还会是佛陀吗？真是个可笑的想法。等我来的时候，我会带上笔记本，把我的想法清单念给你们听。我已经迫不及待地想去了。感情是多么矛盾啊！我们今天想成为隐士，明天又想过居家生活。"

当瓦尔特·施皮斯和贝丽尔·德·佐特出现时，父亲和他那本记录高尚思想的笔记本都还没到。我不知道是爷爷邀请了他们，还是他们和母亲一起制定了这个计划。我只记得一天下午，正当我们准备坐下来吃午饭时，他们在一阵喧闹中出现了。他们身后跟着一辆豪华的骡子篷车，车上装载着给爷爷的一瓶瓶威士忌和杜松子酒，以及给我们的一盒盒食物。我们的日子变得欢乐起来。戈拉克会去买食物，回来时后面跟着一个头顶篮子的女人，篮子里的鸡在网下焦急地叫着，它们的头从葫芦和茄子之间探出来。母亲经常和施皮斯先生坐在远处的山坡上，在某个地方画画和写生，不饮不食。当他们三人带着松果和看到的动物故事回来时，母亲拒绝告诉我，为什么她不带我一起去。

她只会说"我不能带你去任何地方。再说了，爷爷也需要你陪着"，这让我闷闷不乐，半天都挥之不去。她的喜悦含有一种狂野之气，让我对她产生了警惕，仿佛她变成了一个陌生人：眼睛闪亮，头发松散，她抱着一大捧野花，在房子里翩然起舞，把每一个空着的罐子或瓶子都变成花瓶。最微小的事情也会让她兴奋不已。"快来看呀，"她会叫道，"窗台上有只巨大的飞蛾。"

我们不再数着时间度日。每天清晨，我们都以一个奢侈的承诺作为开始，那便是我们将会愉快地度过一整个白天、黄昏和夜晚。但距离父亲到来的时间越来越近，施皮斯先生和贝丽尔已经和我们在一起度过一周了，他们正在考虑离开。大家都心照不宣：他们会在父亲来之前离开。

爷爷说："急什么？难道你不知道圣人是怎么说的吗？"

贝丽尔和爷爷在小屋周围的木质阳台上共度时光。在这里，他们阅读隔夜的报纸，写信，然后在某个时刻——双方都神秘地达成了默契——他们开始品啜滴了几滴柠檬汁的杜松子酒。这些黄色的、绿色的柠檬如同纸灯笼般挂在花园一隅的树上。

贝丽尔从她的报纸上抬起头来，"你的圣人是怎么说的？"

"噢，我不太记得了。我敢肯定，大概是这样的：'啊，疲惫的旅人啊，你刚驻足于此，为何又要启程？我们今天要采摘杏子，制作果酱。你不想搅拌一下果酱吗？'"

第八天晚上，我们吃完杏子挞，施皮斯先生用口琴吹奏了《欢乐颂》，贝丽尔再次反对大家在室内吸烟，在这一切之后，贝丽尔说："好吧，明天我们必须真的需要马了，然后出发。山不会向我们走来，我们必须向它们走去，瓦尔特。下一站是阿尔莫拉。难道没有可能说服嘉亚特里和我们一起去吗？"

第十天下午，他们还在那儿，这时父亲传来一封电报。"**穆克提·德维被捕**。不能按原计划来了。"

"会发生什么事呢？"爷爷说，"我们应该收拾东西回去吗？我不希望内克和她一起进监狱。"

"那些入狱的政客，他们的日子过得好着呢！他们写书，交友。他们并没有变得瘦骨嶙峋。"

"嘉亚特里！"爷爷说，"严肃点吧。穆克提·德维可能太过虚弱，经受不住牢狱之苦。"

"他们为什么要把那个无辜的老太太关进监狱？"贝丽尔说，"我的同胞，噢，愚蠢至极！这个世界在对自己做什么？看看瓦尔特的国家吧。"

"德国不是我的国家，"施皮斯先生说，"我的国家是这个世界。"他又开始吹起口琴。

"亲爱的，不要吊儿郎当，不要打岔，求你了。如果发生战争该怎么办？一个人能从恶魔手中拯救多少人？"

施皮斯先生放下口琴说："即使世界处于危险之中，我们也必须唱歌、跳舞和生活。在亚洲，我是自由的。我们离这一切有重洋之隔。"

"没有人能远离任何东西，瓦尔特。地球是圆的，海洋是相通的。"祖父说，"当你活到我这般岁数，你就会明白，没有一个地方是远离邪恶的。当希特勒第一次说他要消灭犹太人时，有人当真吗？十五年前！我记得在二十年代，每个人都确信他将回到奥地利，照料他的菜地。"

"我不去想那些事。我们要考虑的是如何生活，如何热爱生活，如何享受生活，如何置身于生活的中心。而不是没完没了地谈论严肃的事情，把自己愁得要死。我想我要学习如何吹竹笛。我无法把它的声音从我的脑海中抹去。"

"噢，理智点吧，瓦尔特·施皮斯。"贝丽尔说，"如果他们把穆克提关进监狱，下一步他们可能就会逮捕内克。他是她最忠实的拥护者，这不是众所周知的吗？"

"忧虑，忧虑！我们可能因此丧命。我们生活在绝望中。我们在绝望中工作，而我们的工作激情必须从快乐中获得！你把自己弄得筋疲力尽，时间如白驹过隙，终于你厌倦了这一切，然后你想逃离，逃到一个可以忘记生活的地方。甚至音乐和艺术也成了**忍受生活**的一种奖励——生活中充满了想象中的恐惧和忧虑。如果生活不把我当回事，我又能拿生活怎么办呢？"

施皮斯先生把我抱起来，转了一圈。"生活是一个漫长的生日。或者，如果它不是，我们也要把它变成这样。让别人去战斗吧。对我来说，我相信人们可能会互相残杀，国家可能会爆炸，但音乐无处不在，美俯拾皆是。我们只需要发现它。泰戈尔发现了它，嘉亚特里也发现了它。别让他们告诉你其他东西，梅什金·罗萨里奥。"

施皮斯先生践行着他的哲学，他确实在一切事物中发现了音乐。一天晚上，下了一阵大雨。第二天早上，他呼吸着清新的空气，让我告诉他，我在夜里听到了多少种声音。我想到雨点打在屋顶上的声音。我想到雷声轰鸣。施皮斯先生又列举了七八种声音。水渠里潺潺的流水声。雨点落在瓦片屋顶上的声音，这与雨点落在铁皮屋顶或砖块屋顶上的声音不同。水滴在泥土里的声音。青蛙和蟾蜍的呱呱声，蟋蟀和蝉的唧唧声。风吹过树林的嗖嗖声。树木在风中摇摆时，枝干发出的吱吱声。

* * *

又过了一两天，父亲来了一封信，叫我们回家。穆克提·德维被关在蒙塔兹尔的监狱里，一切都陷入危机。我们应该回家以示团结。我们不能若无其事地继续我们的假期。

于是我们开始了下山之旅，而贝丽尔和瓦尔特则向阿尔莫拉进发。他们说，他们会在山里待几天，然后回到蒙塔兹尔，然后，他们不久就该收拾行李回家了。

上山的时候，每一步都是冒险的奇遇，下山就只是一件沉闷乏味的苦差事了。马匹散发着粪便的气味，里基在去往车站的路上迷路了两次。爷爷热得发晕，不得不躺在路边的长廊上。戈拉克肠胃不适，不停地跑到灌木丛后面。每当我们停下来等待戈拉克或寻找里基的时候，爷爷就坐在任何可供休憩的地方——一块岩石或一堵矮墙上，看起来好像再也站不起来了。当我们到达那间邮政平房准备休息时，只见床上爬满了虫子，我们醒来时浑身都是又红又痒的伤口。

从我们上了火车，火车开动的那一刻起，母亲就把头靠在窗栏上，再也听不见我们的声音了。她的眼睛望着飞驰而过的乡间，有那么两次，我看见她的眼睛里闪烁着泪光。她一动不动，全然忘记了我们的存在。我饥肠辘辘，里基在袋子里嗅来嗅去，寻找食物。爷爷躺在铺位上，脸颊凹陷，眼神空洞，呼吸浅淡，双腿因抽筋而无法动弹。他低声说："把一些盐和糖混到一杯水里，拿过来。别担心，只是中暑而已。"戈拉克和我轮流将加糖的水倒入爷爷的嘴里。他大口喘着气，张开嘴，就像一只窝里的小鸡。他迷迷糊糊地睡去，我也一样。我醒来时看到母亲还在窗边，茫然地盯着窗外。她的头发被风吹向脑后。几个小时过去了。她滴水未进，一言不发。

* * *

当穆克提·德维在静修处的屋顶上冥想时，警察来了。那时刚过凌晨三点，也就是她通常起床做祷告的时间。他们甚至没有给她时间把念珠收起来。与她同住在协会里的几个追随者激愤地问道："你们要把她带去哪儿？她被逮捕了吗？"没有人回答。他们可以看到漆黑的街道上一辆警车的朦胧阴影。其中一名警官把手放在穆克提·德维的肩膀上，把她推搡到门口。正是这个动作，比警车或这个离谱的逮捕时间更让她的追随者感到震惊。一个身穿制服的恶棍竟敢这般触碰他们尊敬的领袖。还有什么是他们不敢做的？她年事已高，身体虚弱，如何能在即将到来的暴行中幸存下来？

父亲说，当她被逮捕时，她表现得比以往任何时候都更有勇气。一个孤零零的女人，被一群魁梧的男人押送进监狱，但她没有表现出丝毫的恐惧。她用镇定自若的声音给自己的追随者下达了一系列指示，告诉他们不要制造任何麻烦。他们要做和她在一起时完全一样的事情：纺纱、冥想、祈祷、抗议英国统治，但只能按照圣雄所指示的那样和平地进行。他们要为协会里的鸟、狗、牛和猫提供每日的食物。

事实是英国人忌惮她的影响力。他们发现，她的晨祷吸引了两百多人，因而很难仅仅把她当作一个怪人而不予理会了。在她被逮捕的前几天，她在河边那片尘土飞扬的地方举行了一次会议，有一千多人前来参加，其中许多人是从遥远的村庄跋涉而来的。她敦促自己的追随者确保在年底之前，任何印度的建筑物上都不会有英国国旗飘扬。父亲说，她只是打个比方，而一些过于亢奋的抗议者却冲到法院和邮局，扯下数面旗帜，在河畔步行区焚烧——在那里，印度人连行走都是不被允许的，更不用说焚烧旗帜了。他们还把垃圾桶倒扣在寇松[1]雕像的头上——那尊雕像位于父亲任教的学院门口。催泪弹和殴打接踵而至。

鉴于这种动乱，把穆克提·德维送到另一个城镇的监狱中被认为是较为谨慎的做法，那里很少有人知道她。警察特意选择在行

---

[1] George Curzon（1859—1925），英国政治家，曾任印度总督。

人稀少的凌晨运送她，但从警察局到火车站的路上挤满了人。父亲也在其中。一夜之间，他丢掉了使他躲在阴影之中的那种谨慎。他似乎不再关心如何保住他的教职。他站在路障前面，这些路障将人群挡在警车将要驶过的车道之外。他带着我一起，因为这是正在被创造的历史，我需要成为其中的一部分。在汹涌的人潮中，他握着我的手，直到警车出现时才松开。我们在警车的铁窗后看到了穆克提·德维。我原以为她会把我叫到身边，在我耳边轻声吟唱一首短歌，然而她的头上裹着白色纱丽，她的脸几乎完全被遮挡住了。当她看到聚集的人群时，她所做的只是低下头，双手合十，以示问候。警车飞快地驶出警察局，我们步行跟随。现在没有人喊叫或推搡。场面像葬礼一样肃穆。我们不被允许进入火车站。我们看到警车从一扇门中驶进车站，而我们之前并不知道这扇门的存在。

就在一两天前，我们从加特戈达姆下了火车，但在我们来时还熙来攘往的车站，彼时已经变成了监狱的院子，由一排排身穿卡其色制服的人把守着。我拉着父亲的手，想让他回家。但他一直待在那里，直到火车离开的消息传来。

"去哪里？""去哪里？"每个人都在喊着。

"勒克瑙。"有人回喊。

人群散开了，好像电影院里的演出结束了。

几天后，学院开学了，父亲不得不回去工作。他确实回去了，但他对自己的学院有了一种新的疏离感。他说，除了分内之事，他不愿再多干一丝一毫。他不再关心母亲是否在读布里坚叔叔的侦探小说，是否在浪费时间画画，是否在和她的外国朋友一起闲逛。如果他回到家时发现施皮斯先生或贝丽尔·德·佐特在那里，他会停顿片刻，以示礼貌，然后躲到他们的视线之外，直到他们离开。他曾两次去勒克瑙探望狱中的穆克提·德维，并在回来的时候带着崇敬的心情振作起来。

"她鼓舞了所有女性，这就是女性解放的意义所在。"他说，激动得声音发抖。母亲起身离开了房间。

父亲开始在协会担任更多的工作。他带着一群人前往村庄，向村民传授灌溉、作物轮作和施肥的知识。当他为村里的孩子们上课时，传授农业知识的工作就由与他同行的人来完成。从学院下班后，他到一所专门为不识字的穷人开办的夜校教书。他告诉我们，由于有像穆克提·德维这样鼓舞人心的人物存在，一股民族主义热潮正在席卷全国。他开始领导清晨游行活动——这是她要求他做的。游行结束时，他没有进行烦冗的日常说教，而是请游行队伍中任何一个富有真知灼见的人分享自己当日的思考。每天的思考并非即兴而发，它必须事先提出并得到父亲批准。父亲这一乍现的灵感萌生于暑假期间，当时他正开始记录自己的想法。吃早饭时，他会向我转述游行者所分享的思考。他最喜欢的思想来自《薄伽梵歌》第二章第四十七节，他将它从梵文翻译为："为工作而工作，而非为你自己。采取行动，但不要执着于你的行动。身在世界，但不属于这个世界。"[1]

---

[1] 参见黄宝生译文："你的职责就是行动，永远不必考虑结果；不要为结果而行动，也不固执地不行动。"

看到我一脸茫然，他解释说，我必须始终做我应做之事，比如完成算术作业或保持房间整洁，但我不能指望因此获得任何回报。我应该从完成任务中感到满足，而不是寻求更多。

"更多？更多什么？"

"如果你打扫自己的房间，就不能想着我会因此高兴并奖励你糖果。同样地，你在做算术题时，也不要想着自己会在班上得第一。"

"但我从来没有在班上得过第一。你也从来不给我糖果。"

"没错。"他说，然后又把注意力放回自己的书上。

9

临近夏末。和往年一样，迪努的叔叔布里坚开着他们的道奇车出发去车站。这辆道奇车只有在重要场合才会从车库里出来。前一天，迪努家的司机把它清洗干净，并为它打蜡、抛光，使它的蓝黑色车身变得像甲虫翅膀一样闪亮。迪努和我抚摸着引擎盖长长的线条和两个圆形前灯，它们让这辆车看起来像一个戴着眼镜、皱着眉头的男人。我们抚摸着安装在一扇车门边上的备用轮胎箱，朝带有翅膀的道奇标志吐口水，然后用袖子擦拭。我们把鼻子伸进车窗，去闻座椅的皮革味。我们没有获准打开车门。

第二天早上，我们早早起床，坐在墙上等待布里坚叔叔从车站回来。他去接待一个音乐家剧团了。

爷爷常说，老僧侣[1]和老音乐家是布里坚生命中仅有的两样东西。在一个晴朗的日子里，他刚刚脱下尿布，就向厨师、车夫和保姆唱出了他第一首完美无瑕的歌曲。此后，在九岁时，他唱了一整

---

[1] 1954 年上市的印度黑朗姆酒。

首图姆里；在十一岁时，他喝了一夸脱朗姆酒，然后昏倒在地。从那以后，他再也没有停止过唱歌和喝酒。似乎为了证明祖父是对的，音乐会上，布里坚叔叔坐在前排，身边放着他的那瓶老僧侣酒，整个晚上都在喝个不停，直到酒瓶变空。

当这辆车从车站回来时，我们看见了它。它转过街角，驶进了圣人墓的荒野。我们站在墙上，想一睹首席歌手的风采，但后座上似乎只有一捆布，布的一端像一面旗帜从敞开的窗户里飘了出来。汽车驶入迪努家的车道，消失在门廊下。在这之后，出现了一阵寂静。接着，在哒哒的马蹄声中，一辆马车映入眼帘。马车上横七竖八地堆放着盒子、箱子、口琴和烟斗。坦布拉琴的长柄在行李和人之间探出身子。歌手们的宴会将会持续数日。

每年的这个时候，我们都会整天围着表演者转，但这一次我们没能获许靠近歌手的住处。我们不明就里，直到看见阿尔琼叔叔把布里坚叔叔拉到一边，强压着怒火说道："一个女人！一个又唱又跳的年轻女人？带她去杧果园吧！邀请你的那帮酒鬼朋友去看表演，不要在这里，不要在我们的女人面前。里面**甚**至还有我们的母亲！我的神哪！你是不是醉糊涂了？"

布里坚与阿尔琼之间的紧张关系远近闻名。人们说，他们如同水和油一般势不两立。布里坚是一滴冷水，能使冒烟的热油爆炸。

在我们所认识的富裕家庭中，几乎每个家庭都有一个兄弟或叔叔，通常是单身，且多半为年纪更轻的弟弟，他们将所有的遗产挥霍一空，然后依靠家人照顾。这里的情况在一处细节上有所不同。布里坚比阿尔琼小十岁，但他们的父亲（对小儿子宠爱有加）把自己的财产平分给了两个儿子，这在当时非同寻常。布里坚知道自己不擅长管理工业和农场，便把几乎所有的钱都交给了他的哥哥，并摆出一副傲慢的姿态——无疑是喝醉了——说他除了音乐一无所有，除了音乐，也没有任何人可以拥有他。严格来说，这并非事实，因为他以写作为生。除饮酒和音乐以外，他还设法创作印地语小说。小说的主角是一个酗酒的侦探，他拥有完美的音准和对于旋律的完美记忆。这些小说起着《沉默的脚镯》和《音乐会上的杀手》之类的标题，在一本专门研究侦探小说的杂志上连载。令我那心高气傲的父亲烦恼不已的是，他的学生焦急地等待着每一期的出版，我的母亲也是如此。

布里坚的女性亲属都很崇拜他。当她们需要倾诉时，他就会倾听。他从不立规矩，他的拳头既不是铁做的，也不是花岗岩做的，他的眼睛会跳舞，他的声音能融化女人身体里的每一根骨头。他只需在房间里坐下来，讲述他书中的下一个章节，编一首有趣的诗，或者叫来一架风琴和一瓶酒，整个房间就会被笑声和歌声点亮。据说，蒙塔兹尔到处都是为布里坚着迷的女人，她们站在阳台上等待着，祈祷布里坚经过并抬头看向自己，这样他们的目光就能够相遇了。阿尔琼只能咬牙切齿地忍受着布里坚毫不费力的人气。一直以来都是这样，阿尔琼是严肃的掌控者，布里坚是在烟雾、朗姆酒、故事和歌曲的云朵中飘荡的唯美主义者。他与其他游手好闲者的不同之处不仅在于他的写作，还在于他那不可否认的音乐天赋。他被公认为权威，著名歌手也把他当作朋友。

"不是每个唱歌跳舞的女人都是妓女，是时候明白这一点了。"

布里坚用尽量耐心的声调告诉哥哥。阿克塔里·芭伊[1]是一位声名远播、光彩夺目的歌手，除非你对文化艺术一无所知，否则你一定会因为她的到来而跪在地上感谢神明。即使她曾是个交际花，即使她演过电影或有过恋情，但那又怎样呢？整个国家，整个宇宙，没有人能唱得如此纯洁。只是因为多年前，她在布里坚身上找到了一个志趣相投的灵魂，她才同意来到这里。他们有责任让她感到自己像是一颗放置在丝绸软垫上的珍珠，享受着极致的庇护。

布里坚叔叔的一番说辞没有奏效。他扬长而去，径直跑到我们家找我的母亲。我们已经习惯了他在奇怪的时间出现，和她聊天，看她的新画，在厨房里无所事事，讲着故事，在她做饭的时候品尝肉汁，但这一次，他的来访是有目的的。母亲能来照顾这位歌手吗？阿尔琼不会让他们家的女人照顾她，但她需要一个人。她性格暴躁，可以在几分钟内从平静变成痛苦。布里坚担心，如果她被关进客房，独自一人待在那里，没有人对她嘘寒问暖，她会生气的。"你会理解她的，"他恳求我的母亲，"你也是个艺术家，你画画、唱歌。"

随着时间的推移，我听到了许多关于这位歌手的故事。大约十年后，她嫁给了一位大律师，并被称为阿赫塔尔夫人。众所周知，勒克瑙曾有一位诗人痴狂于她的美貌和歌声，他在城里游荡，只是不停地喃喃自语着她的名字，他用粉笔把她的名字写在墙上，痴痴

---

[1] Akhtari Bai（1914—1974），印度歌手、演员，尤擅演唱印度传统乐曲，晚年获得印度国家表演艺术学院和印度政府颁发的重量级奖章。

地游荡，直到有一天他被发现死在街上。据说兰布尔的纳瓦布也为她深深着迷，他用金子包裹她，发誓她的笑容比钻石的光芒更加璀璨，并对她的每一声低语都崇拜不已。她渐渐厌倦了镀金的牢笼。她想出了一些巧妙的办法来激怒他，然后带着他送的所有珠宝逃之夭夭。

在迪努家音乐会的前一天，阿克塔里·芭伊的情绪变得忧郁起来，她向母亲提起那些关于虚假的承诺、破碎的心和黑暗的阴谋的陈年往事。母亲在她的房间里待了一整天，晚上出来时，她的身上散发着香烟和朗姆酒的气味，眼睛出奇地明亮。她看起来很疲惫，吃饭时心不在焉，一言不发。阿克塔里·芭伊确信她的一个竞争对手正试图让她吃下草药，这将永久性地毁掉她的声音，她能感觉到自己的声音正在消失，而世界正在崩溃。她小时候中过一次毒，她的姐姐死于这种毒药，但她活了下来。她发誓她知道毒药是如何渗入血液、吸干血管的。在一阵悲痛与怀疑之间，她爆发出具有感染力的笑声，接着变得歇斯底里。她笑得肚子都疼了，可还是停不下来。母亲听了之后表示同情，布里坚叔叔把一瓶又一瓶的朗姆酒和一包又一包的绞盘牌香烟送到她的房间，而他的哥哥则大发雷霆。

"有时你注定要拥有一些东西。你感到有什么东西把你拉向它。你无法抗拒。"母亲曾对父亲说。很久以后我才意识到，她说的是她自己。她从什么时候开始有了离开的念头呢？我常常想弄清楚。她是在遇到施皮斯先生和贝丽尔后不久就开始梦想着逃跑的吗？是在我们从山上度假回来乘坐火车的时候吗？也许是在她遇到那位歌手之后，这种感觉变得无法摆脱——她也注定要过上一种与众不同的生活。

她们曾在房间中共度几个小时的时光，与彼此分享错失机遇和鲁莽冒险的故事，我猜测那时阿克塔里·芭伊都对她说了些什么。一个年轻、美丽的歌手随心所欲地生活，酣畅淋漓地爱，肆无忌惮地发脾气，靠自己的天赋赢得名声和金钱。在我的想象中，我经常看到母亲吸着阿克塔里·芭伊的绞盘牌香烟，然后喝了第一口朗姆酒。当我们玩狩猎游戏时，祖父称喝威士忌可壮胆气。我想阿克塔里·芭伊便是母亲的壮胆酒。与这位歌手在一起的日子给了她做出决定的最后动力。

* * *

音乐会的那天晚上，前廊的大地毯上铺着一尘不染的白布，昆虫在煤气灯周围嗡嗡作响。为歌手及其剧团准备的靠枕和坐垫都铺上了雪白的亚麻布。这里将是舞台。一切都在新灯的光芒下闪耀。花园里，一百盏陶土灯正摇曳生辉，而光线不及之处则湮没于黑暗之中。人们焚香以驱赶蚊虫。夜晚的空气中暗香浮动。涌入音乐会的人潮弥漫着一种悸动、兴奋的氛围：没有人会相信这样一位名扬四海又臭名昭著、魅力四射的歌手会出现在我们这个沉闷呆板的街区。

在音乐会开始前的一刻钟里，我看到四处攒动的人影，他们都在寻找阿克塔里·芭伊。当布里坚叔叔盘诘一位伴奏者时，那人坦承无人知晓歌手在哪里，在过去的一个多小时里没有人见过她。布里坚叔叔对着看门人卡拉克·辛格怒吼，后者把一副凹陷的双筒望远镜放在眼睛上，向墙外张望，寻找歌手的下落。"你在用那玩意儿看鸟吗？她在哪里？"

我们分散开来寻找阿克塔里·芭伊，而房子的另一边，客人们还在谈笑风生。有的去了屋顶，有的去了前面的花园，还有一个似乎在寻找失踪大师方面颇有经验的热心人，他神情坚毅地穿梭于各个房间，检查床铺，抖开窗帘，仿佛要让愁云笼罩的歌手无处遁形。但房间里只有迪努的母亲、祖母和姑姑们，她们无精打采地挤在一起，被警告不要出门。最后，里基发现了她。它轻柔地、试探性地低吠着，就像它在有些害怕时那样。

起初，那声音只是掠过我们的耳畔。那是一个轻柔、克制的声音，正试图冲破它自己。声音的边缘出现裂缝。声音不时停顿，取而代之的是一阵咳嗽；清理沙哑的喉咙；新的开始。渐渐地，声音聚集了力量，终于从花园后方溢出，涌入我们站立的地方。"谁知道为何今天你的名字使我热泪盈眶。"她唱道，黑暗笼罩着树木，充满了痛苦的气息。空气中弥漫着昙花的香气，它在花园边缘的大片灌木丛中盛放，与树木之间隔着些距离。阿克塔里·芭伊坐在芬芳馥郁的灌木丛前，闭着眼睛，全然沉浸在这个世界里。她唱歌时，一只手放在耳朵上，用以阻挡其他声音。她的头巾从头上滑落，鼻钉在灯笼的光线下闪烁着。

"今晚是什么让我的眼睛充满泪水？"

她一袭白衣，闪闪发光，额头的一侧戴着镶缀珍珠的金质饰品。我们看到贝丽尔·德·佐特坐在她身旁，背脊笔直，视线从未离开歌手的脸庞。母亲站在她们旁边，靠在一棵树上。她穿着一件柔软的白色薄纱纱丽，除了她平日里一直戴着的金耳环和脖子上一串扭曲设计的金项链之外，没有佩戴其他首饰。她的头发盘成一个发髻，上面点缀着深红色的素馨花。经过一番奔波，发髻已然变得松散。她看到了我们，于是走到我身边低声说："安静——叫里基安静。"但就在这时，一向听话的里基发出一连串尖锐的吠叫。

阿克塔里·芭伊停止唱歌，挣扎着站了起来。她把头巾重新戴在头上，抖了抖衣服上的褶皱。"别起来，求你了，"布里坚恳求道，"你只需要随心所欲地唱歌，无论何时何地，只要你想。你选择在哪里唱，我们就到哪里听。"他转过身来，语气发生了戏剧性的转变，没有特意冲向某一个人，只是恶狠狠地吼道："堵上那条该死的杂种狗的嘴！"

母亲抚摸着里基，对布里坚说："别发脾气了。我会带她走的。"

"待在原地，"他咆哮道，"你哪儿也不许去。"

阿克塔里·芭伊转向他，眼睛里没有笑意。"为什么不让狗叫？我不过是只模仿噪鹛[1]的乡野公鸡，狗知道这一点。只是这个英国女人说，她在镇上待了整整一个月，没有听到任何值得一听的东西。"她的眼睛在黑暗中闪闪发光，"我告诉嘉亚特里，让我向这位夫人展示什么是真正的音乐！花香四伏，闪电密布，回忆集簇，倏忽之间，这首情歌来到我身边，充盈了我的心。有趣的是，这一

---

[1] 一种类似杜鹃的鸟，在中国、印度、澳大利亚等地均有分布。

次我只是为两个女人唱歌，而不是为一屋子的男人。"她突然愉快地大笑起来，"对着女人唱歌更令人愉悦，布里坚兄弟！她们在听，而不是在看。"

她的声音因喝了酒而变得浑厚。她向前面的花园走了几步，步履蹒跚。也许是因为光线昏暗，她无法看清前路，而且她很可能有些醉了。她伸手抓住贝丽尔·德·佐特的胳膊肘，跌跌撞撞地走在土堆和草丛中。一个身材矮小、重心不稳的女人全然信任一个来自异国、身材高挑的陌生人，这有一种温柔而动人的感觉。贝丽尔的黑色及地连衣裙在脚下缠结，插在头上的珠宝带中的羽毛飘然而去，但她没有松开歌手的手，而是慢慢地把她推向安全地带。

当阿克塔里·芭伊到达前面的花园时，她抬头看了看天空。一道道闪电飞快地划过，消失，而后重现。一阵低沉的隆隆声穿过树林，向我们传来。"谁知道这是夏天的结束还是雨季的开始？谁又知道何为结束，何为开始？"她笑容灿烂，嘴唇殷红。她的眼睛用油烟画了很浓的眼线。

"好吧，你的歌手似乎已经恢复了精神，"父亲对布里坚叔叔说，"毫无疑问，是在满满一桶酒的帮助下。"

我们向阳台走去，一阵狂风吹来，吹灭了灯，把床单席卷到花园的角落里。有些人四散奔逃，寻找避雨之所，另一些人则仰面朝天，感受雨季的第一场雨。雨水释放了储存在干热土地中的气味，阿克塔里·芭伊深吸一口气，喊道："现在我要唱歌了！"她放开贝丽尔，跑过花园，跑到阳台上大喊："来吧，来吧，让我们一起坐在阳台上吧。我要唱一首雨季之歌。"每个人都踉踉跄跄地走向阳台，寻找坐的地方，礼仪被抛到了九霄云外。

在人们拖着脚、急匆匆地寻找地方坐下的时候，我看到了母亲。她的头发垂到腰间，发丝中缠绕着红色的花朵，仿佛她刚刚走过一场花雨。她的脖子和耳朵上闪烁着金色的光，她的纱丽拖曳在草地上，她的脸在煤气灯下闪闪发亮。就在那一瞬间，我看到一个男人的手伸了出来，把一些落花放到她的掌心，然后合上了它。我看到那个男人的手，却无法分辨手上方的袖子是衬衫的还是库尔塔衫的。刹那间，她的脸上闪耀着汗水和雨水的光芒，然后她消失在阴影中。

这是她在我脑海中最生动的形象。

10

音乐会结束几天后，母亲告诉我一个秘密。一个只有她和我才能分享的秘密，就像她在屋顶上为我唱的那首歌。我必须保证对任何人都只字不提，甚至连里基也不能告诉。她让我坐在椅子上，而她则跪在椅子前，好让她的脸和我的脸齐平。当我摆动双腿，把它们撞到椅子上时，她抱住了我的膝盖。"别乱动，停下来，认真听我说。"我好不容易才停了下来，但它们很快又不由自主地摆动起来。

她用双手抱住我的头，把她的额头贴在我的额头上。我们距离如此之近：她的眼睛很大，她的呼吸温暖而湿润，她的头发挠着我的鼻尖，而我则斗鸡眼似的看着她。

"我在传递我的思想，你能感觉到吗？它们是非常重要的思想，"她低声说，"你能为我保管它们吗？"她轻轻地捏了捏我的鼻子说："你戴着这副眼镜，看起来真像只小猫头鹰。谁让你选圆形镜框的呢？"她把我的耳朵向后推，使它们平贴在我的头上。所有这些不同寻常的关注——我开始感到警觉。她准备带我去看眼科医生吗？

当她告诉我那个秘密时，我觉得它没什么大不了的。秘密分为两个部分。第一部分是，她要我第二天下午准时从学校回来。一分钟也不能晚。她说这一点至关重要。

第二部分是她会带着我来一场短途旅行。一次款待，只为我一个人，但条件是我必须按时回家，而且绝不能跟任何人吐露一个字，就连迪努也不行。如果我告诉别人，她就不会带我了。

第二天早晨，鳞茎状的、灰蓝色的云朵盘踞在天空中，低得好像伸手就能触到。当母亲出来目送我去学校时，她抬头看了看天空。继而有雨滴洒落，她尖叫着闭上眼睛，仿佛在雨滴中沐浴。

"昨夜的雨今天还在下呢。"她说。

荫蔽房屋的大树晶莹闪烁，当风吹动树枝，水珠从湿漉漉的叶子上簌簌而落。

"云这么黑，今天会是个好天。雨会酣畅淋漓地下个痛快。当太阳出来时，会有一道从这儿到火车站的彩虹横跨天空。"她用纱丽的一角擦了擦脸，"你最好快点，别淋湿了。你多带了一件衬衫在包里吗？你可别浑身湿透地坐在教室里，会发烧的。"

我正要走，她说："等等，放下自行车，过来。"

她紧紧地、久久地拥抱了我，亲了亲我的头顶，然后是额头。我不习惯她黏糊糊地表达爱意，这让我感到尴尬和难为情，于是我扭动着身体想要挣脱。但她的触摸让我感受到一阵喜悦。我骑上车离开了，心里希望她能看到我疾驰的身影，看到我在经过水洼时飞溅的泥花。

“记住我说的话！”她大声喊道，“别回来晚了。”

“我会按时回来的。”我喊道，“我蹬得可快了。”

那一天，随着时间的推移，母亲的秘密在我体内愈长愈大，就好像我是一个慢慢充满空气的气球。上课时我无法集中注意力，只好在走廊上度过数学课，站在那里，作为对我心猿意马的惩罚。体育课结束后，班上的一个男孩，埃格伯特·塞缪尔，把体育老师锁在了器材室里。其他老师都不知道体育老师被锁起来了，他不得不大喊大叫，敲了两个多小时的门才被放出来。校长来了，手里拿着一根长长的藤条，在空中挥舞。“所有人起立，这是谁干的？”

沉默。审问。一如既往的冗长惩罚。毫无新意，但所有这些都花费了很长时间。当我走到自行车前时，距离与母亲约定的回家时间还有十分钟。我把它从停放架上推了下来。闪着白光的铁丝网划破暗淡的天空。鸟儿们以为到了晚上，于是回巢去了。一棵阎浮树上的浆果随风飘落。我想起了拉姆·萨兰曾坚持说风会把雨吹走。但他也说过，阎浮树的果实意味着云层即将爆破。这两种说法究竟哪一种是对的？

雨水像破碎的玻璃窗一样砸了下来。冰雹随着雨水而来。不一会儿，我就看不见脚下的路了，只好躲到树下避雨。一根树枝掉了下来，我骑车的路变成了一条小溪。也许过去了十五分钟，但感觉有半天那么长。又过了一会儿，我再次骑上车，低着头，顶着绵绵的雨。在离家不远处，我丢下自行车，跑完了最后一段路。我进屋时浑身都湿透了，大喊着：“妈妈！妈妈！”

我跑进第一个房间，以为她会在那里不耐烦地踱来踱去。但向我走来的是戈拉克，后面跟着里基。她跳起来舔我的脸，一次又一次地扑到我身上，告诉我一件显而易见的事情：母亲不在家。

"夫人不久前离开了，"戈拉克说，"她一直念叨着你就快回来了，她要带你一起去。但时间太晚了，她不得不离开。不，她没有告诉我她要去哪里。"

晚上父亲回来时，母亲仍然没有回来。父亲皱起眉头。"什么？夫人不在家吗？她去哪儿了？她什么也没说？班诺？班诺！"

"我只知道这么多。她走了，一个字也没说。没有告诉我做什么饭，做几个人的饭。我该怎么办？"

那天晚上，父亲走进他的卧室，在房间里待了很久，直到晚饭时间才来到客厅。他高大瘦削的身形不知怎的变得愈发矮小，也许是由于肩膀下垂、背部弯曲的缘故。此后多年，班诺姐姐一直说他看起来像是一块被暴风雨袭倒的麦田。

祖父从诊所回来时，父亲把我们俩叫到客厅，让我们坐下。这种形式使我感到害怕。他告诉我们，母亲去旅行了，而且有一段时间不会回来。可能是很长一段时间。"旅行，"祖父用疑惑的语气问，"去哪儿？做什么？是她在德里的母亲生病了吗？"

我不记得那次谈话的细节了。我的心猛烈地撞击着胸腔。我感觉舌头又粗又大，仿佛如果我不用它说话，它就会爆炸。我为什么不干脆假装生病，赶紧回家呢？这就是她答应我的旅行吗？如果这是一次漫长的旅行，是不是就意味着她将一个星期不回家？还是一个月？一场恐惧与困惑的黑暗旋风席卷了我。

有一段时间，由于每个人都在我的周围竖起了无形的屏障，我一直以为当我从学校、河边或迪努家回家时，我会看到母亲。几周后，从家中仆人的闲言碎语和学校师生的指指点点中，我才对可能发生的事情有了新的认识。

母亲从我们身边逃走了。她和另一个男人私奔了。

施皮斯先生。

施皮斯先生，他为我们吹口琴，画画，用德语和里基交谈。施皮斯先生已经成为爷爷最亲密的朋友。施皮斯先生和贝丽尔·德·佐特离开时向所有人告别和道谢，却没有说他们要把我母亲带走。他们甚至瞒着我的祖父。

这是一种无法原谅的背叛。母亲在离开时便知道，她已经在自己和家人之间的每一座桥梁上都浇了汽油，燃了烈火。在这样的离弃之后，还有什么宽恕可言？她再也不可能回来了，即使是为了我。

* * *

起初，父亲像往常一样生活。他假装，或者也许他相信，一切都没有改变。随着日子一天天过去，母亲没有再出现，父亲有了一种轻微的预感。他似乎正努力避免被人看见。也许他无意中听到了老师和学生们的窃窃私语——他突然停止了工作。他不喝酒，也不抽烟。相反，他整日坐在屋顶上阅读。他不再进行晨间游行，不再去协会，也不再记录当日的思考。有些日子，他根本不愿意下床，我们不得不在下午恳求他吃点东西。还有些日子，他在黎明时分醒来，静静地坐在阳台上，闭着眼睛，挺直背脊，一遍又一遍地低声念着一首舒洛迦体[1]诗。这样的父亲对我们来说是很反常的。在那之前，父亲在精神方面的兴趣不亚于一位哲学家：对不同的思想体系感到好奇，但同时也保持怀疑。

当时我并不明白母亲的失踪对父亲来说是多么巨大的耻辱。她并非为了参加争取民族独立的游行而离开家庭——若果真如此，她就会成为一名光荣的殉道者而被捕入狱，父亲也不会如此痛苦。他会把它当作一个姗姗来迟的证明加以庆祝，证明他多年来一直试图改变她思维方式的努力没有付诸东流。父亲曾拒绝过母亲的任何要求吗？其他妇女戴着面纱、照看孩子、刺绣和编织——她不需要做这些事。母亲可以自由地做她想做的事情、去她想去的地方、穿她想穿的衣服——当然是在合理的范围内。

然而，即使在父亲的至暗时刻，他也深谙母亲所能拥有的自由的讽刺性。他总是直视真实，无论真实的光芒如何刺痛他的眼睛：他那时就知道，正如我后来意识到的那样，她的每一个小小的自由都取决于他的默许。她感到窒息，于是挣脱了束缚。她没有为了一个共同的事业而选择艰苦和牺牲，相反，她成了最堕落的那种女人——离开自己的孩子和丈夫，为了一个情人，一个外国男人。无论父亲走到哪里，都会有人恶毒地戳他的脊梁骨。他成了一个隐士，我们的家则成了一个回音室。

多年以后，父亲去世，我在整理他的遗物时发现了一封母亲的

---

[1] 古印度的一种诗体，其基本格律产生于口头说唱中，早在吠陀诗歌中即已存在。

信。它被塞在雪松木书桌的隐藏抽屉里。信纸有一股旧树脂的味道，摸起来又薄又脆，好似剥落的痂皮。没有日期。

> 我不会再回来了。我告诉你这些，只是不想你为我担心。请不要试图找到我或阻止我。我二十七岁了，生命正离我远去。我想要更多！在我们身上有些东西，无论我们如何努力，都无法与之抗争。我辜负了你，辜负了我的孩子。如果可以的话，请原谅我。

这封信已经足够夸张了，但似乎需要一些具体的东西来强调她所做之事的残酷性，抑或是为了兑现她几个月前发出的威胁，母亲剪掉了她的长发，把它和信一起放在一个棉布袋里。

我的手指抚过袋子里的头发。粗糙、暗淡、令人厌恶，它完全不像最后一个早晨她在阳台台阶上亲吻我额头时，那拂过我脸庞的带着香味的、绸缎般的发丝。

第 二 部

11

1930 年，加尔各答。一个十六岁的孟加拉女孩，有着非凡的智慧和文学天赋，遇到了一位名为米尔恰·埃利亚德的罗马尼亚学生。许多年后，这个名叫迈特雷伊的女孩写了一本关于一位年轻的罗马尼亚学者的小说，这位学者作为一个少女父亲的门徒住在她家。她称他为米尔恰·欧几里得，称那位少女为阿姆里塔。

在小说中，有一天，阿姆里塔的父亲把米尔恰带回家，宣布他的学生将和他们一起生活。他吩咐女儿为客人准备一间房，并把它收拾得舒适、漂亮。阿姆里塔说，这种对于学生的关爱和慷慨在他父亲身上并不罕见：

> 父亲的学生愿意为他牺牲很多，他也爱他们，但这并非像你我这样简单之人对彼此的爱。他对别人的爱是没有同理心的。他爱的是他自己。比如说，他爱我，他非常爱我——但与其说是为了我，不如说是为了他自己。**看，我的女儿是这样一颗无与伦比的宝石，她多么美丽，她写的诗**

多么美妙，她的英语多么流利——这就是我的女儿。看吧，看吧，你们所有人！

　　我是父亲的掌上明珠。但我知道，但凡我做了一件违逆他意愿的事，他就会把我碾碎。对他来说，我的快乐无关紧要。

　　这是我自己笨拙的翻译，是一个来自印度北部小镇的园艺师的作品。迈特雷伊·德维也许会原谅我的愚笨：那些像她一样生活在极度缺失之中的人，会了解这种抓取最细微相似之处的冲动——下巴的角度、额头的曲线、一闪而过的愤怒、特殊的言语方式、与陌生人的友谊。在我九岁那年，母亲把自己撕碎，把碎片撒落在微风中。从那时起，我一直在我读到的、看到的、听到的任何东西中寻找她的踪迹。

　　在迈特雷伊·德维的小说中，米尔恰大约二十岁，有着乌黑的头发和高高的颧骨。起初，阿姆里塔并没有注意到他有什么特别之处，但随着相处的时间愈来愈长，她发现在大家都走了之后，她仍在早餐桌前和他一起逗留许久，在她父亲的书房门口又溜走了一个小时。她的父亲在进出书房时，从他们身边走过，却一言不发。没有人阻止他们在一起闲荡。阿姆里塔开始注意到米尔恰的一些事情：他的库尔塔衫是如何在颈部敞开的，他的纽扣没有扣上，露出三角形的苍白皮肤。当他摘下眼镜时，他的眼睛看起来有所不同。

　　有一天，她的父亲告诉她，他将教他们二人学习迦梨陀娑的古典梵语诗《沙恭达罗》。

从第二天起，我们开始一起学习。谁知道当时的人在看到我和一个外国人一起坐在地垫上学习梵语时会作何感想。我在父亲的孟加拉学生眼中看到了嫉妒和惊讶。母亲那一代的年长女性对此表示怀疑和反对；那些与我同龄的人则带着热切的好奇看着我们。父亲对这一切都不屑一顾。这个外国人正逐渐成为家里的一分子。

*　　*　　*

我读到这些句子，回想起瓦尔特·施皮斯刚来我们家时，来自邻居和父亲的反对、嫉妒、好奇如出一辙。随着母亲与施皮斯先生的关系愈发亲近，父亲的反对加剧，变成了一种嫉妒的怒火。也许他能看出，尽管他在她面前发表了那么多关于爱国主义的演讲，为她列了那么长的书单，却从未做到施皮斯先生轻而易举就能做到的事情——只是草草涂画一只鹰或一张脸，就能使她焕发生命的活力与激情。他是否感觉到一种将他拒之门外的危险羁绊？他的反应是不许她和访客一起出门，并禁止他们来到家中。然而强迫母亲遵守行为准则是绝对行不通的，他本应该知道，在她个人的七宗罪清单中，服从排在首位，礼节紧随其后。

在迈特雷伊·德维的书中，围困阿姆里塔的樊笼是熟悉的。没有她父亲的允许，她什么都不能做。他对她有着绝对的支配权，即便他将这种专制伪装成对她的关心。她渴望纵身跃入流淌于家门外的生命之河，但被禁止了。有一次，当她不顾父亲的严厉要求，参加一个民族主义者的葬礼游行时，她的父亲面色铁青地向她怒吼，不停地咆哮，直到她精疲力竭。

迈特雷伊·德维和母亲几乎是同时代的人，她们甚至可能在1926年见过面。当时母亲和她父亲一起去圣迪尼克坦参观拉宾德拉纳特的学校，中途曾在加尔各答停留。阿格尼·森本身就是一名学者，完全有理由去拜访迈特雷伊·德维的父亲，后者是一位哲学家和老师，对拉宾德拉纳特非常了解。母亲是否见过她？如果她们有交谈的话，都会谈些什么？我不知道。但当我读到这本孟加拉语小说时，我想，在母亲与贝丽尔、瓦尔特一起离开的时候，她强行打开了一扇于迈特雷伊·德维而言紧闭的门。

作为一个追忆过往的年迈之人，我试着在书中寻找像母亲一样的人，试着客观地看待她，把她看作一个可能会受人钦佩的反叛者，一个有着强烈使命感的艺术家。为了追寻艺术之路，她舍弃了家庭。

作为一个被无端抛弃的孩子，我只感到愤怒、痛苦和困惑。

12

其他人都对母亲离开这一话题避而不谈，但对祖父来说，这似乎首先是日历上一个有用的标记。"你的这道伤疤是什么时候留下的？"他可能会说，"是在你母亲离开之前还是之后？"他在用自己的方式表明，生活被分割成两个截然不同的部分是正常的，而你可以淡化、无视这种变化。仿佛母亲总是离开自己的家和孩子，从西伯利亚到锡亚尔科特，有许多像我一样的男孩，他们从正常生活步入没有母亲的生活，就像穿过一扇敞开的门步入另一座房子一样容易。母亲曾经在那里，现在不在了，仅此而已。另一方面，父亲更愿意把母亲看作一支蜡烛，燃烧殆尽，不留一丝痕迹，甚至连最小的干蜡块也没留下。我本能地知道，我不能在他面前提到她。

大约在那个时候，德利特电影院每天放映三场鲍里斯·卡洛夫主演的《行走的死者》。这部电影讲述了一个被敌人杀死的男人，在医生为其植入一颗机械心脏后起死回生的故事。复活后，他获得了第六感。他借此找到了谋杀自己的凶手，把他们每个人都推向了可怕的结局。最后，复活的人被枪杀了，但这一次他死得很平静，他报了仇。迪努在看完这部电影后，整整一个星期都睡不着觉，他呜咽着醒来，爬到哥哥的床上寻求安慰，结果哥哥把他一脚踢开，并叫他滚远点。

家里不允许我看电影，但这个故事向我证明，死亡也许是可逆的。在母亲离开后的头几个星期，我以为她已不在人世，只是没有人告诉我，于是晚上我躺在床上仰望天空，和某位负责照顾星星、里基、我以及我们所有人的生灵说话："让她回来吧，一周后，一个月后，一年后。像鲍里斯·卡洛夫一样。"我在祈祷的最后加了一句："让她回来的时候完全是她原来的样子吧，而不是作为一个杀手。"

我反复做着同一个梦。在梦中，祖父诊所罐子里的那只断手飘走了。我痛苦地追赶着它，惊觉自己没有了手，哭喊着要它回来。当我从这些梦中醒来时，我因恐惧而无法呼吸，下意识地检查自己的手臂是否完好无损。失去身体一部分的感觉是如此痛苦和真实。

* * *

母亲没有回来，但随着冬日渐近，她的第一封信来了，一个塞满文字和图画的信封。虽然我已忘记收到这封信的确切月份，但仍记得她的画在我冰冷的手中是多么温暖。第一幅画上是一望无际的海面和海水前方的马蹄形黄色海滩，棕榈树亲昵地朝彼此弯腰。前景是一组栏杆——她一定是在汽船的甲板上画的。还有另一幅画，是一幅彩绘地图，画的是一艘船从印度的马德拉斯海岸出发，穿过白色的浪花和微笑的鱼群，驶向新加坡，然后驶向泗水、爪哇岛和巴厘岛。就像孩子画的陆地和海洋。所有的地方都由母亲那只小巧整洁的手做了标记。她的笔迹通常由圆圈和花体组成，在页边空白处向上倾斜。

父亲还没有去上班。他从邮递员手中接过信，仔细看了看信封，面无表情地递给我。"这是给你的。你的第一封信。"信封里装着几幅画和几行字，文字的开头是"我亲爱的梅什金"，接着说她有多么想念我，多么想念家乡，以及在离家如此遥远的地方她有多么悲伤。她问起爷爷和父亲的近况，但没有说她要回来。父亲一直等到我打开信封，看到里面没有给他的东西后，便转身进屋了。那天我们喝茶时没有见到他，吃饭时也没有。

那封信改变了父亲内心的某些东西。他什么也没说，但这是很久以前就在他脑海中响起的挽歌的最后一个音符。在接下来的几天里，他把他的东西从他们共住的卧室搬到后面的外屋。外屋有两个房间和一个有顶的阳台，离主屋有一段距离，被一棵罗望子树荫蔽着。我很少看到外屋的门开着。没有人要去那里，我们已经完全忘记了它存在的理由。

拉姆·萨兰用力踢开潮湿的门，令人窒息的鸟粪气味像毒气一样从那里涌出。鸽子扑腾着翅膀飞了出来。我们走进一摞摞被岁月粘作一团的旧报纸、没有腿的椅子、空瓶子、粘满粪肥的麻袋、截断的桌腿、用铁丝网做成的扭曲的笼子、一卷卷磨损的牛绳、破裂的灯座、废弃的烟花。拉姆·萨兰把所有能燃烧的东西都堆成了篝火。火苗跳跃，噼啪作响，他蹲在火堆前，暖着手、挠着头、抽着烟，直到一些烟花出人意料地在明亮的光雨中爆炸，他才跳开，回到房间继续打扫。尽管他做了很多努力，但墙壁还是很脏，粉刷的墙面早就变成了发霉的黄色，上面还有灰色的斑点。地板是暗红色的，怎么擦也擦不亮。地板的裂缝中仍布满黑色的污垢，肥皂和刷子都无济于事。

打扫完房间后，父亲让拉姆·萨兰和戈拉克把他的雪松木桌椅和书搬了进来。从"罗萨里奥父子"商店曾运来一张窄床和一把坚硬的木椅，印象中它们早已发霉。这些和书架就是父亲全部的家具了。他没有地毯、没有画、没有钟、没有收音机。我们的房子有电，但外屋没有。天黑后，屋子里有蜡烛和油灯用于照明。爷爷问他，酷暑来临时他将作何打算，没有风扇能行吗？父亲说，到时候再看情况吧。

现在家里整天都是空的，爷爷在他的诊所里，父亲在他的外屋里看书。清晨去学校之前，我去外屋与父亲告别，只见他正站在屋顶上，闭着眼睛，喃喃地念叨着他新发现的佛教咒语。我回来时发现他又把自己锁在房间里。我独自一人吃了午饭，然后去找迪努，或者一路跑到爷爷那里，在诊所里度过一个下午。

母亲的第一封信使我的感情陷入混乱。我是在一个人的时候读的，没人看到我在做什么。我隐隐约约地感觉到自己也许不该收那封信，它本应是父亲的。我为许多事情生母亲的气，她没有给父亲写信，她离开了我，她没有带我一起走，然而，最重要的是，我深知自己渴望她回来，但凡我看到任何与她有关的物品——一个以前总是插着新鲜花束的空花瓶，一件晾在绳子上的白色纱丽——一股巨大的痛苦就会紧紧挤压我的胸膛，其力度足以折断我的肋骨。

我每天都会读这封信。有时我带着信躲进旧马车里，不知不觉中，我又和母亲一起骑着自行车，我坐在后座，双腿悬在地面上摇晃。我迷迷糊糊地上了一艘驶离印度的船，去巴厘岛找她。我坐在那里，感觉像是坐了一整天，做着梦，直到我睡着了。我饿着肚子，迷迷糊糊地醒来，班诺姐姐和拉姆·萨兰的声音越来越近，然后逐渐远去。我渴望他们之中能有一人注意到我的痛苦并来接我，但他们总是有其他事情要做。当我从马车上下来，走进屋子时，班诺姐姐对我怒目而视。"你上哪儿去了？怎么不去洗澡、吃饭或学习？就知道闲逛。"

* * *

那年冬季的一天，梳棉工人像往年一样来给我们重做床垫和棉被。他坐在外面的梳棉机前，悬浮在一片棉花云里，那棉花飘啊飘的，阳光明媚的花园中似有雪花飞舞。父亲走了过来，坐在梳棉工人旁的楼梯上，目不转睛地盯着那些颤动的织线。他双手托着下巴，一动不动。渐渐地，成片的棉花覆盖在他的头发上，把他变成了一个老人。棉絮停落在他的肩上和腿上。整整一天，当梳棉工人工作时，父亲便坐在那里，什么也不说，什么也不做，只是看着。

那天晚上，他对爷爷说："那个梳棉工人每年都会来我们家，但我不知道他的名字。他说，在他之前是他的父亲。你知道他的名字吗？"

"我知道他父亲的名字，我曾为他治疗过一次肺炎，我记得那场病很严重，"爷爷说，"他的名字叫……让我想想。不，我想不起来了。"

"没错，"父亲说，"我们与所有这些为我们工作的人都没有任何关系。他们对我们来说和牲口没什么两样。事实上，我们知道牛的名字，不是吗？我们也知道狗的名字。但班诺最小的孩子叫什么名字呢，梅什金？"

"他叫达布，"我说，"另外两个是曼图和拉朱。"

"你只是因为和他们一起玩才认识他们。"

"一起玩也是一种友谊，不是吗？内克。"爷爷说。

"唔，**你**不知道他们的名字——对吗？"父亲迅速转向爷爷。爷爷正沙沙地翻着报纸，说："看啊，拉杰普塔纳击败了丁尼生勋爵的十一人队[1]。你知道丁尼生是谁吗，梅什金？"

"果不其然……开始谈论起了板球，以躲避任何令人不适的事情，"父亲说，"我们能不能不要转移话题？你知道班诺孩子的名字吗？"

"如果你决心证明我与劳苦大众毫无关系，内克，是的，那可能是真的，尽管我每年为他们治疗十几种疾病。我想我还记得班诺的名字就够了——到了我这个年龄。"他摘下眼镜，皱着眉头折起报纸，"我想我该去看看丽萨。喝杯咖啡。"

---

[1] 1937 年至 1938 年，英国运动员丁尼生勋爵（Lionel Tennyson）率领由英国人组成的板球队到印度参加巡回赛。拉杰普塔纳是代表拉杰普特人的球队，拉杰普特人以骁勇善战闻名。

"咖啡？真的吗？你在她那儿就喝这个吗？"父亲挑了挑眉毛，摇了摇头。他从桌旁站了起来，开始在房间里踱步，这里放本书，那里放个花瓶。他在母亲的一幅画前停了下来，画上画的是船只与河流，她曾威胁要烧掉这幅画，因为它太幼稚了。他盯着它，仿佛之前从未见过它。他把它从钩子上取下来，把它的正面转向墙壁，小心翼翼地放到地板上。"这与年龄无关，"他说，"一定有另一种生活方式，问题是如何找到它。一种更简单、更真实的方式。"

几天后，他再次让我和爷爷坐在客厅里。我们等待着消息：也许母亲已经告诉他，她要回来了。但是没有。他告诉我们，他要去朝圣了。他举了玄奘的例子。他说一千多年前，这位古老的佛教朝圣者从中国走到印度，寻找终极真理，解答心中困惑。他引用了佛陀的一句名言：在通往真理的道路上，人们只可能犯两种错误，一是半途而废，二是从未开始。父亲打算追随这些伟大灵魂的足迹，去巴特那、那烂陀、蓝毗尼，也许还会去更远的地方，去浦那附近的巴贾石窟，去阿旃陀和埃洛拉，甚至去缅甸和锡兰。他带着一种令人窒息的狂热诵读着这些圣地的名字，仿佛在朗诵诗歌。他想过像佛教僧侣那样的生活，身无分文，向施主寻求食物和住所，沿途冥想并学习佛教知识。他没有告诉我们他打算过多久这样的生活。

一天早上，他在我醒来之前就走了。我没有听见他离开。爷爷后来解释说，这是因为他没有乘坐马车或汽车走，只是带着一个布袋出门，袋子里装着一条毯子、一只金属碗、一个玻璃杯和几件衣服。他告诉爷爷，他打算走到我们镇的边缘，然后沿着通往下一个村庄的路继续前行，再走向更远的村庄。他将在往北行驶的牛车或马车上求得一点空间。当车停下来时，他就会在阳台上、寺庙里或路边的茶馆中过夜。他在留给我的纸条中告诉我，他之所以没有叫醒我，是因为害怕自己无法狠下心离开。纸条旁还留有一枚卢比，我可以随心所欲地支配它。他说他很快就会回来。我不必担心。

13

当父亲开启自我探索的旅程，我又拿出了母亲的信：第二封已经寄来了。这封信有好几页，上面到处都是插图。我把它们藏在一本书里，带去了爷爷的诊所。我在橱柜和一扇摇摇欲坠的彩绘屏风之间为自己找到了一个角落，以避开等候就诊的病人。在这里，我躺在地板上，仔细查看每一个字，每一个笔画。

母亲描述了村庄、舞蹈、巫医、雨林、山脉和奇异的花朵。"这是一个童话之地，"信上说，"总有一天你会来到这里，你会亲眼看见。这里有火山和泉水，有河流和海洋，有石头凿成的庙宇，还有会飞的狐狸。"她把她周围的环境画成明信片般大小的画，好让我明白她所说的。一圈圈绿色田野间的茅草屋。田野用轻浅的翠绿笔触描绘，周围是高大的树木。远处是一座蓝色的、平顶的山。另一页是黑色的，但在空地中央有一团橘红色的火，周围是一群头上戴着布头巾的人，他们的脸和火焰一样呈橘红色。他们身后有树叶和树木的阴影，透过阴影，你可以瞥见一头老虎的黄色脑袋发出微弱的光芒。两封信的结尾都是："我爱你如此之多，以至于连天空都容纳不下。"

当丽萨·麦克纳利从后门进来时，我把它们塞到了橱柜下面。她的后面跟着那个她过去常叫他"小伙计"的年轻人。小伙计端着一个托盘，上面放着切成楔形的蛋糕，一杯热可可和两杯茶。在母亲离开后，丽萨几乎每天都会在同一时间出现，她把这当成了一种仪式。她还没说话，一种气味就宣告了她的到来——一种混合着烟味、香草味、咖啡味、旧书味，也许还有樟脑味的气息，她的客房也弥漫着这种味道。即使在今天，我只要闻到这些气味中的任何一种，就会立刻回想起丽萨·麦克纳利的"家外之家"。

丽萨在爷爷对面坐下，对我说了声"你好，小家伙"，然后叹了口气。"我今天想的是，内克是否已经和……"说到这里，她压低声音，以一种我听不见的音量对爷爷说了些什么。我拿着蛋糕和热可可溜到了我的角落里。

"噢，别开玩笑，丽萨，她是个修女，"爷爷说，"你就不能控制一下你的想象力吗？穆克提还在勒克瑙。内克一个人走的，开始一段只有他自己知道意义的、荒谬的朝圣之旅。你每天都能想出这种事来。"

"啊，可我就是忍不住去想它，巴蒂！"

"别想太多，丽萨，"我听见爷爷说，"这有碍消化，会让你长皱纹、头疼，毁掉你漂亮的脸蛋。"

"漂亮脸蛋，不吃糕点。"

"但他们烤的蛋糕确实很好吃。"

笑声，片刻之后，划火柴的声音，然后烟雾缭绕。丽萨心满意足的吐烟声像一声叹息，传遍了整个房间。随着他们的声音起伏，一件奇怪的事情发生在我身上。我再也听不见爷爷和丽萨的声音了，也不再在商店里了。我正看着母亲的一幅画。在她画的那艘船的甲板上，我看见自己正坐在躺椅上。这并不像是我想象出来的场景。不，我从我的身体里跳了出来，就像一颗豌豆从豆荚里跳出来一样，滚到了那块甲板上，那把椅子上。我能感受到风吹拂着我的头发，潮湿而温暖的空气，我的身体摇晃着。母亲坐在甲板上，拒绝进食，拒绝移动。她晕船了。我和她坐在一起。在我们的视线所及之处，星星在夜空中闪烁。我们感受着风的抚摸，迎面而来，匆匆而过。夜色渐深，我和母亲在水声森森中沉沉睡去。清晨，我们看到其他船只从我们身边驶过。我们经过了椰树环绕的岛屿。水从蓝色变成绿色，再变成紫色，最终变成灰色。施皮斯先生坐在一旁，用他的口琴吹奏了一首曲子——是那天晚上他和祖父在满月下的空地上吹的那首《鳟鱼》。里基的下巴抵着我的脚。

我不知道我在那艘船的甲板上待了多久。当我从角落里走出来时，丽萨已经走了，桌子上的托盘、蛋糕和茶都已被清空。爷爷在双开式弹簧门的后面给一个病人做检查，还有两个病人在诊所前等候。我的热可可原封不动地放在角落里。它冰冷的表面上结了一层厚厚的、坚韧的奶皮。

整个晚上，第二天一整天，以及接下来的几天，我的耳朵里只有口琴的音符。当我骑车上下学时，海风吹拂着我的头发，路边的楝树和罗望子树变成了椰树，我家后面的河流变成了杰姆普汉的小溪，母亲整个下午都坐在溪边画画。如果我坐在河岸，凝视对岸的寺庙，在数到五十五之前忍着不眨眼睛，我就可以看到她在那里，低着头工作。我一眨眼，她就不见了。

* * *

偶尔，特别是在最初的几个月里，当我一觉醒来找不到母亲，或者从学校回到没有她的房子时，那种空虚是一种震惊，就像从梦中惊醒——从空中坠落的梦，永无止境地坠落，而下面空无一物。只是这并非一场梦。我的童年噩梦——如果所有人都死了，只剩我孤身一人该怎么办？——已经形成了我始料未及的形状。我们那曾满满当当的房间现在飘荡着回声。祖父和我在同一张桌子上吃晚饭，我们坚持坐在各自的老位置上，把属于我父母的位置留着。当我习惯性地用脚撞击椅子时，是爷爷把手放在我的膝盖上安抚我。是他带我去图书馆，在我为选哪两本书而犹豫不决时在一旁等待。当我去上学时，是他站在阳台上跟我道别。每天早上，他都抽出时间检查厨房的储藏室，并给班诺姐姐购买物资的钱，就像母亲多年来所做的那样。"什么时候学习都不晚，是不是，梅什金？"他说，"看看我，满头白发，一口假牙，正在学习如何管理厨房。接下来他们会让我缝制衬衫。"每个周末，他都会带我去老城区人头攒动的街市，我们拎着满满一篮子异国蔬菜和鱼回来，没有人知道该怎么处理。然后他会让我找来母亲那本厚厚的旧日记，里面有莲藕或香蕉花配椰子的食谱。在我把它们翻译成印地语后，戈拉克便可以照着做了。

我现在是祖父的年龄——我的意思是他对我来说永远是那个年龄，一个祖父的年龄。我不像他。我不可能给予一个飘零无依的孩子如此温柔的照顾。我知道他们叫我坏脾气的老混蛋。这是我应得的。当事情脱离我的掌控，当我的世界逐渐瓦解，我感到怒不可遏。几年前，市政当局决定在曾被称为阿特金森大道的地方修建一座新的天桥，于是给道路两旁的四十四棵楝树判了死刑。这些树是我在几十年前种下的，当时我刚从德里回来不久，开始管理这里的园艺部门。在那个时候，保护树苗不受路过的牛羊伤害绝非易事。它们需要护树板，但战后砖头太贵了，铁制的护树板很难买到，钢制的也供不应求。一个偶然的机会，我们从一栋被拆毁的房子里寻得一些旧砖。那栋房子以其破败的形式守护了这些树苗。

　　从我得知我的四十四棵楝树要被砍掉的那一刻起，我就想尽一切办法来阻止：给部长们写信，诸如此类。一个疯疯癫癫的傻瓜的呓语。我挨家挨户走访，大汗淋漓，脸色苍白，递出一份打印好的呼吁书，让邻居们签名。我在信中强烈要求政府不要毁坏我的树木。"这些树有五十英尺高，"我说，"它们可以遮阴纳凉，它们的叶子可以驱赶昆虫，它们的果实可以榨油，这种油可以杀死头虱，可以让皮肤变得清透美丽。"除此之外，我还加了一段有关楝树神圣性的文字——它是这个女神的住处、那个女神的居所，被崇拜了几个世纪。在这个国家，没有什么比无知的宗教信仰或迷信更有效的了。

　　在大多数人家，他们把我当成强盗或洗涤剂推销员，当着我的面砰的一声关上门。在一户人家，开门的女人说："你真是疯了。"

但她让我坐在风扇下，给我端来一杯水，并在我的纸上签了字。我收集了三十八个签名。我把呼吁书寄给了公共工程部，同时心里也清楚一切都是徒劳无功。

当死亡终于无可避免，我摘下花园里所有的玫瑰和木槿花，走到阿特金森大道上的每一棵楝树前，在树底放上一朵花。三个满身灰尘的男孩开始跟着我。"这个老家伙神志不清了。"我听到他们在我身后念叨。

那天晚上，我在一棵树下的空地上度过，看着天空从肮脏的蓝色变成污秽的橙色，再变成病态的黑色。当我抬头望向上面的树冠时，我看到锯齿状的新叶在如洗的天空下呈现淡淡的绿色。几只夜莺从一个枝丫跳到另一个枝丫上，吃着一簇簇的豆荚。它们的翅膀是黑色的，尾巴下有一片明亮的红色。它们栖息着，时不时地唱出一段旋律。我转过身，迪努躺在旁边，闭着眼睛，阴影在他的脸上画出树叶的图案。迪努的嘴唇上方有茸茸的毛发。他正用一根小树枝在沙土上画着一个女孩的名字。玛杜丽，玛杜丽，玛杜丽。玛杜丽是谁？我不知道，他也没有告诉我。在那之后，我们俩手里都拿着枪，朝一列火车射击。

当我在树下过了一夜回到家时，我看到伊拉躺在阳台前方的摇椅上来回晃动，努力装出没有在等我的样子。在她看见我推开门的瞬间，她放下书走开了。

"你看看你。你的头发里有干树叶。你的肩膀上有鸟粪。"

"我在树下睡着了，"我说，"我做了一个梦。我记不全了，但梦里有迪努。当时他十四岁，我十岁。我们躺在树下，一只夜莺在唱歌。"

她扬了扬眉毛说:"一只夜莺在唱歌,是吗?是不是还有孔雀跳舞?"

她那张很像她母亲的圆脸沟壑纵横。她给我端来一杯姜汁茶和烤面包,然后在我身边坐下。她拿起她一直在读的那本书。有那么一会儿,她的脸半掩在书的后面,我知道她在阅读以保持冷静。她低声念着她正在读的那首诗中的两三行。"吹来的风一定来自某个地方,树叶的腐烂一定有其原因。"然后她沉默了。她不耐烦地推开摇椅,椅子嘎吱作响。

作为解释和道歉,我说:"他们要把我种植在阿特金森大道上的所有楝树都砍掉。我必须和它们在一起。"

伊拉继续看书,我不知道她是否听到了我的话,我转过身去吃东西。在蓝白相间的封面上方,我只能看到她紧蹙的双眉。几分钟后,她啪的一声合上了书,带着不安、暴躁的神情拿起了她最新的一幅十字绣作品。她把一种特殊的布料铺于绣框,绣上覆满玫瑰和冬青的小屋,这是欧洲乡村田园诗中的场景。她还添上诗句作配。"暮色与晚钟""一丛丛金色的水仙花"等等。这些作品被装裱起来,挂满了整个屋子。

伊拉把针在布上刺进刺出。"你真不让人省心。我彻夜未眠,想知道你在哪里。一个消失的老人。有些人一去不返。你知道人们是怎么嘲笑你的吗?你就不能把衬衫的扣子扣好吗?你看起来就像暴风雨中的雨伞一样残破。"

14

我知道他们在嘲笑我什么，但无所谓。

母亲在 1937 年的雨季离开后，学校里有一些低语和嗤笑传到我的耳中，起初很微弱，像是某种遥远的喧闹，让人难以辨别。后来父亲也走了，声音越来越近。我穿过学校的走廊，一路上都是窃笑和下流的问题。我没有听任何人说话，也不跟任何人说话。即便如此，我还是时不时地卷入斗殴事件，被那些比我大的男孩痛打。在一个炎热、干燥的日子里，我再次遭受凶残的殴打，我的牙齿断了，镜架也折了。迪努说："把头低下，你个混蛋。让他们爱说什么就说什么。"

"都是谎言！他们在说谎。"

"就算是谎言又怎么样？"我们骑着自行车回家，迪努蹬得飞快。他在狭窄的道路上绕着我转了一圈，然后继续骑在前面。他回头冲我喊道："无论如何，这不是谎言！每个人都知道一切。"他在前面飞驰，我根本没有机会回答。

迪努曾经是我的保护者，他会像子弹一样向任何欺负我的人发射自己。然而，大约一周前，当我的视线穿过周围一群嘲笑我的大男孩，希望他能出现的时候，我确实看到了他——站在人群的边缘。他没有加入他们的队伍，但他在一旁咧着嘴笑。当他感觉到我的目光落在他身上时，他立刻转身离开了。后来他说，我不懂得如何接受一个玩笑，那些男孩没有恶意，我应该做一个有风度的人。有一次，我发现他在走廊上高声模仿我向邮递员询问母亲信件的样子。在学校里，他尽量避免被人看到和我在一起，好像这会让他蒙羞。然而在家里，他像往常一样喊我去打板球、钓鱼和骑马。变化多端的迪努从我的朋友变成了我的敌对势力中的一分子。

我的牙齿和镜架被大男孩们打断的那天，我在枯焦的操场上看到了他，我确定这一点，虽然他不是暴徒中的一员，但他没有做任何事情来阻止他们的暴行。他们踢我，把我打倒在地，把我的眼镜甩得远远的，这样我就无法看见并反击。

那天下午我没有回家，而是走进祖父的诊所。我浑身是血，校服衬衫被撕破，短裤也很脏。我径直穿过双开式弹簧门。爷爷不在诊室。为什么当我需要他时，他却不在办公桌前？我满腔怒火，想要摧毁眼前的一切。我从爷爷的办公桌上拿起他的备用听诊器，把它缠在我的拳头上。我把它扔到角落里，它软趴趴地躺着，像一条死蛇。

"他出诊去了，"贾格特拾起听诊器说，"你怎么了？打架了？去把伤口清洗干净。"他拖着脚走到外屋的一个橱柜前，说："我去找消毒药水。擦的时候会有刺痛感。"

爷爷的桌子上有一个玻璃罐，里面装着用来诱哄儿童患者的糖果。我打开它，拿出两颗硬糖。我把它们一起放进嘴里，吮吸着，却尝不出它们的味道。我面前放着爷爷的医学书籍。他的高背椅。一张医学图表，上面显示着一个人的轮廓，他的体内有红色和蓝色的器官。我的目光落在玻璃罐中那只保存完好的手上。它漂浮在透明的液体中，看起来像蜡一样苍白，多余的手指像问号一样悬垂着。我鬼使神差地把爷爷的椅子拖到高架前，拿起罐子。它很重。那只手在里面浮动着，多余的手指则与之分开移动，仿佛没有完全连接在一起似的。看到那只手碰触到罐子的边缘，然后漂走，撞到罐子的另一边，我感到恶心极了。我取下罐子，打开我的书包，把它塞了进去。我甩开门走了，贾格特喊道："等等……消毒药水！"

　　我拼命骑车。每次颠簸的时候，罐子都会撞到我的背上。如果盖子摔开该怎么办？我尽量不去想这些后果。当我骑到家门口时，我把自行车扔到一边，然后跑向迪努家的房子。左边是房子的外翼，阿尔琼叔叔的首席办事员穆什吉坐在那里。他透过猫头鹰般的眼镜盯着一沓沓的纸，心不在焉地挖着鼻孔。我进去时，他抬起头来。阿尔琼叔叔在一间内室与人交谈，我能听到他声如洪钟："这个国家要完蛋了，国大党[1]想要自治，但**谁来统治？怎么统治？**"我从书包里拿出罐子，没等穆什吉开口，我就已经跑到内门，砰的一声把罐子扔进房间，摔得粉碎。"兰布给你送来一份来自地狱的

---

[1] 印度历史上最重要的政党之一，领导了印度反对英国殖民统治的斗争。印度独立后，曾一党独大，长期执政。

礼物！"我喊道，然后跑出了房间。

此后的一天一夜，阿尔琼叔叔愤怒的吼声一直在我的耳边回荡，罐中液体的可怕气味充斥着我的鼻腔。我什么也看不见，只看见一只软绵绵的、橡胶似的手躺在地板上的一摊液体中。多出的两根手指中的一根已经脱落，躺在远处，就像一只无头无尾的死蜥蜴。

*　*　*

那次事件之后，我发现爷爷时不时地看着我，好像他要对什么事下定决心似的。几天后，他说他现在有太多事情要做，需要尽可能多的帮助。我能帮上忙吗？他说，他特别需要一个男孩，在他出诊时帮他提箱子，因为他老得提不动箱子了，还要确保他出门时没有落东西，因为他老得记不住事情了。

现在，每当我想起这些出诊服务时，我都会暗自发笑，尽管这一切都是许多年前的事了。我看见爷爷在镜子前梳理他竖起来的银发，因为他刚刚脱下夜间穿的库尔塔衫，换上了另一件。当他穿好衣服、戴好手表并拿上钱包时，他说："我的助手准备好了吗？"当我们到达病人家时，所有人都如释重负，他们围在爷爷身边，互相交谈着，试图解释病人的症状。我决定永远不要成为一名医生，病人的腹部毛发丛生，他们的舌头是那么灰暗，他们的气味总是酸的、陈腐的、令人不安的。

祖父现在开始带一些病人回家，他让我在他外出的时候照看他们。这些都是骨折或中弹的年轻人，他为他们包扎并照顾他们，直到他们能够溜进黑暗中，或者在远离家乡的一间屋子里，再次做好战斗的准备。爷爷说，他们是被警察的警棍或子弹打伤的，不能去医院。对他来说，他们只是病人，但他知道警察不会这么认为，他可能会因为自己私自治疗他们而被逮捕。不能告诉任何人，他对家里所有人重申。他对我说，尤其是迪努和迪努的父亲。有几个晚上，大家都无法入睡，因为男人们在痛苦中呻吟和咒骂。我在长夜的清醒中记住了那些脏话。

　　出诊结束后，诊所关门了。我们回到家中，班诺姐姐把盘子哗啦哗啦地放到餐桌上。每隔几天，如果家里没有病人，爷爷就会推开装着还未动过的食物的盘子说："我们去丽萨家吧。"然后晚上就变了：明亮的灯光，印着玫瑰花纹的窗帘，小伙计端着汤锅进进出出，大块的软羊肉和肥美的土豆漂浮在散发着姜和洋葱味道的汤汁里。有面包和黄油，还有溢着糖浆、嵌着香蕉片的松脆油饼。有街道上的嘈杂声，有走廊上客人的喧闹声，有主路后面棚户区妇女打架的尖叫声。当丽萨·麦克纳利在晚餐后播放科尔·波特的唱片时，她那几十位穿着礼服和西装的祖先从墙上投来赞许的目光。"在我的内心深处，你真的是我的一部分。"她和唱着，她的声音与唱片发出的声音交融。她冲着试图跟唱的爷爷眨了眨眼。不到一分钟，爷爷就跑调了，于是转而吹起了口哨。

　　我希望音乐永远持续下去，这样我们就不用回到空荡荡的房子里去了。那里非常安静，我可以听到猫头鹰在阳台一隅睡觉时的呼吸声，我可以听到母亲在屋顶上唱歌，她的声音越来越近，然后又渐渐远去。我感到她在我的周围旋转，转得我头都晕了，我想保持清醒，等她找到我。但一切都变得混乱起来。当我睁开眼睛，已经是早上了。

15

父亲的第一封信是从迦尸寄给爷爷的——他称之为贝拿勒斯[1]。他希望自己能像僧侣一样生活，靠人们的施舍度日，但似乎未能如愿。他写道："这里有几处布施的场所，为僧侣和寻求庇护的人提供食物，但我遇到的那些地方都是根据种姓统治的。如果你是婆罗门种姓，就会得到尊重，否则只能被当作乞丐对待。像我这样的人，没有种姓，没有宗教信仰，只是个乞丐，总之，在这些地方，我只能拿几块干面饼和水填饱肚子。在我们国家，贫穷的、低种姓的或者不知名种姓的人是什么处境，我现在有了一点体会。你会问我：为什么要这么做？我不知道。我的内心有一场风暴。你会说，我该去做自己应做之事了，照顾我的儿子。我知道，我会的。与此同时，你能给我汇两百卢比到下面的地址吗？我们的邮政账户上有足够多的钱。我将留在这里，直到汇款单到来，然后再向北走。"

---

[1] 即恒河圣城瓦拉纳西，位于印度北部，是古代迦尸国的首都，旧称贝拿勒斯。

邮差一般在下午到来，那是在我放学回家不久之后。我让他在我们家门口停下，当邮差走近时，我数着他的步数。如果信是父亲而不是母亲寄来的，我的心情会一落千丈。母亲的信是写给我的，而父亲的信总是写给爷爷的，其中只有寥寥几行是写给我的。即使当爷爷读出父亲的信时，我也听不懂。他把它们收起来说："我会把它们保存好。总有一天你会想读它们的。"

母亲的信花了更长的时间才寄来。信件到达时，通常已经过了一个月或更久的时间。它们看起来很有异域风情，上面贴着一分和两分的邮票，写着"荷属东印度群岛"，这让我以为它们是为从荷兰寄信到印度的人准备的特殊邮票，而巴厘岛就在荷兰境内。有时母亲会在里面放一只蝴蝶标本，有时会放一片叶子或干花。她在信上说，从施皮斯先生在伊塞山脉的房子里可以看到一座火山。她还写到海杧果树，树上长着的绿色球状物既是毒品也是药物。她为我画下海杧果树、丁香树和鳄梨树，还画了他们的庙宇和房屋。

夜里，半睡半醒间，我来到阿贡火山脚下，与它隔着几英里的稻田。我能看见母亲和施皮斯先生。施皮斯先生坐在一棵蕨叶树的阴凉中，身穿灰色和白色的衣服，旁边有一把空椅子、一个废弃的袋子和一个绿瓶子。在他身后，山峰拔地而起，巨大而突兀地出现在平坦田野的尽头，它是蓝色、灰色和绿色的。山腰云雾缭绕，山尖高耸于云层之上，托举着太阳，就像母亲画的那样。

当阿贡火山爆发时，起初只有烟雾，空气中弥漫着一种令人窒息的气味。接着，一团厚厚的灰云从山顶升起，仿佛里面还有一座燃烧着的山。我能看到山顶上橘黄色的火光。热气从那里蔓延开来，进入伊塞山脉的小屋。几分钟后，植物的叶子蜷缩起来，干成了纸片，公鸡停止啼叫，猫逃到角落里。烟雾越来越大，越来越浓，随风向西移动。几个小时后，烟雾消隐，热气减弱，黑云也开始散开，露出浅淡的天光，直到夜幕降临，群星闪烁。

我在房间里凝视着窗外。透过敞开的门，我能听到祖父在睡梦中喃喃自语。我溜出自己的身体，飞到伊塞村庄的上空。位于卡朗阿森省希德门的伊塞。巴厘岛东部的卡朗阿森。我低声说。伊塞。

每当我收到母亲的来信，我都会仔细检查信封和邮票，然后才打开。一旦信被读完，一切就结束了。我又要开始新一轮的等待。我强迫自己在第二天或后天之前不要打开信。当我在学校上课时，当我和迪努去钓鱼时，当我和祖父一起出诊时，我想到它在房间书桌的角落里发光、跳动，等待着我。母亲的某样东西在等待着我。

* * *

母亲在最近的一封信中说，施皮斯先生正在创作一幅巨幅画，这是他受委托创作的十二幅画中的一幅。为了完成这些画，他不得不走遍全岛，寻找遗迹。他的猴子和他一起乘车出发，他在路边的市场给它们买了香蕉。读信时，我可以看到市场，可以感觉到空气从车旁呼啸而过。其中一只猴子坐在我的头上，在我的头发里翻来翻去。当母亲碰巧回头看到这一幕时，她尖叫起来。这使得三只猴子跳下行驶中的汽车，仓皇爬上一棵树的顶端。施皮斯先生只好站在树下，低声哄诱它们下来。

猴子们跟着他到处跑。一次，我们去首府登巴萨参加一个聚会。舞厅里灯光闪烁，人们叽叽喳喳说个不停，所有人都想和施皮斯先生说话。女人们穿着长裙，男人们穿着黑白西装，手里拿着高脚杯。其中一个男人声音洪亮，自视甚高。"那个荷兰人真是个自大的混蛋。"施皮斯先生说。晚会结束后，我们回到车上，他亲吻了猴子们的头顶，松了口气。"终于可以和人在一起了。"他说。

下一次采风时，他把猴子留在了家里，回来后，发现它们把十二幅画中最新的那幅撕毁了。这幅画历时四个月，几近完工，现在它变成了一百多个碎片。画布碎片像雨点一样从他的指间落下。母亲跪在地上，把它们捡起来，她对着那些胳膊、腿、眼睛、树木、牛的碎片哭泣，说这都是她的错。她把其中几片放在寄给我的下一封信中：颜料像发光的黄金一样耀眼。阴影和光线让我觉得这些画布碎片好像是有生命的。施皮斯先生似乎一点也不生气，母亲写道。他挠了挠猴子的头，建议它们以后不要再亵渎伟大的艺术，然后他把自己关起来，从头再画一遍。

无论他们开到哪里，山坡上都散落着闪闪发光的稻田，如同镜子的碎片。岛上的人都认识施皮斯先生。即使他们以前从未见过他，他们也知道他是谁。只要他的车一出现，他们就出来迎他，就像迎接一位朋友一样。他坐在他们家的阳台上，点上一支烟，听他们讲故事。当他们在卡朗阿森的王公家停下来时，母亲走进了宽敞的厨房，而施皮斯先生则坐在外面的院子里，与王公一起喝着烧酒。母亲的新笔记本上满是新菜谱、绘画和笔记。她在页边空白处画下一些她不知道该如何称呼的东西，然后向施皮斯先生或他的朋友询问它们的名字。就这样，她学会了一点马来语、荷兰语，甚至还有德语。足够应付日常使用了。

母亲在寄给我的信中提到了她的新笔记本，并问道："我的旧笔记本在哪里？我要是把它带过来就好了。"

母亲的笔记本还放在原来的地方，她的梳妆台上。在没有来信的那几周里，它曾是我的备用读物。直到现在我还留着它。这本日记可以追溯到她第一次去巴厘岛的那一年，1927年。她用毛笔在扉页上写下了"嘉亚特里"，字母的笔触很长，很有气势。有一幅画是1927年7月完成的，我至今仍念念不忘。画上是一个年轻的女孩，微笑着躺在一片花草丛中，周围繁星密布。这是一幅无需语言就能表达艺术家情感的自画像。

在母亲的第一次海上旅行中，她断断续续地写着日记。其中一页用大写字母写道："拉宾先生今天跟我说话了。他让我坐在他旁边。"随着页数的增加，文字越来越少，图片越来越多。这似乎是因为对于寥寥几行或匆匆几笔就能表达的事物，她已经没有耐心再去写散文了。有几页，母亲把她的日记变成了家庭账目的记录：买的杂货，付的工资，还有用于治疗我的抽搐和发烧的药物清单。有东西从本子里掉落：从杂志上剪下来的图片，《孩子》的门票。她带我去看日场电影，公然无视父亲对于电影弊端的指责。当我们从电影院回来时，父亲在阳台上踱来踱去，怒不可遏。从那以后，我和母亲去电影院的日子就结束了。

在她的笔记本写有"橘子香味的米布丁"和"法尔哈纳夫人的抓饭"食谱的纸页之间，母亲贴上了照片角贴，并插入了一张年轻时她和她父亲的照片。她的眼睛明亮闪烁，她的发辫垂在肩上，她的父亲正看着她，而不是看镜头。日记中还有其他照片，包括一张在湖边野餐的家庭合照。湖面像床一样平坦、洁白，我们在湖边排成一排。我在母亲和祖父之间。照片上还有来自卡拉奇的叔叔和他的妻子、儿子，甚至还有班诺姐姐、迪努、拉朱、曼图、兰布和戈拉克。然而没有父亲。日记中没有他的痕迹。

16

　　祖父知道我对迪努的气枪垂涎已久,于是在我十岁生日时送了我一把镀镍的黛西牌气枪。在一连数日的杧果射击练习之后,迪努提议到离家远一点的地方试试我的新枪。在傍晚的火车驶过时向它射击。"移动的目标,梅什金,"他说,"打花园里的旧罐头和水果是小孩才会做的事。"

　　迪努学会抽烟了,他的房间里还藏着一瓶朗姆酒——是从他叔叔的酒窖里偷来的。他声称自己吻过一个女孩。他在人情世故方面远远领先于我,因此在所有这类问题上我都听从他的意见。那天下午晚些时候,我把子弹和枪放进包里,爬过高高的草地和马缨丹灌木丛,来到铁路线上。我比他矮得多,不得不拼命爬行才能跟上他。在靠近铁路线的地方,我们趴在路堑上等待傍晚的火车。我们低声交谈,迪努把一片草叶放进嘴里咀嚼,就像他在西部电影中看到的牛仔那样。他向后推了推一顶想象中的帽子。天空中没有一丝云彩,世界旷阔,我没有父母,我有自己的枪。我也摘了一片草来嚼。

日落前的某个时候，我们听到远方传来一声鸣笛。迪努匍匐着，做好了准备。他眯起眼睛。我的脑海中闪过一个念头，那列火车里可能载着旅客，而非货物。我猛地坐了起来。我们的子弹可能会破窗而入，可能会让火车着火。我抓住迪努的胳膊让他停下来。他甩开我，再次瞄准目标。

火车再次鸣笛，然后向我们驶来。它离我们如此之近，以至于我们能感受到风把我们向后推搡。如果从尼泊尔回来的父亲在这列火车上该怎么办？如果母亲在里面呢？火车轰隆隆地从我们身边呼啸而过，迪努按下了扳机，我碰了碰他的胳膊，满目惊恐地喊道："不，不！不要！"

当火车驶过，噪声退去，我们再也听不到别的声音了。干草让我感到发痒，我努力抑制住想打喷嚏的冲动。我能感觉到迪努正在蓄力，打算暴揍我一顿，但接着我听到他说："看那边。我的第一个移动目标。梅什金，我打中了一只鸟作晚餐。"

他从原地站了起来，慢慢地向远处草丛中的某样东西靠近。草在动。然后传来一阵呜咽与呻吟，那是一个男人的声音，他哭喊道："我的腿！他们杀死了我！救命啊！他们杀死了我。"

迪努转身就逃。我来不及思考，也没有迟疑，而是慌忙起身猛追向他。他在岩石和土丘上飞奔，我拼命跟在他后面。我追上了他，紧紧抓住他的胳膊。"你打中了谁？发生了什么事？"

迪努甩开我的胳膊。"别这样，你这头蠢驴。"

"可是如果他死了呢？我们应该去看看。"

他突然停下脚步，转身朝我走来。他的脸离我很近，嘴里有一股烟味，脸颊上有两个红色的疙瘩，上面结着白色的痂。"如果他死了，看他又有什么用呢？不要跟任何人说起这件事，明白吗？谁让你把兰布的事透露给我哥哥的？你的耳朵被屎堵住了吗？是你抓住了我的胳膊，破坏了我的目标。那人受伤了，他会去找你爷爷。就这么简单。"

接下来的几天，我一看到瘸腿的人就浑身僵硬。我把气枪收了起来。我不时询问爷爷有关病人的情况，装作一副漫不经心的样子。我希望他能告诉我，他曾治疗过一个腿上中弹的人。在我问了一两天之后，爷爷扬起眉毛："那么，梅什金，"他说，"你到底想不想当一名医生？我们一起刺几个脓疮好吗？"

迪努和我没有谈论所发生的事情，仿佛只要一提起它，就会引来一群藏在灌木丛后方战场上的伤员。我几乎有一个星期没有见到他。在学校里偶然路过时，我避开了他。虽然当时我还不能清楚地表达内心的感受，但隐约明白我们已经开始了彼此疏远的缓慢过程。

然而，童年的友谊维持了如此漫长的时间，仅凭这一点，它就可以在遭遇种种波折后持续下去。熟悉的事物存在着安全感。当我需要核实我过去的细节时，我会求助于迪努，而我们在回忆一件事时所做的努力，会把我们带到另一件事上。就这样，由一件事引出了第二件事，第三件事，我们面前有一系列的路标，指引我们回到那些没有隔阂、普通而幸福的日子。是迪努让我想起了他偷偷带我去看的那些禁片，那些印有电影明星照片的小册子，我把它们囤积起来，直到它们的触感变得油腻。我们是如何坐在屏幕前的地板上，在最后一吻时狼嚎不已。我几乎完全忘记了我们对无所畏惧的纳迪娅[1]的迷恋，忘记了我们的身体因她大腿的裸露程度升腾而起的炙热，忘记了我们决心找到她，用鞭子和其他东西，让她脱掉衣服。

---

[1] Fearless Nadia（1908—1996），印度女演员，在印度最早一些以女性为主角的影片中担任主演。

17

父亲在他离开几个月之后回来了。那是一个闷热的日子，在他到达之前的一段时间，他发了一封电报，上面只是写着"马上就到。干净的房间"。由于不确定他指的是哪些房间，拉姆·萨兰花了一个星期对外屋和我父母的旧卧室进行了全面大扫除。他赶走了高墙上僵死的蜥蜴，用扫帚扫过玻璃般的蜘蛛网，掸去灰尘，把地板拖得锃亮，然后把所有东西都放回原处并锁起来。

当父亲出现在门口，喊着"有人吗？"时，家里所有人都出来围观。我从后花园的破马车里蹿了出来，我和桑皮一直待在那里，救治在火山爆发时受伤的人们。桑皮是母亲在信中经常提起的那个男孩。里基蹦蹦跳跳地跑向大门，她的尾巴闪烁着喜悦的光芒。爷爷在诊所，但戈拉克、拉姆·萨兰、班诺姐姐和她的两个孩子，所有人一听到他的声音就跑了出来。

我已经到了前花园，看到了他们尚未看到的景象。父亲不是一个人。有一个女人和他在一起。

"梅什金，过来，我回来了。"父亲以一种前所未有的方式伸出手臂。他看起来很笨拙，就像画册上的稻草人，脸上挂着僵硬的微笑。

那个女人抱着一个幼儿。她不停地摇晃着身体，用一种我听不懂的语言低声哼着歌。那孩子呜咽着，然后号啕大哭，听起来就像夜里在花园一隅打架的猫。我一直站在原地，无法让自己走向父亲，仿佛我的脚生出了根，而我再也无法移动了。

"梅什金？"他又喊道，"来，让我好好看看你。你长高了。"

他向我走来，我往后退了几步，害羞得好像他是个陌生人。他把头靠在我的头上，一只胳膊搂着我，笨拙地拥抱着。我们俩像树枝一样僵硬。当他向我弯下腰时，他肩上的包掉到了地上。我拉开了距离。他形容枯槁，剃过的头发又重新长了出来，胡子乱糟糟的，身上有一股汗臭和头皮屑的味道。他一点也不像我的父亲。

他注意到班诺姐姐和其他人目瞪口呆的神情，说道："这是利皮，我的妻子。还有她的女儿，伊拉瓦蒂。我们叫她伊拉，现在她也是我的女儿。"他还没来得及再多说些什么，拉姆·萨兰就拖着脚走开了，然后又突然跑了回来，说了些语无伦次的话，我们都听不懂。

爷爷出现的速度比拉姆·萨兰慢得多，他看到父亲在屋子里走来走去，谈谈这个，说说那个，而那个女人和她的孩子待在外屋。我站在厨房院子的边缘，既不能走近外屋，也不能停止盯着它看。利皮时不时地走到外屋的阳台上，四处寻找帮助。班诺姐姐嘟囔着说："那个女人别以为她以后可以使唤我给她送热水或者其他什么东西，做白日梦。"

爷爷和我父亲一起进了自己的卧室，门在他们身后关闭。那个女人再次走到阳台上，发现了外面的我。她叫我——不是叫我的名字，而是做了个手势——我慢慢走向她。从她那双斜着的眼睛来看，她很像我的母亲，但在其他方面则完全不同。我母亲身材纤细，而这个女人却很粗壮。她不像我母亲那么漂亮，也没有什么时尚可言。她穿着一件白色和棕色相间、质地粗糙的纱丽，一直长到脚踝，她的头被纱丽遮住了一部分。她的鼻子上戴了一个暗淡的金钉。她的脖子上戴着几只项圈和一根缠绕的红线。她的头发紧紧向后束起，发缝处涂满了朱红色的粉末。当我走近时，她用印地语说："你知道吗，对我来说，这就像进入了一所新学校。你能帮助我吗？告诉我洗手间在哪里，还有厨房。"

父亲坐在外面，脖子上围了条毛巾，他叫来的理发师正为他刮胡子。刮掉胡子后，他看起来有点像他自己了。他转向我，脸上满是泡沫，说："去诊所吧，爷爷需要你。他说你们一起出诊，这很好。了解人们的痛苦是很有价值的。"

祖父确实要出诊。一路上，我们就一直呆坐在马车上，一句话也没说。我盯着马的耳朵。它们是白色的，尽管马的其他部分是深棕色的。车夫大喊着让路人让开，并把他的铃铛撞在马车的木质边缘上。

爷爷清了清嗓子，在马蹄声中说："这需要时间，但总有一天你会喜欢有小伊拉做伴的。一个妹妹。"

"她不是我妹妹。"

"那就做朋友吧。你们会一起长大。"

我们回到诊所后，尽管还没到用茶点的时间，丽萨·麦克纳利和小伙计端着茶和热可可进来了。还有三块姜饼蛋糕。父亲第二任妻子的消息已经传到了丽萨的耳朵里，她一进诊所就说："巴蒂，巴蒂，巴蒂！奇迹永远不会停止！那个佛教徒再婚了。我要你在一分钟内告诉我所有的事。"

"噢，丽萨，她看起来是个令人愉快的人。我相信家里多个女人对我们大家都有好处。太多的男人会滋生事端。"

"听说她比我们的内克年轻得多？甚至比嘉亚特里还要年轻？那她是什么人？尼泊尔人？"

我把在诊所里听到的和从父亲的家信中了解到的内容拼凑起来，试图还原事情的原貌：父亲从迦尸向东去了加尔各答，在那里待了一个月左右，之后又向北去了喜马拉雅山。他的目的地是锡金的佛教寺庙，但此时他已经花光了祖父寄给他的大部分钱，而且身心交困。他不再步行，改乘火车，但到了铁路尽头，他不得不再次步行。他与一群在火车上遇到的其他朝圣者走在一起。他的脚已经起了严重的水泡，空气又冷又干，手指的皲裂处渗出了血。他用最后的钱买了一条厚厚的披肩，白天裹在身上，晚上用来当毯子，但这不足以抵御户外夜间的严寒。

和他一起走的其他人则要坚强得多：他们走得更快，并做好了御寒的准备。当父亲气喘吁吁地爬上第一座山时，他们已经变成了下一座山上渺小而遥远的身影。他在河岸边的一个茶摊前停了下来。他胸口冒火，无法呼吸，头痛欲裂。他走过峡谷、瀑布、阳光照耀下的山峰、寺院——所有这些他终其一生都在等待的景象——

但他所能感知的只有胸口的疼痛。他的肋骨已经变成了红热的铁箍。他的肺为了呼吸而与之对抗。茶摊上的那个人让他在一个角落里过夜，然后生了一堆火。他还给父亲提供了一条毯子、茶和热气腾腾的大麦粥，不收钱。几天来，这是父亲第一次感到温暖，但他的呼吸仍在胸腔里呼哧作响，他不得不坐着打了一整夜的瞌睡，因为他一躺下就咳嗽不止。

醒来时，他发现自己被一个印度大家庭包围着。这家人最初来自库马翁地区。苏诺里镇，离尼泊尔的边境很近。父亲向他们讲述了昔日在奈尼塔尔的"罗萨里奥父子"商店的拉伊·昌德。从那以后，他们再也不让他说一句拒绝的话了，他几乎成了他们的家人。事实上，他们确实相信有个亲戚曾为拉伊·昌德工作过！他们说，他们住的地方并不太远，并坚持要把他带回家里。就是在他们家，气咽声丝的父亲遇到了那个即将成为他第二任妻子的女人。

"山里的女人？乡下姑娘？"丽萨·麦克纳利说，声音尽可能地柔和，但仍有一丝尖厉。

"也许是，也许不是——她才刚到，丽萨。我如何能知道呢？她会说印地语，似乎受过教育。不过她不会说英语。"

"他们相爱吗？在嘉亚特里之后，内克的心里真的还会有柔情、浪漫吗？他对她如此倾心——噢，当他大老远跑到德里向她求婚时，他当然满心爱意。还记得你当时有多惊讶吗？内克·昌德这个苦行僧多年来一直悄无声息地爱着老师的女儿！而现在他又这么做了。"

"我不确定你的浪漫幻想是否正确，丽萨。从内克告诉我的情况来看，他感觉……他是怎么说的来着？一种无限的感激之情。还有怜悯。怜悯是件好事。我为我的儿子感到骄傲。他还说，愤怒。他对她的处境感到愤怒。"

丽萨冷哼一声。"别再讽刺了。怜悯对小猫来说是件好事，巴蒂，但它不会使婚姻幸福。你一定想问我是如何知道这些的，毕竟我从未进入过神圣的婚姻。但我就是知道，巴蒂，一个女孩知道这些事情。而且她还有个孩子！谁的孩子？"她向前倾着身子，一脸热切的样子。

"利皮是他们家小儿子的遗孀。他们将这个丈夫早逝的女人视为噩运。她生下那个小女孩——如果是个儿子，他们家可能会待她好些。她照顾内克，给他送食物等等。他看到她整天围着房子转，做苦力，突然想到，这就是佛陀一直以来的意图。"

"我以为佛陀为了他追寻的东西，抛弃了自己的妻子。"

"我必须重新认识我的儿子，丽萨，他说的那么多话、读的那么多书，我都从未理解。他称之为生活冥想。基督徒怎么称呼它？他们一定称它为某种东西，他们给大多数事物都起了名字。他说他不仅仅是在追随佛教，而且是在践行它的教义。"

"结婚不是为了侍奉神明，巴蒂。"

* * *

在父亲回来后的第二天，他来找我并做了一个决定：我要称呼他的新妻子为玛吉。在利皮的世界里，这是对于母亲的称呼。

我也做了一个决定，我根本不会以任何名字来称呼她。

* * *

父亲对生活充满了新的热情。他见到了数月未见的老同事和朋友。在他游历期间，穆克提·德维从监狱被释放，他又开始和她的队伍一起进行晨间游行。他回到了学院的工作岗位，并开始为报纸写文章。当他的第一篇文章发表时，他买了三份报纸——那是一篇关于他游历之初的文章，当时他离开蒙塔兹尔，开始步行到下一个村庄，没有固定的目的地。

人们都认为我精神失常了，但任何真正有灵性的人都是疯狂和自私的。那么多伟大的追寻者抛弃了家庭和孩子，让他们多年来饱受失去亲人之苦：佛陀不也有同样的罪过吗？然而，有人会说他的离开是一个错误吗？多少代人中有多少人会因为他有牺牲家庭的魄力而得到救赎？我自己误入歧途的追寻以各种各样的失败而告终：我匍匐在大师的脚下学习，但我的注意力游移不定。我的背疼。我被虫子咬得很痒。简而言之，我发现我只是个人，一个可怜人，我的物质需求大于精神饥渴。对我来说，承认这点是痛苦的，但也是必要的：在寻求知识的过程中，首先需要的是真理。

诸如此类，不一而足。但这的确给该报的编辑留下了深刻的印象，编辑是一个有民族主义倾向的虔诚者，他意识到他的读者对于苦修的推崇与颂扬。他要求父亲写一系列关于他游历的文章：逆境教会了他什么，他在待过的小村庄里发现了什么。父亲下班回来后，随便吃点东西，几乎没有跟任何人说话就钻进外屋，开始敲起打字机。如果孩子哭了，或者我吵着要拿枪，他就会抱怨噪声太大，他无法听见自己的思考。他那不耐烦的手指发出咔嗒咔嗒的声音，切碎了黄昏时分的鸟鸣。声音一直持续，直到猫头鹰踌躇不定的叫声也慢慢消隐。他只有在吃饭的时候才出现。他的头发向上竖立，眼睛里闪烁着无法与家里其他人交流的思想和观点。

*　*　*

　　我本能地知道，取悦我对父亲的新妻子来说至关重要。利皮会在我没有做任何值得一提的事情时表扬我，她会告诉伊拉，要像我一样懂事。在我从学校回来之前，她会在我的床上摆好洗净的衣服。在我洗完澡换好衣服后，我会去餐厅，发现她正在那里等我。一天，当我看到她摆放在我面前的一盘鼓鼓的炸薄饼和番茄红色的土豆时，我说："和昨天的一样。班诺姐姐知道我不喜欢这些。"

　　"看到你吃得那么开心，我还以为……"

　　即使在那个年纪，我也能隐约感觉到，利皮努力融入并让每个人都开心的做法有些可怜。我第一次认识到自己的力量。

　　我推开椅子，站了起来。"丽萨阿姨会给我蛋糕。"

如我所料，利皮在第二天下午为我准备了蛋糕。她等待着，看着我咀嚼每一口，我不得不把脸转过去，以免感到自己被盯着。

"蛋糕怎么样？"她说，她的声音低沉而轻快，"是拉姆·萨兰从兰杜尔面包店买的，他说家里每个人都爱吃。"

我踢了踢椅子腿，直到吃完口中的食物才回答，"还好，不过丽萨阿姨的更好。她自己做的。"

我刚要走出房间，就看到利皮伸手去拿剩下的蛋糕。她咬了一口，那么大一口，以至于嘴巴都要塞不下了。她几乎无法咀嚼。她移动着肿胀的脸颊，仿佛一只青蛙。她设法吞下一口又一口。她一边咀嚼一边用力抽着鼻子。即便如此，她仍流涕不止。我呆呆站在那里，既不能走，也不能阻止她，直到她吃完盘子里所有的残渣，然后逃到院子里。呕吐的声音被一种我听不懂的语言打断。

我跑出房子，沿路跑过河流，跑向铁路线，最后扑倒在路堑边的草地上。迪努曾在这个地方射伤了一个人。我把头埋在带刺的草丛中。一列火车轰隆而过。我抬起头，泪水模糊了眼睛。一列货运火车。不远处，一匹被遗弃在灌木丛中的老马仍在其中游荡。它的腹部已经塌陷，一条前腿上有一个红色流脓的伤口。它暂停了吃草，转过头来，那双黑色睫毛下的眼睛看着我，似乎在期待什么。

我的脑子里满是各种想法，就像一个满是蜜蜂的蜂巢。它们嗡嗡作响，相互碰撞，相互争斗：我不喜欢利皮，但这么对她又让我良心难安；我想要逃走，不再见到家里的任何人；我渴望见到母亲，又愤怒于她的离开。我什么都搞不懂。

我不知道自己是什么时候开始打瞌睡的，但我被另一列火车驶来的声音吵醒了。它像马车一样缓缓经过。在黄昏紫罗兰色的柔和光线中，矩形的车窗被灯光照成明亮的黄色。我可以看见里面的人，车窗的栏杆在他们的脸上映现出条纹的形状。餐车出现了，车厢里灯火通明，拿着酒杯的男男女女仿佛是一部移动电影中的演员。终有一天，我将在那列火车上见到母亲：那一刻，我感到一种笃定。我每天这个时候都会来，因为我知道那条路线的客运列车的时间。而她会出现在其中一个窗口，这件事终会发生。

最后一节车厢经过。草地沙沙作响。一种巨大的空虚和寂静吞噬了我，仿佛世界是一顶深蓝色的帐篷，星星开始刺破它，而我是其中唯一的存活者。

18

当父亲第一次带着新的家庭成员回来时，我感觉这所房子不再属于我们。我们有了访客，而他们根本就不愿离开。祖父和我在家都很拘谨、僵硬、不自然。他总是与她们保持距离，我也是。

但几个星期过去了，然后是几个月，我们开始习惯这些陌生人的存在。爷爷开始和利皮聊天，他似乎很喜欢和她坐在一起，即使他们不怎么说话。他一回家，她就告诉他一天中发生的事情，以及伊拉想出的新恶作剧。爷爷会放声大笑，然后抱起伊拉，给她一个吻。我感到一种无法言喻的愤怒。有一次，我趁着没人注意，狠狠地掐了一下伊拉的腿，掐得她流血了。她说如今这个疤痕还在。

一天，爷爷在午餐时带着一个包裹回家。我侧着身子走到他身边，翻开包裹检查有没有邮票。荷属东印度群岛？他推开我的手说："这个不是。"他把它递给利皮说："已经好几个月了，我才意识到自己从来没有送过新娘礼物。丽萨帮我买到了这个。希望你会喜欢。"

利皮的脸变成了一幅难以置信的圆形漫画。父亲也许把她从苦役和贫困的生活中拯救了出来，但他不是那种会为别人买礼物的人。自从他们回来后，他只给她买过五件白色的手纺土布纱丽，镶边是绿色、藏红花色和白色的——国大党独立旗帜的颜色。这是利皮每天穿的纱丽。你永远也看不出她什么时候换过衣服，因为每件纱丽看起来都一模一样。

利皮小心翼翼地打开包裹，生怕把纸撕破，尽管那只是商店里最普通的牛皮纸，上面系着一条红丝带。包裹中出现的是一件浅淡的石灰绿纱丽，上面点缀着细小的银色亮片。与纱丽一起的还有一个盒子。利皮打开它，惊讶地盯着红色天鹅绒上的细细金链和两只长耳环。她拿起其中一只耳环，走到阳台上的帽架前。它有三面大小不一的镜子，装在不同的嵌板上，角度也不相同。她把耳环穿入耳洞，从一面镜子转到另一面镜子，看着自己。

但她的运气已经用完了——就在这时，父亲回来了。

"这是什么？"

利皮迅速地把耳环从耳朵上取下来，看起来很惊愕，甚至有点害怕。她转向爷爷寻求帮助。父亲举起纱丽的一角看了看。

"你不穿这种衣服，利皮，你不喜欢它们，"父亲说，"你是在哪里……？"

"我突然想到，没有人送过她结婚礼物，"爷爷说，"公公应该用一份大礼来祝福儿媳。"

"这是个不错的想法，但你看，她只穿手纺纱丽。我们二人不是发誓要以简单、纯洁的方式生活吗，利皮？"他指了指项链和纱丽，"这一切都不适合我们。"

宣布判决后，他进了屋。我们能听到他叫人来杯茶。他出来了一会儿，又补充道："她可以自由地穿她喜欢的衣服，当然，这些选择必须发自内心。"

利皮早就把耳环和项链放回盒子里了。她站在桌旁心不在焉地抚摸着那件新纱丽，然后在祖父的身边坐下。他点燃了烟斗，虽然他平时很健谈，但此时他用遥远的目光凝视着远方，他的烟斗是一座小小的冒着烟的火山，烟草味飘过阳台。

利皮开始弄起编织，直到有两个人出现在门口，她才抬起头来。是一个男人和一个男孩，他们叫道："戈拉克老兄，把磨石拿出来。让我们给它们一些生命吧。"他们熟悉周围的路，每隔几月就会来一次，重凿戈拉克用于磨制香料的沉重而平整的石头。他们走到房子后面的院子里，几分钟后传来凿子敲击石头的声音。快速、不规则的咔嗒咔嗒声。他们会在石头上凿出鱼、波浪、花朵，直到石头上布满精致的凹痕，供研磨姜黄和辣椒之用。我跑到院子里去看这些图案浮现出来。

* * *

在给母亲的信中，我写到了我的动物。现在又来了一条狗。当它还是条小狗的时候，它游荡到这里并决定留下来。我们本打算把里基的小狗崴换作"蒂基"和"塔维"，但由于她没有孩子，这条新狗就叫"塔维"了。我对母亲只字未提利皮和她孩子的事，只是说父亲已经从游历中回来了。我担心，如果母亲知道家里还有一位母亲，她就再也不会回来了。

写完信后，我把它们装进一个信封里，用胶水牢牢封住，然后用爷爷的封蜡棒上融化的红色斑点做了标记。没有人看到我写给母亲的信——祖父从商店把信寄出。一旦信被寄出，我就开始等待母亲的回信。有时她在一个月内给我写两次信，有时连续两个月都杳无音信。有时我们的信交叉在一起，我想象着答案和问题悬于半空，句子在印度洋的某个地方相互碰撞。如果在我和迪努玩耍的时候有信寄来，他就会扔下球棒，坐在那里，一只手托着下巴，翻白眼，而我则跑进屋里，把未拆封的信放到我为它们准备的藏身之处。

晚上放学后，我躺在河边的草地上做梦，希望父亲从来没有回来过。在那间锁着的外屋里，他的存在让人感到压抑，打字机的每一次敲击都是他向这个世界投掷的一块石头。要是施皮斯先生能奇迹般地成为我的父亲就好了。施皮斯先生有着我想成为的一切形状。他探索世界、创作音乐、绘画、和动物交朋友，他睡在森林里或湖中的木筏上。我不再介意他把母亲带走了，我希望他把我也带走。

当父亲在家里迅速变成一位吹毛求疵的校长，迫使祖父在诊所里待的时间越来越长时，我的痛苦变得更加强烈。我对母亲失踪的愤怒是一种单调、悸动、没有方向的愤怒。随着时间的流逝，我对她肉体存在的感觉已经越来越少了。她不再是一个真实的人，而是成为我生命中所有渴望而无法得到的事物的集中体现。我想在她所在之地，我想做她所做之事。我的生活在其他地方继续进行，而那个地方没有我。

*　*　*

我问伊拉关于这段时间的记忆，她几乎什么都想不起来，或者不愿与我分享。我们可以轻松地谈论很多事情，但当谈到我的父亲、她的母亲、她自己的童年时，她的回答总是斩钉截铁：那时她还太小，不记得了。那她母亲告诉她的关于她孩提时代的事情呢？伊拉转移了话题。

我知道利皮晚年变得越来越缄默，小心翼翼，战战兢兢，缩回她自己的内心世界，仿佛害怕她所说的每一句话都将得到尖刻的回应，并最终刺伤自己。直到她病逝之前，她和伊拉的关系一直很亲密，有时她们俩给人的感觉就像一对被困在饥饿猛禽中间的棕色麻雀。她们会挤在一起窃窃私语，如果有其他人，特别是我父亲进入房间，她们的谈话就会戛然而止。

我问伊拉，她是否记得 1939 年的某一天，她触发了一场危机，而这场危机彻底改变了我们的生活。她说她根本不知道我在说什么，她的母亲从未与她讨论过这样的事，她对此毫无印象。我开始告诉她这件事，她假装在看书，既不评论也不抬头——尽管她没有离开房间。

当时是夏天还是冬天呢？有鸽子在咕咕地叫吗？有凤凰花在盛开吗？季节无关紧要。我记得当时是白天，外屋的门突然打开，父亲拖着伊拉的一只胳膊走了出来，她的双脚几乎快要离开地面。利皮惊恐地大叫着，跑向他们，我听到祖父的声音，它比我所知道的任何时候都要响亮。"你在干什么，内克？你会伤害到孩子的。放开她。"

父亲只是松开了手，任她跌倒在地上。她在哽咽了两声后屏住呼吸，一阵沉默。然后她发出了一长串惊恐的哀号。利皮跑到她身边，把她紧紧抱在怀里，在她抽泣的时候上下抚摸她。父亲回到外屋，抱着他的打字机走了出来。它的滚筒里塞着他最新写下的文章。牛奶浸透了纸张，并从打字机上滴下来。他把打字机重重地摔在围着阳台的护栏上，又径直走进外屋，开始向外扔东西。书籍、支票簿、文件，全都浸泡在牛奶里。

"我只让她在那里待了一分钟。"利皮喘着粗气说。

爷爷还没来得及说话，父亲就砰的一声把门关上了。利皮看着我的祖父，她很害怕，但又很愤怒，她的眼睛在燃烧。"我该怎么办？"她重复道，"我只让她在那里待了一分钟。"

在接下来的一个小时，整个房子里都能听到父亲暴怒的声音，其中还夹杂着伊拉的号叫。直到他把伊拉和利皮从外屋赶到主屋最后一间空房后，他才重新开始工作。那是他曾和我母亲一起居住的卧室。他说，从现在起，她们就待在那里，而他将和他的书、书桌一起留在外屋，恢复孤独。

调换房间后的第二天，我从学校回家时，发现利皮坐在一个打开的衣柜前。我父母的衣柜。她开始清空它，她的旁边还有一个箱子，里面已经放了母亲的一些纱丽。我把手伸进箱子，拿出纱丽，并把它们放回衣架上。布料从我的手中滑落。纱丽的长度是无穷无尽的——当你将折叠的纱丽展开时，有什么办法可以再次驯服它？片刻之内，我就站在一个由翡翠绿、祖母绿、孔雀蓝和焦橙色组成的柔软巢穴中，这些是我母亲最喜爱的颜色。

"你不想让我把那些纱丽从衣柜里拿出来吗？"利皮一副愁眉不展的样子，她把一只手放在我的胳膊上，"你想要的是什么？"

我没有回答，她无奈地叹了口气，拾起一件又一件掉在地上的纱丽放回衣柜。傍晚时分，我在走廊上的阴影处——那个我平常喜欢待着的地方——听到父亲说："让她的那部分衣柜保持原样吧。我会把我的旧架子清空，这样你就有空间了。"

"我必须和她共用一个装满她的东西的衣柜吗？"

"好啦，好啦，利皮，别为难我了。我们的衣服都这么少。你只需要几个架子就足够了。"

我没有听到利皮的回答。父亲又开口了，"**一切**都没有什么意义。你和我都知道，我们的内心才是永恒的。"

我听出了他的语气。他已经把这件事解决了，他是一个拥有超凡智慧的宝库，没有什么可争论的了。几分钟后，他的打字机开始飞速运转起来。接下来的一周，他在前廊上踱来踱去，宣读着他名为"物质的非物质性"的专栏中的整段内容，中途打断自己说："真奇怪，一个人生活中的平凡事件如何能带来这样启迪性的时刻呢？"

几天后，一辆牛车来到我家门口，然后穿过大门进入车道。车轮嘎吱作响，牛铃叮当，车夫喊道："有人在吗？"他用细软的枝条敲打牛车两侧，发出更大的声响。戈拉克和拉姆·萨兰出现了，然后他们三个人抬着一个崭新的雕花衣柜进了屋。它是用喜马拉雅的木材制作而成的——最好的桃花心木，祖父向利皮解释道。这是他能找到的最漂亮的柜子，它有细长的圆边，上面雕刻着树叶和花朵，还有珍珠母门把手。它刚刚抛过光，散发着树脂的清香。爷爷打开它给利皮看：里面有抽屉，她可以拉出来存放东西，还有架子和一根用来挂衣服的杆子。衣柜里有一个隔间，他在里面放了五枚厚厚的金币。"这是给你的，"他说，"你不必告诉我儿子。"

收拾好东西后，利皮锁上衣柜，把钥匙系在纱丽的末端。她走起路来，钥匙叮当作响。班诺姐姐轻蔑地说道："她以为自己现在是女主人了。"她模仿着利皮有些蹒跚的走路姿势。衣柜装在卧室外面的通道里，我有好几次看见利皮站在它的前面，一副不知所措的样子。她的几件纱丽、零星杂物和伊拉的小礼服占据了许多架子中的两个。衣柜里唯一藏放的一罐面霜是她用父亲每月给她的私人零用钱买的。标签上写着："无论你的皮肤多黑、多暗沉，使用瓦莱塔放射活性美容膏都会变得更白、更透亮。"

衣柜里的其他部分是空的，似乎证明了父亲的观点，利皮本来完全可以用更小的空间来放置自己的衣物。

19

如果说利皮和伊拉逐渐缩进一个只有她们两个人的壳里，那么我也不例外。我的壳更小，里面只有我自己。我找到了它，并一直蜷缩其中。

悄无声息地生活已经成为我一生的习惯，即使在工作中，虽然我短暂地有过追名逐利的念头，但当我意识到这些东西所带来的后果时，我就退缩了。如果我是一株植物，我就会是喜欢树荫的那株，生长在花园最远的角落里，无人在意，也没有人摘下它的花朵插入花瓶。

我很早就知道，我更喜欢隐居生活，但我也意识到，只有那些自欺欺人的人才会把自己的信仰置于与世隔绝之地。迟早有一天，你选择的藏身之处会被发现，你也终将无处遁形。这就是我们在1939年的夏天经历的过程，尽管当时我们对于欧洲一触即发的战争毫不知情。

当时，在德国上演的事情对我们来说是如此遥远，以至于我们无法完全理解。贝丽尔·德·佐特和施皮斯先生过去经常谈论的希特勒现在每天都出现在报纸上，如同凶险的恶兆，但仍遥远得令人心安。英国统治着我们，如果发生战争，我们就会被迫卷入其中。但彼时这只是个抽象概念。我们在西方世界没有亲戚，我们不认识犹太人，这一切都没有发生在我们身上。

最初的变化微不足道。迪努将上寄宿学校，这是一所刚在台拉登开办、仿效伊顿公学和哈罗公学的新学校，为印度男孩提供一种过去只属于英国富人的教育。在这所学校学习一两年后，他将在同一城镇开设的印度军事学院接受英国军队的军官培训。到目前为止，只有英国白人可以成为军官，但随着战争的临近，政府已经意识到军队需要更多的士兵，并开始接受需要招募印度军官来指挥更多的印度士兵这一事实。即便如此，也只有王公贵族的儿子才被允许成为军官。阿尔琼叔叔喜不自胜，他来到我们家里，为迪努日后的平步青云而欢呼不已。与厨师的孩子和邻家男孩一起疯跑的日子一去不返了，是时候让他在这个世界上占据本该属于自己的位置——去到达巅峰了。

父亲下一篇文章的主题在他脑海中乍现。他问道，如果英国与德国开战，为何印度人要被推入战争？"德国人统治英国与我们有什么关系？难道英国人不统治**我们**吗？"这是他的文章标题。"在第一次世界大战中，有一百万印度士兵为英国人作战，有六万多人死亡。时至今日，一个参加过那场战争的印度老兵仍戴着他那顶古老的军帽在我家门外的人行道上走着，用想象中的步枪射击，或者在记忆的恐惧中呻吟。邻居们抱怨卡拉克·辛格打扰我们的睡眠，我宣布他**应该**打扰我们的睡眠。当人像牲口一样被运走时，他应该永远打扰我们的睡眠。我们必须发誓不让这种情况再次发生，除非英国人向我们承诺以自由作为回报。现在是1939年，不是1914年。"

文章发表的那天，阿尔琼叔叔挥舞着报纸冲进我们家。"为什么要提到卡拉克·辛格？"他质问道，他那丰满的脸颊气得发抖，"他是**我的**看门人。人们都在问我，为什么我不为他做些什么。他们知道我为他做了多少吗？"

"我不是在指责你，他只是作为一个案例。这就是我们作家的工作方式。"父亲耐心地解释，语气中夹杂着傲慢，说普通读者大可不必为伟大学者的复杂论点而操心。他坐在客厅里，仍旧看着报纸，脸上带着满意的微笑，重读着他的文章。"你知道今天有多少人为此向我表示祝贺吗？舒格勒教授、穆克提·德维、德维威蒂博士——所有人。沙基尔说他所有的朋友都读过这篇文章。他们说，这是一篇勇敢、直率的文章。它可能会让我被捕，但一个人必须说出真相。"

"沙基尔！你到底看上那个斜眼白痴什么了，内克？从学生时代起——沙基尔说这个，沙基尔说那个。我想是沙基尔告诉你，男孩们会在街上被抓走，派去和德国人作战。"

"他们会的，阿尔琼。等着瞧吧。"

"战争对经济有好处，内克。应该等着瞧的人是**你**：我们将是为他们提供所有所需货物的国家。靴子、布料、飞机、枪支。他们需要它们，而我们将制造它们。"

"你所担心的就只有这个吗，阿尔琼？也许可以通过战争攫取财富，但代价是什么？"

"我不知道代价是什么，内克，但我知道，如果英国人要打仗，我的儿子是不会躲在家里看书的。"

阿尔琼叔叔从椅子上奋力站起来，沿着走廊走了几步，然后回到客厅，把他那份报纸扔到桌上。他突然转身，脸上没有一丝笑容。"我不需要这个。"他说。

＊　＊　＊

1939 年 9 月，英国和印度先后宣布对德开战，但迪努要去上寄宿学校，他的父亲计划为他举行一场送别活动，没有什么能够阻止他，甚至连战争也不行。这是一场音乐会。

自从我母亲离开后，他们就再也没有举办过音乐会，因为没有布里坚叔叔的组织。他在和自己的兄长发生了一次特别激烈的争吵后，就离家出走了。有人说这次争吵是因为布里坚叔叔和一个女人有私情，也有人说是因为他偷了家里保险箱里的钱。大家都认为他已经在羞愧中自杀。不管事情的真相是什么，他现在已经和家人没有任何联系，音乐会只能由阿尔琼亲自操办。他以严峻的决心来筹备这件事，把工作划分成不同的部门，分别记录在名为旅行、住宿和饮食的登记簿上。这项工作由首席办事员穆什吉、他的两个儿子以及兰布的父亲分担。由于迪努即将离开，兰布的父亲从坎普尔的工厂被叫了回来。

夜晚的音乐会准备的精心程度不亚于一场婚礼。红白相间的华盖在屋前的草坪上搭起，它们的布料薄而精致。一尘不染的棉质床单和垫枕在地毯上铺陈，上面散落着猩红色的玫瑰花瓣。唱歌、排练、做饭、灯具和装饰——所有这些都遵循着一个老套的程序。父亲说，如果说战争带给人们一种紧迫感和被剥夺的威胁，那么阿尔琼叔叔则对此浑然不觉。

祖父指出，我们也是如此。战争带来的第一件事就是我们有了一台冰箱，是爷爷从一个被召回英国的军官那里买的二手货。一连几天，我们都会无缘无故地打开冰箱门，站在那里，感觉冷空气像山风一样飘到我们脸上。祖父开始把他的衣服放进去，这样他就可以每天早上穿着冰凉的库尔塔衫了。当我们打开冰箱时，里面什么也没有，只有一摞摞整齐的白衣服和两个金属冰盘，冰盘中盛有凝固成几何形状的完美冰块。

我们的冰箱在餐厅角落发出咔嗒声、嗡嗡声和振动声。我今天仍可以想象自己站在那里，把耳朵贴在它侧面的样子。房间里没有人。当我有节奏地轻轻敲打冰箱的边缘时，没有人能看到我。如果我闭上眼睛，敲打的砰砰声与机器的嗡嗡声混合在一起，我就会感觉好像在火车上一样。我要去往哪里？每次去的地方都不相同。我出发去迪务在台拉登的新学校找他，我从火车上看到的小山，与之前通往爷爷租的避暑小屋的路上看到的很相似，同样的松香味的风吹在我的脸上。第二天，我将踏上漫长的、令人汗流浃背的旅程，前往马德拉斯，抵达一个港口，登上一艘船，然后继续前往爪哇岛和巴厘岛。在那里，我将与母亲在信中提到的那个叫桑皮的男孩一起游泳。当我睡觉时，我的床上至少会有一只猴子和两条狗与我做伴。

我没有告诉任何人冰箱有这种变成火车的能力，我不想让别人知道。我的世界必须活在我内心的寂静中，否则它的力量就会消失。

＊　＊　＊

爷爷先于阿尔琼叔叔买了冰箱这样重要的东西，阿尔琼叔叔对这个前所未有的挑战感到震惊。他接二连三地买了一台闪闪发光的最新款冰箱（而非二手的）、一台收音机、一家制造弹药的工厂、一家制造军靴的工厂、一辆给迪努的福特 T 型车，还有二十罐沙丁鱼。贴在鱼罐头上的鲜艳标签显示，沙丁鱼紧紧地躺在一起，瞪着眼睛。我们得知它们的肉是咸的，上面涂抹着柔软的黄油。阿尔琼叔叔计划在远离人群的客厅里，为参加音乐会的少数客人提供沙丁鱼吐司。既然他的弟弟不在家，不会把事情复杂化，音乐会就会像他一直设想的那样：一场融有用的谈话和娱乐为一体的文雅音乐会，既能展示家族财富，又能为增加财富创造机会。

阿尔琼叔叔的新收音机有一个圆形的大表盘，它会逐渐亮起——慢慢地从漆黑到昏暗再到明亮，声音稍晚才响起，仿佛有人穿透到它的内部开始说话。白天，迪努母亲用钩针编织的罩子盖着它，晚上阿尔琼叔叔回到家，揭开它的罩子，然后坐在旁边，啜饮着他晚餐前常喝的雪利酒。他眉头紧锁，严肃而专注地听着来自伦敦的消息。有时，来访的亲戚会获允进来，虽然他们的地位高低可以通过他们的座位与收音机的距离来评估，但在有一点上他们都是平等的：提供给他们的是柠檬苏打水，而不是雪利酒。毫无疑问，在播放新闻时，妇女和儿童可以进入房间，他们一定会喋喋不休或咯咯直笑。我们透过窗帘的缝隙向屋内凝视，只见阿尔琼对着收音机摇头或摇手指，仿佛收音机是有生命的，它会明白他对它所播报事件的肯定程度。

在爷爷诊所附近的一家商店里也有一台收音机，我经常在放学的路上驻足聆听，因为这台收音机总是调到德国的频道。也许我会听到施皮斯先生的声音，他是德国人，不是吗？他可能会通过机器直接与我交谈。我知道这是不可能的。即使施皮斯先生在德国电台，他也会谈论艺术或贝多芬，或他与贝丽尔·德·佐特正在合写的书。他能对我说什么呢？他能告诉我怎么找到他和我母亲吗？我知道这不太可能。两年过去了，她像往常一样给我写信，虽然她说到她的画作正在被售卖，说到她正在存钱，但她从未说过会回来找我。

20

在迪努家举行音乐会的那天，利皮盛装打扮了一番。她穿上爷爷送给她的那件镶有亮片的石灰绿纱丽。这套衣服已经买了一年，但她从来没有穿过。她在头发上别了一串茉莉花，戴上了爷爷送给她的长耳环和项链。伊拉穿着衬衫和绣花裙，她的每根辫子上都嵌着一朵红玫瑰。

利皮走到客厅，看上去既得意又难为情。我看到她偷偷地看了一眼房间远处墙上的长镜里的自己。她的嘴唇涂成红色，脸上厚厚一层脂粉使她变得像小丑一样白。尽管如此，闪闪发光的纱丽让她看起来精致而喜庆，这是她以前从未有过的样子。她冲着爷爷和我笑了笑。

父亲从学院回来，难以置信地瞥了她一眼。他一言不发地进了外屋，半小时后出来，洗了个澡，换上了一件新的库尔塔衫和紧身长裤。现在我们聚集在前廊上准备出发。我也穿着白色的库尔塔衫，爷爷甚至在他的扣眼里别了一朵玫瑰花蕾。他走在前面，打开门闩说："来吧，我可以听到他们调乐器的声音。"他拐了个弯，走进迪努家的房子，我们听到他和看门人说话。我飞快地跟在他后面，在快要走出我们家大门的时候，我听到父亲对利皮说："你要去哪儿？"

她停下脚步，"去迪努家……"

"你得理智点。伊拉会毁了这场音乐会的。她经常哭，会惹阿尔琼不高兴。你和她在家里等着。我会派人传话的。"

"传话？传什么话？"

"你可以在晚餐时间来。那时噪声就不再重要了……不过说真的，带这个孩子来音乐会是自找麻烦。她可能会弄洒什么东西……唉，那也是没办法的事。"他走了，然后再次转向利皮，"等我派人来叫你。你在这里也可以好好欣赏音乐。事实上，如果不是出于邻里关系，我也不会去，我还有篇文章要写。这是在浪费时间。"

父亲从我身边大步走过，走向大门，说道："来吧，梅什金，该做的事就得做。"

利皮没有向前或退后一步，她站在那里盯着父亲走过的那扇门。伊拉咿咿呀呀地说着胡话。天已经黑了，从墙外看去，迪努家的花园里好像燃起了细小的火焰。为了纪念这一年，房子和草坪周围点燃了1939盏煤油灯。父亲说，即使是纳瓦布也会认为这是一种穷奢极侈的行为。一排排小土灯在屋顶上、在每个窗龛里、在树丛中，甚至在仆人住处的后方摇曳着。你可以闻到用酥油炸制的糖饼和玫瑰奶球的味道。哀婉的萨朗吉琴奏响了它的第一个音符，然后一个声音开始歌唱。这时我不再看伊拉和利皮，而是跑出大门，跑进迪努家，把她们留在半道上。

就在当晚的第二曲拉格[1]演奏中，有人喊道："着火了，着火了。"歌手们继续唱着，也许他们没有听到喊叫声。他们已经唱到了与乐器演奏者轮流进行的那部分拉格，他们变换相同音符的方式让所有人眼花缭乱。除了对方的提示和手势，他们什么也看不见。直到我们从垫枕上站起来，拂去玫瑰花瓣，互相推搡着移动时，歌声才有所减弱。

当我们走出帐篷时，我看到人们没有指着附近的任何东西，而是指向墙的另一边——我们的房子。火焰很高，一直蹿到罗望子树的顶部。迪努第一个跃过了墙。一堆东西在外屋那边燃烧着，我们可以看到火中的桌椅、衣服和书，还有在附近挣扎的利皮，矮小的戈拉克正试图把她从火中拉回来。她纱丽上的亮片在火光中闪闪发光。有声音喊着"拦住她"，但大火的轰鸣声把它们撕成了碎片。当我们把东西从火焰中拉出来时，人们的影子在飞快地跳动着。我仍然可以清楚地看到当时场景中的每一个细节。祖父在另一边，靠近那辆坏掉的马车，试图把溅到马车上的火星踩灭。父亲正朝利皮跑去。利皮手里拿着我母亲的笔记本。他还没来得及阻止她，她就把它扔进了火里。迪努向前扑去，把它从火中拽出，扔到一边。直到今天，每当我翻开这本笔记本，它焦黑的边缘都会让我回想起那个夜晚。我能看到熊熊火焰中燃烧的一切：我母亲的纱丽、衬衫和披肩，我父亲的文件和书籍，他的衣服、椅子、打字机，甚至他的

---

[1] 印度古典音乐中的旋律体系，拉格有许多种，每一种都有特定的音阶、音程和感情，需要音乐家以即兴方式诠释。

枕头。母亲镶在相框里的画像，它的玻璃碎了。她的画。曾经挂在厨房走廊上有船的那幅画。母亲多次说过她想烧掉这些画。现在她的愿望实现了。

后来人们说，利皮用四匹马的力量与试图把她从火焰中拉出来的人搏斗。她咬了戈拉克，用指甲撕破我父亲脖子上的皮肤。"我不想活了，"她尖声号叫着重复道，"我不想活了。"

事后祖父给她做了检查。她的左手被烧伤了，她发着烧，神志不清，但没有生命危险。父亲成功地没有让火焰触碰到她的纱丽。"如果那件脆弱的纱丽着火了，"班诺姐姐说，似乎很享受这种可能性，"她会在一分钟内变成烤肉。又一个孩子失去了母亲，又一个妻子——消失了！"

利皮躺在床上，拒绝移动。她的手逐渐痊愈，烧也退了，但她不愿离开房间。有两次，我进来发现她面朝墙壁躺着，抽泣着。我像小偷一样蹑手蹑脚地走了出去，不知所措。她几乎不吃东西，圆润饱满的皮肤开始松弛，眼睛下的黑斑像日食一样蔓延开来。祖父坐在她身边，试图让她和他说话，但对几乎每个问题，她的回答都大致相同：

"我不喜欢。"

"你不来花园里呼吸一下新鲜空气吗？"

"我不喜欢。"

"伊拉想和你一起玩。"

"我不喜欢。"

爷爷对父亲说："她的思想和心灵已枯萎。这已经超出我的药物所能治疗的范围。也许换个环境对她有好处，带她去度假吧。"

大火后的第一周，利皮语无伦次，高烧不退。父亲请了假，整天坐在她身边，如果她觉得冷就给她盖上被子，如果她出汗就给她扇风，按照爷爷开的药方每隔一段时间喂她吃药，强制性地把糖水滴到她的嘴里。她拒绝吃任何东西。即便如此，他还是会用盘子把食物端到她的床边，哄她吃上一小口。仿佛他是在通过这些赎罪的姿态来寻求宽恕。他放弃了清晨的游行，放弃了在爱国者协会的大部分活动，不再睡在外屋，只有在需要写文章时才去那里。他给利皮读印地语报纸和短篇故事。他买了本笑话书，每读完一个笑话，他就用热切的声音说："喂，这真有趣，是不是，利皮？"

但当父亲演出时，没有观众。剧院里空无一人，听众们都走了。小丑在那里打滚，没有人笑。利皮对什么都没有反应。

伊拉哭着找她的母亲。她被带进房间，利皮翻了个身，闭上眼睛。班诺姐姐的声音一整天都在厨房里回荡。她以前也是女佣吗？我父亲从他去的那个村子里带出来和我们住在一起的这个疯女人是谁？

我从未与伊拉讨论过这段时间我们所经历的一切，有什么可说的呢？情感越强烈，我在它周围筑起的缄默之墙就越坚固。有一天，我在黎明时分醒来，一边回想着那段黑暗而久远的时光，一边听着清晨的嘈杂：卡车竞相驶向高速公路的喇叭声，救护车急促的哀号，片刻沉寂后窗外叽叽喳喳的鸟鸣，然后是远处五点三十分的快车的汽笛声，它飞快地穿过蒙塔兹尔，没有停靠。火车的声音是多么孤独。它是我曾经等待的所有火车的声音的升华，我希望其中一列能把母亲带回来。一个做白日梦的十一岁孩子的妄想。那时我飘零无依，孤身一人。仿佛一夜之间，伊拉的母亲也变得遥不可及。她现在和我一样了。

如果不是因为她母亲长期患病，我和她可能永远不会如此亲密。她无人管束，整日蹒跚着走来走去，忙着摆弄闪亮的鹅卵石或从花园里摘来的花朵。她全神贯注地检查着鹅卵石，仿佛她的目光可以把它们变成珍贵的宝石。我一放学回来，她就出现在阳台上，咯咯直笑，口齿不清地说些什么。我去洗漱，她就在浴室外面。我坐下来吃饭，她就站在桌边，扯我的衣服。出于本能，她一直在我身边寻求保护。这是一对因两个母亲的消失而走到一起的兄妹。

最初的几天，我离开伊拉，像往常一样拿着我的气枪和鱼竿去往河边。我躺在那里，沉浸在母亲最近的来信中。很快，我就来到了流向杰姆普汉的那条河边。它的名字是阿永河。池中生长着蓝莲花，晚上王宫里有音乐和宴席。戴着面具的舞者来来往往，成群结队，戴着头饰，拖着羽毛。舞会结束后，我爬下山坡，来到湍急的河流边。母亲坐在上面的岩石上，看着我。汇集河水的平静水池周围有平坦的岩石，我可以坐在那里。我很容易就能到达岩石，然后滑入水中。远处的溪流消失在薄雾、群山和蓝绿色的稻田中。水柔和而凉爽，池中几乎察觉不到河水的流动。在我滑入水中之前，我抬头寻找母亲，她就在那里，冲我微笑，等待着我。

自从迪努去了新学校后，我就这样消磨着时光，但不知不觉中，我开始提早回家。我一回来，就寻找伊拉，但即使她在附近徘徊，我也不和她一起玩。一段时间后，我完全屈服了。我给她看了我的鱼缸和我收集的蝴蝶。她拍着手，叽里咕噜地说些什么。她和里基、塔维一起脚步不稳地追着球。她骑在我的肩膀上。

有一天，我把她带进了那辆破旧的马车里。我们一起挤在发霉的车厢中，里基、塔维、她和我，我发现自己在对她说："我们在印度洋一个岛屿上的雨林里。这里有奇怪的水果。你和我一起吃一个红毛丹，你把它吐了出来，因为你不喜欢这种味道。我们静静地坐在森林里，等待鹿的出现。桑皮和我们在一起。你不用害怕，我会照顾你。之后，我们会吃烤鸭。"

说着说着，我突然意识到自己不再相信这些了。我不再有身临其境的感觉。这只是我给她编的一个故事，一个随时可以停止的故事。

时至今日，我仍无法解释曾经发生在我身上的事情，以及我脑海中的旅行是多么真实。它们有声音、有气味、有感觉，尽管它们——我想——仅仅是我从母亲的信中提取的白日梦。我漂浮在自己构建的一个薄如蝉翼的世界里，于我而言，这个世界比其他任何东西都要真实。但现在我脆弱的茧已经裂开，我暴露在旷阔的日光下，无处藏身。

21

1939 年 11 月

我亲爱的妈妈：

迪努已经去了寄宿学校，之后他将参军。他说他将驾驶飞机，用真枪射击。这里的东西都很贵。爷爷说那是因为政府印了很多钱来支付与德国的战争。昨天，曼图和拉朱兴高采烈地回来了。他们的胸前有很大的白色勾痕。如果他们想参军，就必须穿着内裤站成一排。如果英国军官想要他们，就用粉笔在他们身上打钩。现在他们将得到很多好东西，去很多好地方。他们将去大西洋。他们将在一艘船上，被叫作印度水手。这太棒了。我希望我也能成为一名印度水手，但他们不能接收我，因为我还不到十七岁。我会之后再加入。我在这里很无聊。爸爸有时带我去参加他的会议。他们都戴着白色的帽子，一脸怒气。离开会场时，他们拍着我的头说："我们是奴隶，但你将过上自由的生活。人人平等。"他们中的两个人上周被逮捕了，所以现在在监狱里。穆克提·德维也再次入狱。爸爸现在是协会的负责人。迪努、曼图和拉朱都离开了，还有伊拉。我以前没有告诉过你，爸爸有了新妻子。她的名字是利皮。她是我的新妈妈。伊拉是她的孩子，现在她是我的妹妹。我也很快将成为一名士兵。我没有时间来巴厘岛了。我不想再去那里了。我想去欧洲，从飞机上轰炸德国人。我恨德国人。我也讨厌施皮斯先生。迪努说他是德国人。我们站在英国这边，我们必须杀死德国人。他们都是纳粹分子。纳粹是邪恶的。我们把你的纱丽、照片和其他东西都烧掉了，大火冲天。里基和塔维都很好。我很好。我昨天抓了三条鱼。其中一条有六英寸长。我要把它养在我的鱼缸里。

梅什金

* * *

我的外屋是一个档案馆：信件、剪报、笔记、植物图画、日记、工作文件。我不忍心扔掉任何东西。伊拉说，我将如同年老的俘虏一般慢慢死去，被囚禁在自己的书籍和文件中。

在我的文件中有一封没有寄出的信，那是我刚满十一岁时写给母亲的。这封信写了五十多年了，仍然密封着。在我的一生中，有许多话，我希望在把它们释放到世界上后，能再把它们收回。但覆水难收。我不记得为什么自己没有把这封信寄出去，但当我有一天重读它时，我暗自庆幸这枚导弹从未发射过。

　　　　　　　　＊　　＊　　＊

　　在接下来的两年里，我们的城镇开始显现出一种坚决严阵以待的样子——仿佛因为现在有了战争，挖战壕、把窗户涂成黑色才是契合时宜的做法。在河岸上，军队正在建造某种神秘的东西。人们说这是防空洞，因为有传言说日本人要轰炸我们。校长突发奇想，让人把学院的圆顶和所有窗户都漆成黑色，动物园的管理员宣布他要组建一支大型狩猎队，就像加尔各答的动物园所做的那样。如果日本人轰炸我们，小队的成员将配备枪支，通过笼子的栅栏射杀大型圈养动物。阿尔琼叔叔在暗杀队宣布成立的当天就报名参加了。他告诉所有愿意听的人，阿尔琼·辛格是印度整个上层阶级中最厉害的射手，这一点在我们城镇以外的地方也得到广泛认可。镇上的动物园里有一头黄牙老虎和它的幼崽、一头狮子、两头豹子，还有六只灰色的豺狼，它们闻起来像是死了很久，已经腐烂了。叔叔每隔几天就绕着动物园里的老虎和狮子笼子转一圈，以确立自己的权利。他在一尘不染的天空中寻找日本飞机的踪迹，他的耳朵竖起来，探寻飞机的低鸣，即使是最微小的声响也足以让他警觉，因为这可能会让他有举起步枪拯救世界的机会。

　　一天下午，我回到家，发现父亲、祖父、迪努家的一群女佣和厨师，甚至诊所的贾格特，都挤在阳台上。在后面的内院里，仆人房间旁的墙上，有一摊红色的污迹——班诺姐姐正一次又一次地把她的头向墙撞去。爷爷跟着我进了院子。他把我拉开，带我到客厅。每一个微小的声音都被不自然地放大了。麻雀在窗棂上的叽叽喳喳、奶牛在牛棚里的哞哞声、冰箱嗡嗡的声音以及爷爷哮喘似的呼哧呼哧的呼吸声萦绕在我耳边。"让她去吧。"他一边说，一边抚摸着我的头发。

曼图死了。他生前在一艘船上当配餐员，而那艘船在加拿大附近被鱼雷击中。

曼图的形象像一圈弹珠一样散落在我的心中。我想哭，他是我日常玩伴中第二个消失的人。但兰布的离去与之不同，他是被醉酒的父亲杀死的，我见过他的尸体，并且对他的死负有部分责任。这位朋友是在战争中丧生的士兵。遥远。似乎并不真实。在一所早已习惯了人们的消失与重现的房子里，他难道不会回来吗？

但如果他真的死了呢？我无法流出一滴眼泪，也无法做出任何足够沉重的回应。我感受到这是一次如此盛大的死亡，以至于我不能什么都不做。于是我走到人行道上，按照老习惯，踢了一脚石头。我先是把它踢到圣人墓，然后又朝另一个方向踢到迪努家的门口。卡拉克·辛格，那个年老的守门人，唯一没有在我们家乌泱泱的人群中出现的人，正坐在凳子上，打着瞌睡，对周围发生的一切毫无察觉。"你听到这个消息了吗，卡拉克·辛格？"我用最忧郁的声音说道，拍了拍他的肩膀。他动了动，给了我一个共谋者的微笑，示意我等一下，然后把手伸进口袋。他掏出一个发霉的洋葱。"看到这颗头颅了吗？"他说，"我在国外把它割了下来，并小心翼翼地保管着。"

* * *

一年过去了。新来的士兵把这个城镇变成了卡其色。阿尔琼叔叔的大片甘蔗田被政府征用，用来修建飞机跑道，这让他大发雷霆，咆哮的声音仿佛通过扩音器一般传到我们家。有人说，他的汽车也可能被征用，富人会被要求缴纳一大笔钱作为战争基金。我父亲注意到，事实证明战争对经济并没有太大好处，阿尔琼当然也不能从战争中获利。

再后来的一天下午，送报纸的人在下午送来一期特刊。只有两页。第一页说"日本向美国和英国宣战"。第二页上写着"荷属东印度群岛向日本宣战"。这期特刊只要一拜沙，而日报要一安那。

"坏消息来得便宜。"爷爷说。

"噢，这意味着嘉亚特里有大麻烦了，是不是？荷属东印度群岛正战火纷飞。"父亲说道，并冷冷地笑了笑。

不久后，如同对他说出这句话的惩罚一般，他被逮捕了——和他一起被捕的还有七名爱国者协会的工作者，罪名是扰乱和平、抗议战争、撰写煽动性文章。那时，几乎所有的国大党领导人——尼赫鲁、甘地、阿萨夫·阿里——都在监狱里待了将近一年。还有其他两万人。迪努的父亲总是嘲笑监狱予人以崇高的地位，把普通人变成英雄，而逮捕令是每个自由斗士都渴望的证书。他告诉他的朋友，我父亲一直觉得自己被忽视了，好像没有得到认可。

警察在等待，而父亲却进去走到利皮那里。他在紧掩的门扉后待了一会儿，然后出来了，手里拿着一个布袋，里面装着他早就打包好的书、文件以及几件衣服，他知道他的被捕是不可避免的。警察在阳台的桌边喝茶。我们在他旁边毕恭毕敬地排队等候。父亲向拉姆·萨兰、戈拉克、我和伊拉逐一告别。

他在爷爷面前停了下来，笑着说："那么，现在呢？您还认为我是个半瓶醋吗？"

祖父张开嘴想要回答，但父亲已经转身离去。

*　*　*

当时我们并不知道，父亲在几年之内都不会被释放出狱。也许他已预感到这一点。当他离开的时候，他的脸被疲倦所笼罩，脆弱而坚定，仿佛即使监狱的摧残会使他的身体死亡，他的精神仍会因信念的力量而长久保持活力。此时，协会的许多人已经聚集在我们的花园里，神情焦急地站在那里等待着，低声交谈，不时爆发出爱国的口号。这让我回想起穆克提·德维被警察用吉普车带走时的情形。

直到那天下午，我都不知道父亲对于这个更大的世界来说意味着什么。在后来的岁月里，每当我想起他，浮现在我脑海里的都是他被长期监禁前的最后一幕。他向我们挥手，爬上吉普警车，渐行渐远。他从来没有那般孤独过。

22

当我写完关于曼图的死和父亲被捕的段落后，我推开纸沓，从椅子上站了起来。几乎立刻，我又不得不坐下来。我的腿因为一连坐了好几个小时而僵硬，只要我稍微挪动一下，它就犹如被成千上万根针刺穿。当我又能走路时，我穿上凉鞋，离开了房间。我的视线模糊了，不知自己身在何处，是在 1941 年还是在现在。我走到花园前面，看见伊拉正在榕树旁的灌木丛中采摘茉莉花。我蹑手蹑脚地走到石凳上，很久以前，贝丽尔和我母亲经常坐在这里聊天。

"你从那儿出来了？"伊拉说，从灌木丛中抬起头来，"你和你父亲一样，总是被困在那间外屋里，无休止地写作。你在写什么？"

"没什么，"我说，"没什么重要的。一个人必须让自己有事情做。"

"去散散步，看看你的树。呼吸点新鲜空气。"

伊拉又去采茉莉了。动作灵巧。用食指和拇指把每朵娇嫩的花儿从花茎上捏下，丢进一个藤篮里，篮子里渐渐装满了芬芳的白云。

"你还记得曼图死的那天吗，伊拉？我一直在想他的弟弟拉朱。我再也没见过他。"

"我怎么会记得这一切呢？当时我才两三岁。我一点儿也不记得他们了。"

"你还记得石川吗？那个牙医？我们叫他无牙牙医。"

"我不知道是我记得还是你告诉我的。"

我从长椅上站了起来，能和我分享记忆的人越来越少了，无论是关于人还是关于地方的。我决定去散步——也许是去路另一端的公园。我认识每一棵树，树也认识我。我茫然地走在街上，几乎没有注意到新的地标、明亮的招牌、开在"罗萨里奥父子"原址的鞋店，以及一排排行李店、服装店和办公室，它们取代了拱廊里的老店。尽管产权经历了变动，拱廊本身还在，虽然维修不善，但未被拆毁。更让人好奇的是，上面一排招牌中有两块保存了下来，尽管写着"石川牙医"的牌子已经严重褪色——只有我还能看出它写的是什么。

在公园里，我发现我的老园丁戈帕尔正在木槿丛中闲逛。他把铲刀塞在腰间，开始和我一起走。他给我看了新种植的月光花丛，白色的花朵星星点点，还有公园中心人工湖边的竹子。竹子垂向水面，仿佛想要溺死在自己的倒影里。

此时，他的一群同事加入了我们。我认识他们中的一些人——他们的父亲在我年轻时是园丁，儿子们继承了他们的工作。戈帕尔的独白变成了关于公园发展以及园艺部门新主管的热烈讨论，新主管希望他们将花卉种植成印度国旗的颜色。戈帕尔向一个角落啐了一口唾沫以表明自己的看法。天色渐暗，黄昏来临，我们在湖边停了下来，看着阴影和倒影在波光粼粼的湖面上变换颜色。我听到一阵嘈杂的尖叫声，抬头一看，只见一群翠绿色的长尾小鹦鹉在半暗的天空中飞翔，朝着家的方向。

　　去公园的路上，我的脚几乎沉重得无法动弹，但现在我觉得好像还能再走几英里。戈帕尔曾向我展示过公园墙边的金链花苗和丝棉树苗。新一代的树木正在生长。伊拉说，吹来的风一定来自某个地方，树叶的腐烂一定有其原因。那是什么时候，我在楝树下的空地上度过的那个夜晚？似乎是上辈子的事了。

＊　＊　＊

　　那天晚上，我和伊拉一起吃饭，听她聊自己的近况，然后带着狗一起散步。深夜，当我确定没有人会闯入或打扰时，我拿出了丽萨的孩子们寄给我的包裹。我找到一把锋利的刀，划开它的两侧。透明胶带缠绕在厚厚的包裹上，把它固定得很牢。我使劲撕扯着胶带。终于，包裹打开了。里面是另一层包装。更加老旧。纸上有丽萨的笔迹："在我死后交给梅什金·罗萨里奥。（你发誓会这么做，否则我的灵魂将永远缠着你。）"

　　我笑了，就好像丽萨真的会从坟墓里发出威胁一样。我打开第二个信封，深吸一口气，然后把手伸了进去，取出信封里我所能看到的几捆纸。其中有一张比其他的都要硬，一张我母亲的画像。

她剪了短发，因此她的脸看起来很陌生。一朵红花插在她的耳后，那枚我很久以前就知道的玉石胸针把她的纱丽固定在肩膀上。她的笑容没有变化。背面有她潦草的笔迹："我在这儿，丽萨！这是我画的！这不比一张无聊的照片好吗？"

　　信封里的其他纸张是按日期排列并夹在一起的信件。上面全是我母亲熟悉的笔迹：不耐烦、长圈。有指向上方、下方和侧方的箭头，以便她继续写下那些遗忘的、需要折返的想法。划掉的线条和潦草的字迹，破折号和缩写，以及每页都有几十个被画上下划线、重点强调的单词。而无法用言语表达的地方，她就用小涂鸦和图画替代。每一张纸页上都爬满了她的字，她最大限度地利用了花在邮票上的钱。

第 三 部

23

1937 年 7 月 10 日（火车上）

我最亲爱的丽萨：

前往马德拉斯的路上，天气闷热，令人窒息，火车颠簸得很厉害。灼灼热浪钻进窗户，没有下雨。WS 担忧我离家的痛苦，B 说木已成舟。她说，你要坚强，要靠自己的力量振作起来。也许他们一想到还有我需要照看，就担惊受怕，就像有人托你照看行李箱一样。突然发现一段快乐的友谊是一回事，让朋友永远落在你身上又是另外一回事了——我敢肯定，这不是 B 和 WS 在他们的印度之旅中所期望的。车站里和火车上的其他印度人用震惊或厌恶的眼神看着我。你会说我在胡思乱想。当我听到一个男人对一个女人说（声音很大，为了让我听到；而且是用印度斯坦语，以便只有我能听懂）：<u>有些女人太无耻了，她们不介意把自己卖给白种男人</u>。并非只有他们——在火车上、在我的周围充斥着窃窃私语和冷嘲热讽。W 问我，他们说了什么？他们说了什么？但我没有告诉他。我说不出口。我希望他对我们抱有好感——不管这个"我们"指的是什么。

在其中一个车站有一个小吃摊，它的招牌上写着"理想旅馆"。一个男人正在召出令人垂涎欲滴的油炸豆和热气腾腾的茶。这时，我们的车厢里来了两个英国人，他们满头大汗，每说一个字，鼻子都会发出呼哧呼哧的声音，肥胖的肚子像是要把纽扣撑开，但对我彬彬有礼，每句话的后面都不忘带上"夫人"二字。"铁路警卫在休假，"他们说，"当你去那个摊位的时候，能给我们也带点吃的吗，夫人？他们说那里的食物很好吃，但'理想旅馆'不接待外国人。"所以我去了那里，觉得自己派上了用场，给每个人都买了充足的食物。我们在火车上野餐。然后火车再次缓缓开动，傍晚时分，我们在戈达瓦里河的上方，下着雨，所以我把脸贴在窗户上，水雾让我感到凉爽。凉爽的微风终于吹进窗来，放眼望去，只见褐色的宽阔水面和绿色的土地。我记得很久以前，拉宾先生曾谈及这段旅程，时隔数年，这段旅程又浮现在我眼前——那是我和父亲一起旅行的时候。拉宾先生曾说，这段美景深深打动了他，他知道自己想在这个国家一次次地获得新生。

这种想法使我在离开家时痛苦万分——仿佛所有的生命都以某种方式失去了——在那艘船的甲板上，我与诗人、父亲在一起时所梦想的一切——我原以为我会在圣迪尼克坦学习绘画，过上一种完全不同于我在家里所经历的愚蠢的、愚蠢的、无知的生活。我已经摧毁了这一切。现在我再也回不去了，大门永远关闭了，我不知道这次破坏是否会带来什么好结果。仿佛我面前有一个巨大的黑色火山口，我即将坠入其中，不知道在底部等待我的会是什么。

在火车上，我突然泪如雨下，头痛欲裂。我的眼睛因疼痛而剧烈跳动，仿佛要迸射开来。想到小梅什金孤身一人，我感到恐惧和痛苦。此时他在做些什么呢？我应该给他写信，但我忍不下心来写。现在还不行。等我平静下来再说吧。他一定不知道……我还能平静下来吗？我背对 WS 和 B 躺着，泪流不止，肝肠寸断。连续两晚，我重复做着同一个噩梦，令人惊怖，甚至当我醒来的时候，我的脑海中还不断浮现出一个和梅什金小时候长得很像的胎儿。鲜血淋漓，死寂，肿胀的眼睛紧闭。噢，丽萨。我不记得关于这个梦的其他情节了，但我醒来时仍惊魂未定。我的母亲会多么高兴啊——她总是把我往坏处想。这将超出她所有的预期。她会认为我为了一个男人背叛丈夫，离家出走，不顾孩子的死活。还有什么比一个不照顾自己孩子的女人更邪恶的呢？

梅什金原本应该在这里陪我。他是多么喜欢坐在窗边啊。我一直在想他小时候发烧的事情，有好几个晚上，我从水桶里舀出一杯又一杯的水，浇在他的小脑袋上。现在我坐在火车窗边，望着外面，外面，外面。即使是在天黑的时候。我很少说话。我听别人说——贝丽尔：说点什么吧；贝丽尔：吃点什么吧。WS：生活是一幅画，你刚刚用崭新的画笔画了第一笔。我仍然无话可说。我怕我一开口就会哭。我一直向外看。由于悲伤和犯错的可怕感觉，我觉得自己心如死灰。在接下来的一个小时里，我的想法改变了，我知道我必须离开，否则我可能会疯掉。真正意义上的疯掉——胡言乱语，厉声尖叫。我无法告诉你，在那些几乎无法抵抗的日子里，我是多么害怕——我感觉自己正从悬崖边缘跌落。有些夜晚，我身体的每一部分都为痛苦所浸淫，从里到外，如同池塘里的浮渣一般。我睡在屋顶上，但感觉自己犹如在一个房间里，房间里通向空气和天空的窗户都被一扇一扇地关上了，直到我独自一人待在黑色的牢房里。有一次——只有一次——我翻遍了公公的药箱，寻找结束痛苦的药片。但也许他早有防备——聪明的老猫头鹰——我只找到了咳嗽糖浆之类的东西。

如果不是你，我根本上不了火车。如果你没有给我钱——你所有的积蓄，是不是，丽萨？我知道一定是这样。和 NC 在一起最糟糕的事情之一就是他让我对每一笔开支都感到内疚。每周伊始，他都会盘点家中花销，然后大发慈悲地把多余的那点钱给我，让我买一些愚蠢的小玩意儿，比如一个发夹、一盒面霜、一个小饰品或一管颜料。有一天，当我计算在过去十年中因为没有买发夹而省下多少钱时，我吃了一惊！所有的钱都安全地藏在你家。这是我要感谢你的另一件事。我现在要去挣钱了，我要做的第一件事就是把你的钱还给你。你可能会拒绝，并称之为礼物，但我需要开始新的生活，不欠任何人的债务，甚至不欠你的，丽萨，无论你如何慷慨地送我东西——钱、你的披肩、裙子（我曾穿过它们吗？我从小就不曾穿过连衣裙，只穿过纱丽！）——不求回报，只是希望我能走自己的路，不管这条路上有没有梅什金。如果你和 B 没有把我推进那辆马车，如果你没有说服我这是我唯一的机会，我就永远不会下定决心。生活中充满了遗憾和反反复复的想法——我的想法就像一个乒乓球，一个想法出去了，在我意识到之前又回来了，看起来一模一样。我很痛苦——可怕的痛苦伤害了我的身体和灵魂——这些令人作呕的头痛和胃痛，感觉好像我的肠子变成了一条打结的绳子，无法解开。我无法吃下任何食物。

B说这一切都只存在于我的脑海里。她给我读阿瑟·韦利的中文诗，好让我平静下来。我想这会使我更难受。又一个来自公元前4世纪的、迷失的中国孩童为他的家园而哭泣。当我到达大海时，我就会投海自尽，我保证。她感情的强烈程度让我感到有些害怕。一天早上，我醒来时，她正安静地坐在我的床尾，看着我。只是看着。当我睁开眼睛时，她按了按我的脚踝说："好啦，你瞧，事情变得越来越简单了。你在微笑。"她称我为她的太阳鸟。小巧、明亮、轻快。她说，喝掉所有的甘露吧，生命不会重来。

我感觉自己格格不入。他们将会到自己的生活中去。我呢？

噢，我写不下去了，丽萨。我过会儿再继续。

爱你的，嘉亚

（仍旧在火车上，11日—12日）
亲爱的丽萨：

我试着聊天、微笑，以便W和B能稍感安心。我在火车上画素描。火车经常颠簸，线条也会跟着移动，但我仍旧画着：人们的面孔、我们停靠的车站、树木和山丘、昌巴尔山谷的褶皱。

我试着让注意力远离悲伤之事，让手中的笔在纸上挥洒自如。我感觉自己已经很久没有画画，也没有被召唤去履行天职了。你没有结婚真是幸运，丽萨，我有多少次曾羡慕你的自由！那种被困住的感觉——永远被困住——我真的以为，在我的整个生命中，我所能感知的将只有痛苦。总有一天，门会关上，然后你会去哪儿？无处可去。

当 WS 突然再次出现时，我曾幻想他是父亲派来守护我的天使。自从父亲去世后，我的心、思想和灵魂所渴求的一切都向我涌来——我不仅觉得知己，而且恢复了关于自我存在的知觉。仿佛生命中的所有可能性都被锁在一扇门之后，而这扇门又重新打开了。我确信自己拥有别人没有的东西，这种想法是不是很傲慢？在家里，我的内心犹如一片沙漠，狂风呼啸，炙烤着每一片绿叶。我画不出任何令自己满意的东西。当我不能很好地完成画作以取悦自己时，我所做的每一件事都毫无意义。我已经很久没有用新的想法来点燃头脑的每一部分了——噢，这听起来很自负，是不是？你不是也住在蒙塔兹尔吗？你不为自己创造幸福吗？但它不是房子、城镇或国家的问题，它比这些复杂得多。如果你知道这一切——如果你知道这一切，你会怎么做？

但你知道，自从我结婚以来，我的生活充斥着误解和争吵的痛苦，你知道你我二人的生活有多不同。你就是你自己，不需要为任何人负责。尽管你必须为此而奋斗，不是吗？否则你的乔伊丝阿姨和凯茜阿姨会让你为一窝孩子做烤鸡，整天穿着格子围裙，而不是穿着漂亮的红裙子、踩着高跟鞋以及涂着与之相匹配的指甲油！

从 NC 的立场出发，他并不是一个坏人，我明白这一点。我可以看到他是多么正直、刚强，只要看一眼阿尔琼，你就会知道 NC 是一个多么好的人。人们仰慕他，因为他的生活准则来自长期思考和大量阅读，他严于律己，也严以律人。他总是试图让自己过一种有意义的生活，一分钟也不停歇。这真让人厌烦。在你意识到之前，你已经在听一场讲座了，他以为自己无所不知，如果你不同意他和他的穆克提，你就不过是一个愚蠢、受骗的女人。有一天，我在听他说话——说话，说话，说话——我什么也听不见，只能看到他说话时唾沫星子是如何从嘴里飞溅出来，又是如何"嘶嘶"地被吸回。我闭上眼睛，想着别人，这样我就不会想逃跑了。他一有机会就羞辱我。他想让他的朋友们嘲笑我，以显示自己的优越感。他嘲笑我读的书和我画的画。我在花园里跳舞时，以为自己永远也不会听到时间结束——那时我只有十八岁，哪怕只是为了不再听到，结束了，逃跑也是值得的。

也许是我有问题——他们说，家庭、丈夫和孩子是女人的世界。为何这些对我来说还不够？迪努的母亲会用夸张的方式说，嘉亚特里总是举止轻浮。她的丈夫打她了吗？他让她擦地板和洗衣服了吗？他酗酒吗？有情人吗？他每天晚上都让她按摩他的腿吗？

NC 没有做这些事情。Q.E.D.

一只鸟儿被困在我的体内，拍打着翅膀。我不得不撕开我的胸膛，让它自由。这让我流血，让我痛到无以言表。有很多事情我仍不能说，即使是对你。

我以为自己已经找到了最好的解决办法，我要带着孩子一起逃离。但事与愿违。为什么在我求他准时回家的那一天，他却迟到了？我还是想不通。他还好吗？一年之内我会回来找梅什金的，我发誓。亲爱的丽萨，请照顾好他，给他点心和蛋糕，所有他父亲认为是溺爱孩子的东西。偶尔检查一下他的耳朵，看看它们是否有污垢：他不喜欢别人掏他的耳朵。除了我，他不让别人给他剪指甲。你愿意为他剪吗？想想那些肮脏的小指甲长得越来越长！如果你在剪完后给他点奖励，他就会同意的。

有时人们会分开一段时间。这是没办法的事，但只是暂时的。如果不是这样的话，那我一天也离不开梅什金了。我不要再痛苦下去了，我不要再生病或头痛，这是冒险，不是抛弃。我想要品尝生命，抓住一切新鲜事物细细品尝。WS昨天凝视着窗外——我们途经一片椰树林、一些村庄，铁轨附近的一个孩子向我们挥手——他说这就像一个童话——所有的生命、世界——他永远不会为了未来工作，他只活在当下。我完全明白他的意思。B说，WS粗暴、刻薄、残忍地对待他不喜欢的人——告诉他们刺耳的事实，把他们赶走。她告诉我，他曾极尽讽刺一个小提琴家——一个身材瘦小、心怀善意的年轻人——WS抱怨那人不停地拍照，并以某种方式设法让自己"迂回地潜入"每一张照片。几乎是以同样的口吻，他说，当他们一起演奏克莱采奏鸣曲时，那人在小提琴上"搔首弄姿"，遮住了"贝多芬的视线"。我不太确定他到底是什么意思，但WS说起话来也可以是很尖刻的。

不过，他似乎很喜欢贝丽尔和我，到目前为止，我们是一个和谐的团体。我们谈论舞蹈、绘画和旅行。我们编造了往来乘客的故事。我们不会为了一件小事而大动干戈。以这种方式交谈让我感觉很新奇。我感觉自己的大脑开始复苏。我终于可以工作了。以一种全新的方式，真正地工作。因此我正专心致志、饱含激情地作画。弹簧生锈了，灵感和图像还没有出现，它们在四周盘旋，但我无法触及。它们飘然欲逝，我要让它们驻足于此。

带着深深的爱，

嘉亚

1937 年 7 月 14 日

最亲爱的丽萨：

马德拉斯令人难以忍受，汗水从我们的睫毛和额头上滴落。这张信纸被汗水浸湿，你所看到的斑驳墨迹是由汗水晕染而成的。如果你能想象高温下那种潮湿的臭味，那么你就能理解这里的情况。如果我今天没能通过那个长途电话联系到你，并得知最近的情况，我就会放弃这一切，然后回家。（什么家？在哪里？）可怜的梅什金，他一定为那天的迟到而苦恼不已——他就是这样一个爱苦恼的人！我不能告诉他为何我让他按时回家，我肯定他会说出来的。我很欣慰你能让他放下心来，他知道一切都会好起来的。

我们将在一周或十天后乘船前往锡兰。B已经看了一些婆罗多舞。这里有一位名为坎塔·德维的新舞者，B被她迷住了。我想她已经差不多陷入了恋爱。这有可能吗？为什么不可能？坎塔·德维是如此健壮、高大、引人注目，她看起来像个男人。当她们共处一室时，贝丽尔的目光无法从她的身上移开。这很有趣。

昨天我们去码头散步。那是一条美丽的海滩步道。一场暴风雨正在酝酿，海浪已经很高了。一想到自己将置身于海上的船只，在这样的海浪里颠簸沉浮，我就心生恐惧。我很悲伤，我想念梅什金，想念家，甚至想念班诺、迪努和布里坚——以某种奇怪的方式，我想念那个曾经囚禁我的地方。有时我觉得自己与WS和B在一起时是个局外人，丽萨，我在想我是否犯了一个错误。我知道无论我在哪里，都将永远是个局外人。昨天，当我想到这一点时，我愣了一会儿。仿佛我周围的一切，连同我自己都停滞了。

散步途中，WS温柔地和我聊了很长一段时间。他告诉我，德俄交战时，他被俄国人囚禁在乌拉尔山区，不得不独自生活。他的家人已经离开了他们在俄国的家，回到德国，而他碰巧在错误的时间出现在错误的地方——年仅二十二岁，带着他的狗，而且不知怎的弄到了一架钢琴——典型的WS！毕竟，他甚至在蒙塔兹尔也东寻西觅，最终找到一架钢琴。他与游牧民交朋友，学习他们的语言，并与他们的羊群一起前往山上。他说，他感觉自己慢了下来，适应了四季的节奏，从那时起，这种感觉就再也没有离开过他。他告诉我，未来总是难以捉摸，你必须成为一条变色龙，适应当下，把它当作一场庆典来生活。你能想象吗？他在乌拉尔山的荒野中读书，并学习了足够的阿拉伯语和波斯语来翻译《一千零一夜》。他说他还想学习印地语和梵语，然而仅仅过了三年他就被释放了。贝丽尔说，当下一场战争爆发时，她会安排把WS送回苏联完成他的学业——WS肯定会再次出现在错误的地方，并再次被囚禁。

WS告诉我们，当他出发前往未知的爪哇岛时，情况是怎样的。从苏俄回到德国后，他并没有家的感觉。他身边的德国人对希特勒的每一句话都言听计从。人能以这种方式存在吗？"一旦离开了德国，"他说，"你就会意识到在那里生活是多么可怕，那是一个多么可怕的国家，居住在那里的人是多么可怕，他们是那么干瘪，没有感情。"我想，在自己的国家却有一种客居他乡的感觉，那该是件多么不愉快的事啊。他说，他害怕自己会变得像他们一样——为了在那里获得归属感，不得不交出自己的全部，不得不以某种方式出卖自己。他做不到这一点，所以即使这意味着离开朋友和家人，他也要走并试图为自己寻找一个新的安身之所。

丽萨，我觉得他说得太对了。（我并没有把NC比作希特勒的意思！绝无此意。）有些时候，我害怕我会失去所有属于自己的东西。我觉得自己正逐渐成为NC希望我成为的那种人，只是为了换取片刻安宁。取悦他人轻而易举，避免不愉快也毫不费力。母亲总是说，无论你做什么，嘉亚特里，都不要引起任何不愉快。仿佛愉快是人生的唯一目标。

一想到你读这段话的表情，我就忍不住想笑。没戏，你会说，然后把一大口烟喷吐到我的脸上。噢，我多希望在你的客厅里跟你聊天，而不是在这闷热的、昏暗的蚊帐里写上一页又一页。

当我们走过翻涌的大海，每一次呼吸都在品尝盐的味道时，WS告诉我的所有事情都让我感到莫名的平静。一个小贩带着花生米走来，我们买了一些。我们喝了带有弹珠瓶塞的厚壁瓶子中的冰镇苏打水。最后，我感觉自己更坚强了。我感觉生活中的这些重大变化如同海浪一般，需要时间积聚，从几英里外的海上开始，直到最后拍打在沙滩上，我们才看到它们。我们不知道它们从哪里开始，也不知道它们将在哪里结束，我们不知道是什么原因导致它们最初的积聚。

请写信给我：你知道地址！请确保有一沓信件在等着我！告诉我所有的消息，关于你自己、梅什金、阿尔琼、布里坚，所有人。这样我就会觉得我与你们同在。我的一半还在那里，我是一个被撕裂的碎片。

我还会在船上写信，我知道可以从港口寄信，我记得父亲花了很多时间在驶向爪哇岛和巴厘岛的船上写信。这次旅行让我想起了和他在一起的那段时光，历历在目。那段时光犹如白驹过隙——当时我很激动，很年轻，不希望旅程结束。我从未想到从马德拉斯到新加坡的船是如此巨大。这一次，我有了心理准备。五百多人，法国人、越南人、泰米尔人、毛里求斯人，所有人一起在那艘船上生活数日。我记得他们专门为印度旅行者配备了四个厨师，信不信由你，其中一个厨师在甲板上宰了一只山羊并剥了它的皮，在离他几英尺远的地方，其他厨师在巨大的石头上研磨香料，剥着堆积如山的洋葱和大蒜，而法国士兵则围着他们要吃点心。

父亲说，缺乏共同的语言并不能阻止人类寻找共同的人性，和谐地生活是人类出于本性的欲望。与我们同行的苏尼蒂先生说，在"昂布瓦斯号"上邂逅的快乐友情让他对国内自相残杀的仇恨产生了一种特殊的自我厌恶！

日子过得如此幸福……从新加坡到巴达维亚的十天时间倏忽而逝。两天后到达泗水，又过了两天到达布莱伦。我们走了很长很长的路，却没有一刻是痛苦的。简单的快乐。我的父亲就是如此，他把一切都变得精彩：有趣、有意义、好玩。要是他还活着就好了。他去世的那天，一切都支离破碎。

但我已承诺：一旦我看见悲伤和无用的想法越过大门进入我的脑袋，我就会使它们停下。我会对这个想法说："出去吧。"当我们到达锡兰时，我将使用护照，这离我上一次使用护照已经过去了十年。我永远不会知道，贝丽尔到底用了什么办法，利用那份已失效的旧文件，让我轻而易举地得到了一份新文件。我的护照上根本没有提到丈夫，上面写着我是女佣！贝丽尔轻描淡写地告诉我，她习惯了把人偷运出国——她从德国偷偷带走了那么多犹太舞者。我想，我是她的又一个救援对象。

永远爱你的，

嘉亚

1937 年 7 月 20 日

我亲爱的丽萨：

不久我们将再次出发去新加坡，我将在那里寄出这封信。我觉得自己像个探险家。B 打算在这里待上几周，并希望我和她待在一起，去看她感兴趣的某种锡兰舞蹈。但我想继续前行，到达巴厘岛。我发现自己对舞蹈不再那么感兴趣了，我想要让自己运转起来，而不是坐在那里看别人表演！如何在不背叛贝丽尔的情况下继续推进与 WS 的合作呢？她会言辞犀利地发号施令，有时也会恐吓我，尽管不会持续太久。很快，她就会开一个愚蠢的玩笑，然后一切恢复如常。昨天她去参加了一个盛大的英国人的露天聚会，我没有收到邀请，瓦尔特也不想去。她回来后报告说，英国人的花园因一棵榕树而蔚为壮观，她从未见过如此壮丽的榕树，柱状的枝干林立，宛如一座寺庙。这些枝干倾洒下大片阴凉，荫蔽着茶桌——她说，还有鸟粪，它们大多落在她的身上。她看起来是如此一本正经，以至于几秒钟后你才会察觉到言语之中的荒谬，并暗自发笑。她一边说，一边拂去头上和肩膀上想象中的鸟粪，并甩动她那乌黑的头发。每当我为离家感到恐惧和悲伤时，她就会说："亲爱的嘉亚特里，生命中的美好之事总是在偶然间出现。你无从知晓偶然来临时，会披着一层怎样的外衣。"

我多么希望探寻一种新的生活，而不以舍弃旧有的生活为代价！

我们坐在船只的甲板上聊了很多。更准确地说是 WS 和贝丽尔聊了很多，而我则侧耳倾听。我是如此沉默，以至于 B 说我让她想起了阿瑟。她说，如同用牙钳拔出智齿一般，话语也必须从阿瑟口中拖拽而出。我本不是这样的人，她知道这一点，却选择了遗忘。在过去的一周里，我的话语由于内疚、担忧和恐惧以及其他莫名的原因而枯竭。

我喋喋不休，有上百件事情想要问你，但我知道其中一些问题已经在你写给我的信中得到了回答。亲爱的丽萨，你写信了吗？我急于知道一切，尽管生活中已有太多的事情令你应接不暇。有些事情人们不会当面告诉你，因为它听起来过于宏大和感性。你知道我有多佩服你吗？你把独自生活和自食其力当作一场恒久的庆典。这也是人们喜欢与你亲近、"家外之家"宾客盈门的原因。B 和 WS 也是这么说的。贝丽尔说你充满了富有感染力的"joie de vivre"——我不得不问她这是什么意思，她回答说"生活的乐趣"。这个形容太贴切了。她说你穿着华丽（她称之为华丽），指甲涂得很漂亮，无论是否有客人，你的打扮都令人赏心悦目。她说你笑起来恣意烂漫，一直笑到上气不接下气、笑到热泪盈眶。我希望那些欢笑的眼泪是你所拥有的唯一的眼泪。

爱你的，

嘉亚

7月30日，泗水

我最亲爱的丽萨：

快到巴厘岛了。泗水。我们已经在丹戎佩拉克港停靠。真奇怪——仿佛我回到了某个熟悉的地方，仿佛我上辈子就在这里。不是上辈子——那只是十年前——当我踏上码头的那一刻，一大堆回忆涌入我的脑海，我兴奋得像个小女孩，跳来跳去，跑东跑西，试图找到熟悉的东西。B 和 WS 满眼笑意，任我玩闹，很高兴看到我恢复如常。他们陪我散步，带我去记忆中的地方。人们带着灿烂的微笑拦住了 WS——他们似乎认识他，他的朋友无处不在，他们想带他看新的乐器，笼子里的鸣禽、玻璃碗里的鱼。市场上有各种各样的商店，从中国鞋匠到日本牙医。雕花木雕、印花布艺、动物彩绘。用石头雕刻的佛像及其他男女神像。我首先找到的是那个亚美尼亚摄影师的商店——摄影师名叫库尔吉安——他还在那里，除了年岁渐长之外，一切如故——我又买了他的明信片，就像上次一样——随信附上的明信片就是那家店的。我也会寄一些给梅什金。WS 设法找到了一辆车——这对他来说不是什么难事——我们开车从一个地方到另一个地方。我们在奥兰治酒店吃了午饭，我记得印度人在那里为拉荷先生和他的随行人员（其中包我和我的父亲——虽然我们身处边缘）准备了丰盛的午餐。吃完饭后，WS 把我送到一个名为洛库穆尔的信德商人那里，他有一家商店——我之所以想去，是因为我记得上次也曾去过那里——一座巨大的谷仓般的房子，有四层楼，底层是商店，其余是他的家人、工人的房间和储藏室。祈祷室的墙壁上挂着各种男女神的孟买版画，在荷兰语的《薄伽梵歌》旁边，放着一本打开的、翻旧了的《格兰特·萨希卜》[1]！他的一个亲戚坚持要我去那里祈祷，于是我不再推辞，在静坐的那几分钟内，我任由思绪飘向梅什金、飘向家、飘向你。我想到自己离家万里，想到每个人都会因为我的所作所为而把我当成妖魔。奇怪的是，我丝毫没有为此感到悲伤。随人们怎么想吧。我知道我是什么，我知道我要做什么。我从未这般笃定过。

洛库穆尔出售的东西五花八门、应有尽有，主要是日本丝绸，也有来自各地的或美或丑的东西——贝丽尔称之为"艺术品"。日本、中国、暹罗或缅甸的古玩随处可见。噢，我多希望能给你寄点东西。这是由信德人经营的一系列商店中的其中一家，我们在泗水度过的那天，他曾周到地照顾拉宾先生。他认出了我，问起我那"尊敬的父亲"，当我告诉他时，他悲伤地摇了摇自己的秃头。当听到罗萨里奥的名字时，他兴奋不已，开始谈论卡拉奇和拉伊·昌德。当然了，多年前我就知道罗萨里奥的家具店闻名退迩，但未曾想我会在爪哇岛遇到一个熟悉它们的人。这只是因为洛库穆尔来自卡拉奇。当他知道这层关系时，他立刻就想让我见见他那帮亲戚，他的妻子、他的孙子孙女——是印度人常规的那种聚会，充满了欢呼笑闹和愉悦的气息。我们吃了甜美的、被酥油浸泡过的哈尔瓦酥糖和装在黄色玻璃杯中的冰冻果子露。人群中出现了一位温文尔雅的老绅士，名为巴德鲁丁，是一

---

[1] 锡克教圣典。

位旁遮普穆斯林，留着长长的胡须，肥胖的肚子安逸地耷拉在大腿上。他坐在椅子上，滔滔不绝地谈论着卡拉奇、拉合尔、奎达等地。**那些日子**！仿佛我的出现给他们提供了一个听众，一个听他们讲述老故事的新人。当我们分别时，他们大声而热情地向我发出邀请：一旦我厌倦了巴厘岛，就去他们那里。他们说巴厘岛上的印度人很少，只有几个目不识丁的小商贩，并坚称我与他们没有任何共同之处。任何时候，只要你想念家里的食物、纱丽或其他东西，就只需要记住，它们可以通过汽船运送到岛上，路上耗时不过两日。我因牵念家里的食物和亲友的陪伴而黯然神伤，而他们的话让我露出微笑，他们的热情和信念让我感到些许宽慰。令我感到惊讶的是，他们没有谴责我是个堕落的女人——也许是因为旅行于他们而言是一件再正常不过的事情。他们和他们的祖先一直都是这样做的，因此并不觉得遇到一个独自旅行的女人有多稀奇。他们认为我是来度假的，很快就会回去，我当然没有告诉他们我是怎么离开家的。

在我们起航前，我将把这封信寄出。我亲爱的丽萨，我终于要到巴厘岛了！这是最后的冲刺。我的心为兴奋所占据，这是不是一种错误和罪过？我的思乡之痛消失了。好吧，暂时消失了，正如 WS 所说，要把眼光放远一些。生活中发生的一切都有其原因，祸福相依。向前走吧！

永远爱你的，

嘉亚

1937 年 8 月，乌布德

我最亲爱的丽萨！

在泗水和布莱伦之间的水面上，我想了一分钟——不，是好几分钟！——我将会见到我的造物主（他待我很糟，不是吗？）。从汽船上，我们可以看到马都拉岛的山丘。要经过它，汽船必须从一道狭窄的海峡中穿行——它会安全通过，还是会撞上海岸？海峡看起来太窄了。我们站在甲板上看着，半是害怕，半是兴奋，甚至连 WS 也绷紧了身子，尽管我想他是由于激动而非恐惧。最终，我们安全通过了。扬起风帆的轮船从远处驶过，离我们较近的是一些小船只，人们从它们上面撒网捕鱼。当我们不再害怕的时候，景色真是美极了。傍晚时分，一轮橘黄色的月亮升起，它很大，看起来像半隐山间的夕阳。深蓝的海水泛着橙色波光。慢慢地，蓝色变暗，几乎成了黑色。到了晚上，船呻吟着，摇晃着，月亮悬在空中，那么低，那么大，近得仿佛可以摘下来吃掉。上百种颜色！我的脸庞浸没在蓝色和橙色之中。还有黎明时分，远处岛上山峦的影子，空气中弥漫着神秘的香味——我无法形容，只有当你身临其境才能确切知晓。

在布莱伦，水很浅，船在离海岸很远的地方抛锚了。我们不得不从梯子爬下轮船，上了一艘小船，小船载着我们和杂七杂八的行李，包括 WS 带回来的那把萨罗德琴。他走去找一辆车，那辆车应该在等着我们，准备载我们去吉亚尼亚尔。租一天车的费用是二十六盾——用盾而不是卢比来思考，这很新鲜，也很刺激！"我们要花一整天的时间才能到达，"他说，"差不多有四十英里远，越过山丘和火山，在岛的南边。那户人家会等着我们。厨师一定烤了猪和鸭来庆祝。"

最美妙的事情是，我上次旅行时，一位女士为拉宾先生的随行人员提供了汽车，而 WS 从同一位女士那里租了一辆车！我非常想再次见到她，我真的见到了。她叫法蒂玛王后——声名赫赫，在上次的旅行中便给我留下了很深的印象——一个波涛汹涌的生物，声音洪亮，牙齿由于咀嚼烟草和吸烟而发黑。关于她的故事是，她曾是巴厘岛南部的一位王后，当荷兰人征服巴厘岛时，她的国王丈夫和他所有的妻子决定自杀。法蒂玛王后不想死，所以她跑了——一路翻山越岭，跑到北方。在这里，她改变宗教信仰，成为一名穆斯林。有人说这是无稽之谈，她不是王后，只是妃子。不管真相是什么，我都喜欢她。我记得她和蔼可亲，当我们离开时，她一遍又一遍地对拉宾先生说"再见啦"。过了一会儿，他有点厌倦了她的喋喋不休，便用冷冰冰的口吻说："这位女士是那种有过去的女人，但她的过去还没有'完全过去'。"他和他的朋友们发现她相当前卫，这种前卫甚至在当时令我不悦。几个小时前，当我和她坐在一起时，我又想起了这一点——她不是前卫，而是有力量。她对自己很有信心，依照自己的方式生活——经营提供出租车服务的企业，开商店，对员工颐指气使，对女儿发号施令，像个男人一样把烟草汁啐到角落里——我想这些事情都标志着她是一个前卫的人。

坐在她的店里时，我获得一种极大的自由感。她庞大的身躯从椅子的每一边涌出，她通过 WS 的翻译非常好奇地盘问我（不知为何，我不觉得这很冒犯）——我是谁，我认为我在做什么等等。我毫不犹豫地对她说出我已经离开丈夫！（正如之前所述，这是我第一次对他人和盘托出。）最后她说："做出离家出走的决定并不容易，没有人可以不假思索就决意离去。如果你已经走了这么远，你就应该留在这里。"

她既不多愁善感，也不深刻，恰恰相反，她一边跟我说话，一边吮着牙齿，用大头针剔出卡在牙缝中的肉。然而当我准备离开时，她把一串珍珠母项链和一尊小佛像塞到我手里，说如果我需要一个朋友，她一直都在，不要犹豫，等等。然后她对 WS 说了一些话，可能是下流的（不知为何，从她咂嘴的方式和放浪的笑声中就能感觉出来），她拍了拍他和贝丽尔的肩膀（B 也爱她），以我多年前就熟悉的洪亮声音说"再见啦"。

终于——我来到了这里！在杰姆普汉的一间用竹子和石头砌成的小屋里安顿下来。这是 WS 的住宅的一部分。如同他在来的路上描述的那般——一系列带有茅草屋顶的小竹屋，每间都有一个阳台，湍急的河流从上方倾泻而下，落入下面的峡谷，河岸上的树很高，其顶端与我们的屋顶持平。

这里的生活安静而愉快。每天早晨都会看到有人坐在阳台的台阶上——等着WS出来和他们说话。他们抽着某种烟草，闻起来甜甜的，有丁香的味道。WS 可能会和他们闲聊一会儿，然后回到屋里打盹或阅读，当他想和他们待在一起时再出来，而他们则一直坐在那里。他们是附近的村民，有时也有来自远方的人们，他们可能会在那里待上几个小时——安静地抽着烟，咀嚼着一种和家里的槟榔很像的东西，也会嚼出红色的汁液，他们的牙齿发黑，就像班诺的牙齿一样。（我的公公多么讨厌她的红色唾液。）有些人是来向WS展示他们的绘画或雕塑的，有些人只是来分享消息。

有两个经理管理这个地方，还有一小群外国人，他们都围着WS转。他们闲聊、争吵，我能感觉到有暗流涌动，但无法分辨那是什么——但每个人都在工作或玩耍，不知不觉中完成了很多事情。这里住着一位著名的美国人类学家：玛格丽特·米德。她是一个古板的、缺乏幽默感的人，她的话多为长句，一旦她开始说一句话，你就知道这将是一个不折不扣的段落。当我看到她靠近时，我想逃跑。这就好比NC开始发表一场关于殖民主义经济学的演讲——所有这些都曾从我的耳边轰鸣而过，或在我的头顶盘旋。米德不喜欢贝丽尔，背后称她为尖酸刻薄的女巫。贝丽尔并没有说任何冒犯的话，但我能看出这种厌恶是相互的。这里还住着一位名叫科林·麦克菲的美国音乐家和他的妻子简·贝洛——她很漂亮，WS很喜欢她。

贝丽尔和WS最近频频争吵，虽然没有恶意。他被她逗乐了，但也失去了耐心。她可能很烦人，表现得像个小姑娘，过度兴奋地跳来跳去。他说他花了很长的时间来教她看清和理解事物。当他们复习关于印度的笔记时，我可以提供一些帮助，但当他们讨论这里的舞蹈时，我就完全帮不上忙了，因为我也云山雾罩，无法理解。我和贝丽尔一起去看巴厘岛的舞蹈，但我的思绪早已化作飞驰的电光，离我远去。令人眼花缭乱的服装，精确的形式，美丽的舞者……但过了一会儿，我发现我的思想离我很远，或者我感兴趣的是画它们，而不是理解。所以当贝丽尔抱怨WS过于懒散的时候，我一直默不作声。（她会怎么看我呢？）她说每项任务都要花两倍的时间才能完成，因为他同时还有许多事情要忙：在巴厘岛匆匆忙忙地开办一场音乐会，接下来的几天又去帮助一个电影剧组，或者只是去收集旧乐器。

我被周围的一切迷住了，但仍觉得自己是个旁观者。感觉像是我将在这里参观一段时间，然后离开——我不认为我将久留于此，这不可能。我何时才能不再觉得自己像舞会上的灰姑娘？该走了！该走了！有时我想我必须站起来说声谢谢，然后回家。但家在哪里？有梅什金和你的地方就是我的家。这是否意味着我再也回不了家了？我无法想象再也见不到你，我们当然会重逢的。你会来这儿。

我有点追星的感觉。这里有一本旧的留言簿——这么多的游客曾来到这里。我一直在翻阅它，找到了几十个以前只在杂志上看到过的名字。甚至还有查理·卓别林！诺埃尔·科沃德（他是一位英国剧作家）曾来拜访WS，并在留言簿中为他写下一首长诗。我将其中的一些念给你听：

> 哦，亲爱的瓦尔特，哦，亲爱的瓦尔特，
> 请不要忽视你的绘画……
> 亲爱的瓦尔特，如果可以的话
> 请克制你对甘美兰的热情

放下你对鸟兽的喜爱

少去参加寺庙的盛宴

把你想要久久凝视彩色鱼的强烈愿望

抛在一边……

诸如此类。虽然读起来有些滑稽，但很真实。WS 需要做的唯一的事——绘画——他却懒得做。他总是缺钱，但仍拒绝工作。他告诉我们，他宁愿坐在树下，看鸟和树叶，或在窗台上数蚂蚁，也不愿在画架前浪费生命。这有时会激怒 B，有时她又觉得很有趣，这取决于她的心情。

与之相反，我已经带着一种严峻的决心埋头作画了，而这种决心最终毁了我的作品——它们看起来呆板、生硬、用力过猛、毫无新意——我为此感到沮丧——但我很想卖掉它们并赚足够多的钱，以便尽快把梅什金接过来。我希望明天就能实现！马上！我愿意在房子、公共汽车或标牌上涂漆抹粉，只要能挣到钱。我感到一种可怕的紧迫感——仿佛我只有一年或几个月的时间来工作、挣钱、把他接来，然后魔法之门就会关闭。当然，这些都是荒唐的想法。

作为供我食宿的回报（尽管这回报微不足道），我帮助 WS 做一些他的表弟康拉德曾经做过的事情——你还记得他说过的科西亚吗？他帮助 WS 改编音乐，照看他的动物，等等。我在音乐方面一无所能，但我可以当助手、打杂、照看动物，所有这些。梅什金会多么嫉妒啊！我不知道他会不会兑现曾经的誓言，长大后成为一名动物园管理员。我只知道他会把所有的动物都放出来，老虎会在蒙塔兹尔的街道上漫步。

WS在爪哇岛曾有一个私人野生动物园，但在巴厘岛，人们认为动物不应该被圈养。所以他把它们送给了爪哇岛的一家公立动物园——除了几只猴子，他拒绝和它们分开。他与这些猴子同住一间小屋，浴室里满是果蝠。当你并不期待它们出现时，你会感到不安。我已经习惯了蜥蜴、蟑螂、蜘蛛，甚至蝎子——但蝙蝠！我再也不进去了。当我经过蝙蝠和猴子时，我告诉它们："你待在你的世界里，我待在我的世界里，井水不犯河水。"

树木和植物看起来是如此熟悉——很多我都能认出。榕树、牛奶木、香蕉、椰子、香柏、荷花和木槿，还有一些我从未见过的植物。我要花点时间才能弄清楚。我会把它们画下来。你看到过梅什金在继续画画吗？他今年在课本上画了一些漂亮的画——他有天赋。我想过，一个让他坚持作画的办法是，我继续画一些小画并在信里寄给他。我一直在为梅什金画画，然后寄信给他，不知道他能否收到。或者他的父亲是否让他读这些信。我想NC会希望他厌恶我。这是自然的。

我每天都在想家里正在发生什么——在确切的时间，我的思维在一个循环中运行——现在梅什金醒了，现在NC散步回来了，现在我去厨房摆放一天的用品，现在我坐在阳台上，布里坚冲过来试听一首新的音乐，他一直用手捋着竖起的头发，现在我想画画，但没有做，现在我溜出大门去看你——哦！我真希望你也在这里的拐角处，这样我就可以跑过去找你。我还没有收到你的任何信件——你写过信，对吗？我希望它们没有丢失。我希望你能收到我的信。

深深爱你的，

嘉亚

1937 年 11 月 15 日

我最亲爱的丽萨：

终于有一点你的消息了。当我知道事情并没有那么糟糕时，我松了一口气，但是丽萨，请一定要试着给我写长一点的信——更多的消息——告诉我发生的一切。我发现你写起信来惜墨如金，不像我这般长篇大论——但这需要时间，不是吗？还有孤独感。这两样东西你都没有。你的日子很充实，你有一百个朋友，每天要做两百件事情以维持旅馆运转。

我以极大的决心作画，为我和梅什金的旅费存钱。WS 承诺，他将在明年画一幅巨作，并将捐款给他所说的"带梅什金回家基金"。他一直说他会给我钱，让我现在就把他接过来——但我内心有些固执，我需要自己来做这件事。在梅什金来之前，我需要些许时间安顿下来。在我的生命中，从未有过这样一段时光：把一切都抛在脑后，废寝忘食，只是工作！

深夜，有那么两次，我跑到外面，呼吸着夜色中的空气，看着周围茂密的森林，听着甘美兰的锣声，声音如此深沉，仿佛浸入骨髓，轻声哼唱。我站在那里，感觉森林进入我的身体，我闻到一种无以言述的气味。然后，声音浸微浸消，又渐渐响起。他们的音乐让我战栗。它让我明白，我离过去所熟悉的一切有多遥远。我回到屋里，上床睡觉。我没有睡着，只是静静地躺在床上，闭着眼睛，直至天明。我能清楚地看到我要画的东西。

当然，没有任何施舍，没有——好吧，除了食宿——但这总比给钱让我把孩子接过来要好得多。（内克会允许他来吗？还是我必须绑架他？）我不停地省钱、省钱，不买任何东西。WS说，一旦梅什金来了这里，他就会带他走遍全岛，"从头到尾"带他到处转转！为什么WS要为我做这么多？他和我的关系不像他和简（科林的妻子，我在之前的一封信中告诉过你）或这里的其他人那样亲密。这一定与那些影影绰绰的记忆有关：十年前，当我还是一个小女孩的时候，他就见过父亲身边的我。一切恍如隔世。从那时到现在，世界曾经历两次冰河时代——乳齿象、恐龙和猛犸象都已灭绝——一个新的世界出现了。

我画得更好了。我注意到WS的访客在我几天前完成的一幅画前驻足良久。这是一幅卷轴式的画，大约五英尺长，巴厘岛的乡村生活在其中从上到下、逐层上演。我依循当地画家的风格创作了这幅画。"它会找到买家的。"WS说，语气很肯定，而我就像得到奖品的孩子一样高兴！

WS很久以前成立了一个基金会，用于帮助当地的艺术家：传授他们新的绘画方法、出售他们的画作。基金会被称作皮塔玛哈（以《摩诃婆罗多》中的毗湿摩命名——没想到会发现这些几乎快要被我遗忘的印度痕迹）。大多数艺术家都很自私，他们不希望别人成功，而 WS 却把自己的时间、精力和心思都花在了让别人出名上。当柏林和巴黎的艺术画廊想让他的画作加入巴黎艺术展时，他没有送出任何一幅，因为他希望当地的作品能够获得关注。也许有一天，他会送出我的画！一想到能用自己的作品来挣钱，我就兴奋不已，但我必须努力工作，卖掉很多画。在这里，一荷兰盾只比一卢比略少一点，而从家里带来的钱——大部分来自你的积蓄，丽萨——可以让我用一阵子，但用不了太久。

我羡慕 WS 的天赋。看他工作令我获益匪浅——他一旦真正开始工作，就不会停止，接下来的几天你根本看不到他。有一天，他的钱用完了，他把自己关上一个星期，画了一幅画。他说，他不费吹灰之力就能画出这样的东西，然后卖出一大笔钱，这太不体面了。而这幅画确实卖了很多钱，多得足够他买一辆车了！但问题是，他一赚到钱就会花掉——要么花在自己身上，要么花在朋友身上，所以他永远都很缺钱。

把梅什金接来会花很多钱。不知为何，在和父亲一起度假时，我感觉距离要短得多。我记得有天下午，我们的船在新加坡停了下来，拉宾先生的朋友迪伦先生整日沉浸在埃斯拉吉琴的演奏中，哀怨的音符流淌而出，时间渐渐融化了——就像布里坚唱歌时所发生的那样。（布里坚声称，他每天晚上在阳台上唱歌，只是为了让自己的歌声伴我入眠。真是个淘气的调情者。他最近怎么样？）

在与父亲的旅途中所看到的一切，又重新浮现在我眼前。这些天我一直很思念他。他会多么乐意来这里看我——他会和我一起来，他会喜欢绘画、音乐和旅行——他随时做好冒险的准备，不断想要尝试新的事物。他说，生活的方式是用快乐的事情填满你的身心，如此一来，生命中根本没有多余的空间留给不愉快的事情。这和 WS 的想法差不多，我想这就是他们合得来的原因。我一生中最大的遗憾之一就是梅什金从未了解过我的父亲——他对音乐的感觉、他对绘画的热爱、他与孩子们相处的方式，以及他对我天赋异禀的信念。在经过几个月的分离之后，我仍然活着的原因是，生活中的这种改变不仅是为了我自己，也是为了梅什金：一旦他来到这里，他就不再会被价值感扼杀，新的世界将为他打开，艺术或动物的世界，生活在不同的人中间，他们重视政治以外的东西。

总之，没有自怜的余地，没有！我在这里。我来是因为我选择来，我不会消沉和呻吟，我要工作。

我必须告诉你，巴厘岛与印度并非完全不同，不仅仅是因为这里有印度教的神灵。当我们和拉宾先生来到这里时，荷兰人担心他会煽动爪哇人的民族主义情绪——追随印度自由战士的脚步。他们派荷兰人跟踪他、监视他。他可能看到了印度和巴厘岛之间的许多相似之处。当他来到吉亚尼亚尔时，他说就像一场地震摧毁了一座伟大的古城——他指的是印度——它已经沉入地底。在那个地方出现了后来的家庭、农场和人群，但在许多地方，过去的东西又重新回到地面，这两者拼凑在一起，构成了巴厘岛的文化。

在那次与父亲同行的旅程中，我还太小，无法理解如此复杂的事情——或许也不算太小，毕竟，它给我留下了如此深刻的印象，我至今难忘。多年前，这个地方让人感到既熟悉又陌生。这些村庄很像我和父亲在孟加拉看到的那些——有像宝石一样翠绿、湛蓝的土地，还有两层茅草屋顶的小房子。椰子树、菠萝蜜树、闪闪发光的稻田，到处都是潺潺的流水声。竹子和房子一般高，每当有风的时候，竹林就会从底部轻轻摆动起来——吱吱的声音一直持续，直到你感到昏昏欲睡。

周围都是我想画的东西！哪怕用尽一生的时间，也无法画完我脑海中所有的画面。这里的画家将乡村生活的场景细致入微地描绘出来，尽管我也画了一幅与之形似的长卷画，但永远无法得其神韵，我的思维有着不同的运作方式。他们有一种来自另一个时代的优雅和艺术性。我记得拉宾先生也指出了这里的普通村民是如何对他们的房屋、家具、门廊进行艺术创作的。他认为，因为他们有足够多的食物，所以他们可以画画，可以从无到有地制作美丽的东西。我不同意。繁荣是抵抗丑陋和肮脏的唯一屏障吗？我们国家的富裕地区并不像这里最普通的村庄那样美丽。这里的每一个院落都静谧而迷人，粉色和蓝色的荷花生长在宁静的水池中。无论你看向哪里，都可以看到一只石蛙或一条石狗在瞻波伽树下，沐浴阵阵花雨。这里没有我们国家那种肮脏、凌乱、残败的景象。每个村庄都有舞蹈和戏剧。音乐充盈着整个夜晚。舞蹈中的华丽衣服和精致珠宝。女人发丝中的鲜花和华美的头饰。男人把花戴在头巾上，或插在耳朵上。很多女人都非常漂亮，她们有一种直接的、毫不畏惧的目光，我喜欢这种目光。

拉宾先生的朋友苏尼蒂先生说，这些男男女女看起来就像从阿旃陀石窟和埃洛拉石窟的墙壁上走下来的一样，他说得没错（苏尼蒂先生对巴厘岛的女人很着迷，他注意到她们的衣服、头发、步态，甚至注意到她们的嘴总是微微张着，露出一种永远渴望的表情……我不禁笑了起来——那个老孟加拉学者，他该有多么仔细地打量她们啊！印度男人！如果好色不是他们的主要特征，我不知道什么才是……尽管苏尼蒂先生绝非好色之徒，他只是很细心）。

苏尼蒂先生当时就指出了我现在才知道的事实——对来到这里的欧洲人来说，爪哇岛和巴厘岛是神奇的、充满异域风情的仙境。但对我们来自印度的人来说，情况并非如此。它只是东方的另一个版本。苏尼蒂先生不断指出，从印度西北边境到孟加拉，再到马拉巴尔、印度支那、爪哇岛和巴厘岛的大片地区，服饰、仪式、住宅、寺庙的模式都很相似。他过去经常从考古发现及印度寺庙的雕像中举例说明。他的学识如此渊博——那么多的语言和历史知识——他能看到和听到跨越不同文明的节奏，而对于当时只有十六岁的我来说，这是根本做不到的事。我只是听着，但不甚了了。现在我发现自己越来越多地回想起他说过的话。

这里沿路都是雕像和寺庙。我连一个乞丐也没见过。孩子们似乎不哭不闹，母亲们也不像我们印度人那样对他们大喊大叫。在巴厘岛南部偏远地区的村庄里，没有多少女性会遮住自己的胸部。在北方，由于受到荷兰人和基督教的影响，她们变得很拘谨。刚开始看到在这里袒胸露乳是多么正常时，我惊讶不已。过了一段时间，我已经不以为奇了。很久以前，在马拉巴尔和孟加拉也是如此——女人不穿上衣；好吧，我很庆幸自己出生得晚！

在你提问之前：不，我还没有接受她们的（不）穿衣风格！！！我仍然穿着平日的纱丽、上衣和衬裙，还没有勇气穿上你的漂亮裙子——尽管我确实想知道当我需要新纱丽时，要去哪里买。我可以裁剪几米长的布，或者询问洛库穆尔，听听他的建议。我偶尔会和他的家人通信，而且在我们去泗水接贝丽尔的时候又见到了他们。像往常一样，他们一看到我就开始煎炒烹炸，坚持要我和他们一起吃饭。洛库穆尔有一个脾气暴躁的老年亲戚——没人知道她有多大年纪——她整天坐在店里责骂在那里工作的男孩，但她身上有一点很可爱，就是她会在谈话中打瞌睡，甚至在她自己说话的时候。房间里静悄悄的，每个人都在努力憋笑。几分钟后，她醒了过来，注意到欢乐的氛围，她嗤之以鼻。"笑吧，趁着你们还能笑，"她说，"干果保存的时间最长，绿叶从树上掉落就会腐烂。"

我不想念印度人，也不去找他们，但我很想你，丽萨。我想念我亲爱的梅什金。我甚至想念我那尖酸刻薄、吹毛求疵的公公……照这样下去，我可能会开始想念阿尔琼和布里坚。或者可怜的班诺。好吧，好吧，我知道你很喜欢老巴蒂·罗萨里奥。有时我想，如果你们的年龄更接近些——哦，生活中有如此多的可能性！我根本就不应该结婚。我从来就不应该被占有，我需要自由，一个流浪者或吉卜赛人。我就不会造成那么大的伤害。但他们强迫我，我又能如何？当时我还太小。母亲拥有我，她把我转交给了 NC，然后他又拥有我。如果父亲能活得再久一点，生活就会大不相同。

想这些是毫无意义的。去吧，悲伤的想法！

那先说到这里，永远爱你的，

嘉亚

1938 年 2 月

我亲爱的丽萨：

我收到了我儿子的第一封信！两封信是一起收到的。他似乎没有收到我的一些信。真让人抓狂。但我很感激 NC 在这方面的善意——他允许他看我的信并回信。他写得多么可爱啊，我可以看到他试图隐藏的拼写错误，以及所有关于里基、迪努和爷爷的消息。他问我下周他应该什么时候去车站找我：哦，这让我心碎！请你向他解释一下好吗，这样他就会明白——而且千万不要粉碎他的希望，只是让他明白这需要一点时间。你得灵活地荡起秋千，才能做到这一点。

我正在非常、非常努力地工作。我沉浸其中，它让我兴奋，消耗了我的一切——在其他事情上我一分钟都不想花，只想工作。这就好像我在一条似乎没有尽头的蜿蜒道路上转了个弯，找到了自己的绘画方式，它看起来正确、有趣、真实。当我不工作的时候，我会持续而强烈地想着它——我的梦被色彩浸透了——

有些夜晚，我闭上眼睛，只能看到黄玉色、金色、翡翠色、紫色、最深的红色、赭色和午夜蓝，它们流光溢彩，永恒存在。尤其是这里的森林和水的颜色：成千上万种绿色和蓝色，从叶子到藤蔓，再到野草，最后到山丘和稻田：绿色和蓝色向远处舒展，最终消逝不见。

我们到处旅行。我带着水彩颜料和 WS 借给我的相机，他的一台旧相机，这样我就可以借助照片作画：这是他给我的建议，他说他刚来爪哇岛时就是这么做的。尽管相机不能捕捉到颜色，但它让人回想起场景、树木的位置等等。他告诉我，下个月我将参加巴达维亚的一个展览。他让我不要尖叫，以免吓到马。你能相信吗？现在我要更加努力工作了！

上个月，我们一行人骑马去了金塔马尼——那是一个偏远之地，有一座火山，火山周围是裸露的熔岩田，它是黑色的，看起来很奇怪，上面长着干枯的草，除此之外再无其他东西。火山的两侧光秃秃的，顶部很平，这种平坦的顶部以及顶上萦绕不散的薄雾为它增添了一种不同于其他山峦的神秘感。这是一种荒凉、无情的美。我们漫步其间，既恐惧又兴奋。当我们累了的时候，就会找个阴凉的地方坐下来休息、饮食。WS 设计了一个可以挂在马鞍上的柳条篮，这样他就可以在旅行中随身携带啤酒、威士忌、杜松子酒和波特酒。他带着一种孩童般的喜悦，询问他在偏远村庄从事调查工作的朋友想喝哪种。你应该看看他们是如何张大嘴巴的——你会喜欢的，不是吗？而且你会记得带上柠檬，把它切成片后放进杯子里。

我们吃了一些烤鸭干、鱼、煮鸡蛋——这时一条长着卷曲尾巴的黑狗出现了。我们把食物的残渣扔给它，它走近了，尽管它很警惕。它骨瘦如柴，看起来好像已经好几天没吃东西了。当我们离开时，它一直盯着我们看，看到那条瘦弱的狗在黑色的岩石和丛生的杂草中迷失方向——孤独世界的边缘，那是一种悲哀。当我们下山到达村庄时，那条狗还在跟着我们。长话短说，它已经加入了我们的家庭，WS给它取名"英达"，意为"美丽"，尽管事实远非如此。她现在浑身结痂、被跳蚤咬伤、痛苦不堪。她起了水泡——据说是因为吃得太少。WS一心想改变这一切，带英达回到家后的第一件事就是给她洗澡（她闻起来很臭）。尽管天气很热，但她还是讨厌洗澡并跑开了！之后她狼吞虎咽地吃了鱼和一大堆米饭，直至吃完，她都没有停下来喘上一口气。WS满怀信心地说，她将学会与猴子和蝙蝠一起生活。让我们拭目以待。

WS一直在巴厘岛四处奔走，为他担任馆长的博物馆收集文物。我没有与他同行，而是待在家里工作——将画画称为"工作"是多么奇怪啊！NC一直坚称，画画于女性而言是一个"不错的爱好"。女性被允许做所有无关紧要的事情。他应该看看我现在画画时的样子！我浑身都是颜料和泥土（我也在用石头和黏土做东西），我的脸弄脏了，我的头发粘在一起。

尼·瓦扬·阿里尼，一个为我做家务的女人，每次见到我都会笑得前仰后合。她是为数不多的能与我交谈的巴厘岛人之一，尽管她的英语很蹩脚，但我想，她是在小时候和WS家的访客玩耍时学会的。当她在寻找一个词的时候，她张着嘴停顿了一下，用自己的语言咕哝着——然后我们的目光相遇了，她摇摇头，笑着放弃了。让我高兴的是，在这里，花钱雇来帮忙做粗活的人并不卑躬屈膝，他们不像我们的仆人那样卑微——而我们的仆人之所以如此，是因为人们对待他们的方式太恶劣了。野蛮而残忍地对待穷人，这在我们心中根深蒂固，仿佛他们是其他的生命形式——既不是人也不是动物。我曾看到阿尔琼由于在挡风玻璃上发现一个指纹，而扇了洗车男孩一记耳光。

先不说这个了——我正想告诉你 WS 的收集之旅——别人开车，而 WS 则睁大眼睛寻找可以收集的东西。这辆车看起来有点像阿尔琼的道奇车，实际上却是另一种车。它被称为奥兰德惠比特——绝非一条惠比特犬，而是一个笨拙的、步履蹒跚的东西，回来时载满了雕花门、乐器和厨房用品等各种各样奇奇怪怪的物品。贝丽尔前几天说这座博物馆不过是男孩们外出和在海滩上闲逛的一个借口。他们中还有一些人帮忙用荷兰语和英语描述这些东西，然后把它们送到博物馆——那里已经人满为患了。

在这里，我惊讶地看到 WS 是如何沉浸在音乐中——他在一切事物中都能听到音乐——总是有乐谱寄给他。他经常谈到布里坚曾带他去听无名歌手的演唱，那些藏在发霉老房子里年迈的音乐大师。但 WS 说他对印度古典音乐没有什么感觉。他开玩笑说，就像印度教一样，你可能必须生来就信奉它。

当 WS 来这里而不是他在伊塞的另一个家时，我立马就知道了，因为音乐在我们的山坡上流淌。我相信鸟儿也会停下来倾听，它是如此可爱。科林和 WS 一起弹钢琴，有时 WS 一个人弹，弹一些崇高的东西，我既记不住也哼不出它们，但仍渴望再次听到。WS 重新调了一架钢琴，让它听起来像甘美兰——甘美兰就是这里的管弦乐队。我无法详细描述，但它是由木琴、鼓和锣组成的，声音奇特、节奏分明、循环往复，令人着迷。如果我告诉过你这些，请原谅我的重复。

科林的妻子简·贝洛是一位人类学家。当我和他们在一起的时候，我有一种感觉——我也说不清楚——但我觉得他们并不关心彼此，甚至不喜欢对方。（我想知道当人们看到我和 NC 在一起时是否也有这种感觉。哦，天哪。我是不是很糟糕？告诉我，是不是？）气氛很紧张。WS 说这是因为科林是个神经质的、被宠坏的人。但由于科林对音乐的专注，WS 可以暂且忽略他的坏脾气。科林买了一架斯坦威钢琴，WS 很喜欢它，他们俩便一起演奏。

科林还很会做饭，他尝试着做各种各样稀奇古怪的食物：犀牛、飞狐、豪猪，任何东西都可以被他做成烤肉或炖菜。我对此并不总是感到高兴，并拒绝吃下它们：我认为一些动物应该被留在树上或洞穴里，无论它们生活在何处。我不知道简对这一切是怎么想的，她看起来要么很疏离，沉默寡言；要么说得太多，空气中弥漫着未言之物。这可能会让人很不舒服。我蹑手蹑脚地走开了。在这种时候，WS 会和她一起坐很久很久，他们促膝长谈——他们非常亲密，可以一起谈天说地。当分隔两地时，他们甚至会给对方写信。

WS 有一种与已婚妇女成为闺中密友的天赋——我想，她们不太可能扑向他、引诱他。这里的大多数人都知道 WS 对女人不感兴趣——不是以那种方式——正如你一开始就猜到的那样。他有公开的男性情人，没有人认为这是错误的。你还记得他和他那个年轻的萨罗德老师是怎么相处的吗？你觉得很奇怪，你当时就这么说了。还记得有一次他不小心把门半开时，你看到了什么吗？你惊得目瞪口呆，脸红得像苹果！真是太有趣了！

当我写下这些东西的时候，我不禁感到不该这么做。你说你觉得这很有趣，但当一个人不了解这个人或这个地方时，还有可能对他／它产生兴趣吗？我不擅长讲故事，但我告诉你这一切，丽萨，是为了不失去你。我希望你能分享我的生活，我也能分享你的生活，就像我们以前在蒙塔兹尔一样——或者更亲密。有时人们在信中可以比在生活中更亲近，你不觉得吗？有些事情我们可以在信里说，但当我们面对面时，却永远词不达意，或者缺乏说出口的勇气。

亲爱的丽萨，下次再告诉我更多的消息，有什么有趣的客人吗？你的帮手"小伙计"怎么样？你参加圣诞节的聚会了吗？我希望梅什金在学校没有被欺负——即使是不好的消息，你也会告诉我的，对吗？

永远爱你的，

嘉亚

1938 年 4 月 10 日

亲爱的丽萨：

我惊讶地听说 NC 离开了家，只带了一个布包。他到底是怎么想的？如果不是你告诉我，我根本就不会知道。梅什金真是个傻孩子。他没有告诉我他的父亲去寻求真理了！我想知道他找到了吗？是藏在石头下还是树木后？好吧，我有什么资格讽刺别人呢？毕竟我才是那个离开丈夫、孩子和家庭的邪恶女巫。如果是在过去，人们会用石头砸死我或者将我活埋。

布里坚也不见了——没人知道他的去向？这怎么可能呢？他和阿尔琼吵得不可开交，而且是为了一个他爱的女人，这又是什么意思？他爱上了一百个女人！这个女人有何特别之处，能让他们兄弟二人大打出手？我离你们如此遥远。我们曾经日日相见，如今却连知晓你们的消息都难上加难，这真是一种巨大的折磨。你得到消息后，能不能写信告诉我？我很担心。

这里情况有些变化。我感到很害怕，但其他人似乎不以为意。警察已经开始对包括 WS 在内的一群人进行某种监视，以证明他们正在行不轨之事。显然，在要求逮捕与同性发生关系的男人这件事上，基督教传教士施加了很大的压力。新任总督是严苛的基督徒，娶了一位来自极端虔诚的美国家庭的女人。WS 觉得这可笑至极（正如他对大多数事情的看法一样）。他说，巴厘岛一直为基督徒所冷落。在这里，男人之间发生关系并不会被认为是作奸犯科或有伤风化的——基督徒再怎么愤怒也无可奈何。（这再次提醒了我——从你上次的来信中得知，所有人都认为我与 WS 离开是为爱私奔，这是多么荒谬。他们或许以为，我就像那个爱上来访的罗马尼亚人的加尔各答女孩。爱！人们总是认为一个女人做的所有事情，无非都是为了得到一个男人的爱。好吧，他们错了。）

WS说，巴厘岛的荷兰人就像德国纳粹——同样的不容异己、自以为是、严酷苛刻。而这正是他离开德国、绕过半个地球去寻找自由生活的原因——这种了无乐趣的责难，这种对于规则之书中所没有的一切事物的恐惧，是会让整个世界失守沉陷的传染病。有权势的人用一种傲慢的方式判定事物的好坏，荷兰人在定义谁？巴厘岛的人认为男人爱男人、男人爱女人或女人爱女人都是很正常的事情——好吧，谁知道呢，只要有人被爱，而且没有伤害到任何人！还有一件事情让我意识到拉宾先生是正确的——他过去常说，巴厘岛给人的感觉就像是古代的印度。曾经有一段时间，没有人充当道德监护人的角色，定义爱情可以这样，不可以那样——而现在的巴厘岛则充满对于道德的审判和定义。父亲曾说过，我们当时所感受到的巴厘岛不会长久维持下去。一座岛屿能以其旧有的形态存续多久呢？父亲的语气严肃而阴沉："睁大你的眼睛看，竖起你的耳朵听，记住这一切。它们总有一天会消失，而你可能永远也不会再回来。"

但我回来了，现在就在这里。时过境迁。当你感觉到素不相识的人——政府——正在监视你在家里的一举一动，哪怕你没有伤害任何人，这真是一件奇怪而可怕的事情。简说她的仆人们被问及他们家的情况。这里很难有秘密。WS没有伤害任何人，却被警察盯上了，我们也是。

WS 没有把这件事放在心上，一分钟也没有。在一次晚间舞会上，有警察被派来跟踪他。他们穿着睡衣、趿着凉鞋、戴着眼镜站在那里，样子滑稽极了。我们一眼就认出了他们。WS 很不知分寸，他让舞者去吻警察并与他们调情……过了一会儿，警察眼迷心荡，开始和男孩们跳起舞来。WS 这么做是愚蠢的。我想知道这种追求危险的欲望从何而来，还是说他是一个真真正正思虑无邪的人，只是误入了与之格格不入的世界？

你一定会好奇我这些放荡的思想来自哪里，你想象我在纵情狂欢。我以前从未想过这些事情，怎么会说出这番话来呢？我只是发现自己的世界是多么有限，而在它之外有那么多事物。我曾认为浪漫爱情如果真的存在的话，也是发生在男人和女人之间（而在蒙塔兹尔的浮桥路 3 号，它甚至没有发生在男女之间）。我已经意识到自己有多天真。生活比我想象的要有趣得多！

蒙塔兹尔一定已经热起来了吧——抑或那里仍是春天？你一定在你那凉爽的房间里，偷偷啜饮着冰镇杜松子酒，并在楼梯上迅速而隐秘地塞了几杯给我的公公。总有一天，有人会称他为"醉酒医生"，而这都怪你。他是一个令人费解的人，温文尔雅，体贴入微，却又不可捉摸。刚到蒙塔兹尔之时，我还沉浸在丧父的悲痛中，并为如此匆忙地出嫁而伤心不已。为了让我能好受一些，他可谓煞费苦心。他从一开始就看出我和 NC 并不相配。他没有和他的儿子发生争执。他怎么可能让自己掺和在儿子和儿媳中间呢？绝对不可能！

但他想方设法地告诉我他理解我的痛苦。他给我书，给我一张可以坐着工作的桌子。他总是毫不吝啬地称赞我，无论是当我烹制了一盘咖喱羊肉还是创作了一幅画的时候。对于他的恩情，我无以为报——他自足、自洽——很难想象有什么人或事可以影响到他。但你可以——不知为何，你总是知道怎么逗他笑。你有这样的天赋，我羡慕你。

告诉我所有的消息。迪努安不安分？我担心他会让梅什金过早地长大。你说他在诊所里反复读我的信，这让我既喜又悲。我想知道此时此刻你正做些什么。我也担心你，你要独自一人面对生活中的一切，甚至还要帮我公公和他那些受伤的英雄料理事情。当我告诉 WS 你们二人是如何偷偷地给那些革命者包扎伤口时，他笑得前仰后合。他说，幸好荷兰人不用对付丽萨和巴蒂，否则他们的东印度群岛帝国定会分崩离析。

我把这封信包在一条小丝巾里。我希望它能被送达。它和你的绿色丝绸连衣裙很相配。

给我写信。尽快。我需要你的文字。

深爱你的

嘉亚

1938 年 7 月 2 日

亲爱的丽萨：

你的两封信我都收到了——它们是一起来的。你不知道它们于我而言意味着什么——我是等待雨水的、干涸的土地。我渴望得到消息。任何一封信能够漂洋过海，抵达这里，都是一种奇迹。我应该庆幸只有几封信丢失了。这些写给你的信成了我的日记，你知道吗，我几乎快要忘记自己是在给你写信，只是潦草地记录着，日复一日。拉宾先生在那次古老的旅行中告诉我，信是一种书面形式的聊天。当时他正坐在甲板上写一封信。他说每个人都有一个特别的笔记本，里面有活页，用来写下那些微不足道的事物。它是写给那些衣衫褴褛、头上不戴头巾、脚上不穿鞋的人的。它无缘无故地来到没有人问问题的地方——只是源于一场漫无目的的闲聊。

这就是我写给你的信。我如同一位不速之客，突然跑到你的客厅，没有任何目的或需求，只是为了和你说说话。当我开始写信时，我从不知道要花多少天才能把它写完。这样是不对的，不是吗？你是否对于我的喋喋不休感到厌烦？现在我可以看到你从椅子上站起来，跺着脚走出房间，说："等你捋清思路了，我再回来，嘉亚。"你从来都不允许自己多愁善感。

但我现在正陷于一种悲伤、疯狂、暴躁的状态中。我缺席了梅什金的十岁生日，这是他人生中的第一次。我曾经多么期待每年的 6 月 30 日，当我早上拿着包装好的礼物向他走去时，能够看到他那双星星般的眼睛。而这一次，我去了一个寺庙为他祈祷。除了去寺庙的庭院中观看舞蹈之外，我还没有进过寺庙。但我觉得有必要做些什么，所以我很早就醒了，当我走在街上时，有妇女将盛满花朵和焚香的树叶杯放在门口的台阶上。我从不祈祷，我觉得自己是个冒名顶替的信徒。我找了个地方，准备脱下拖鞋，但一个男人站在那里示意我不必赤脚。我想他肯定一眼识破我对如何在巴厘岛（或者其他地方）的寺院里祈祷一无所知，但他没有阻止我。我舌头打结，笨拙地摸索着脑海中的词句，但也许上帝会明白我没有说出的话，如果他或她真的存在的话。我的身体被疼痛撕成碎片。我怎么能这样对他？我能带着这样的痛苦继续生活吗？此时此刻，想到自己是如此冷酷无情，我感到难以忍受。他会恨我一辈子的。（不，他不会，他长大后会原谅我的。）

我今天写不下去了。我会努力平复心情，然后继续。

<u>两天后</u>：我正在为这封信贴上邮票。丽萨，没有任何补充。我已经很久没有写信了，我想尽快给你寄点东西，但似乎连漫无目的的闲聊文字也写不出来。有时候我感觉很沉重，早上无法让自己从床上爬起来，也提不起工作或说话的兴致。我内心的黑暗终将过去——正是因为错过了可怜的梅什金的生日，我才坠入了这种深不见底的忧郁深渊。告诉我你是否为他烤了蛋糕，他是否收到了他祖父送的礼物。我无法忍受一个小男孩在他十岁生日的时候，父母都不在他身边，这就是我对他做的。

深爱你的，

嘉亚

1938 年 9 月

亲爱的丽萨：

发生了这么多事！NC 带着他的新妻子回来了。她会如何与梅什金相处？你见到她时感觉怎么样？她是个善良的人吗？她会温柔地对待他吗？人们都说一个有爱心的女人能治愈许多创伤——我想，我只是不具备成为一个有爱心的女人的潜质。我总是那个造成伤害的人。不，我天生就不是做母亲的料——甚至与"母亲"这个词之间有那么多对立的拉扯——我并非不想念梅什金，恰恰相反，我痛苦地、强烈地思念着他。但这并不是一种持续的思念。正如我曾说过的那样，我很高兴能有时间工作！我不能向任何人坦白，除了你。在他尚且年幼、体弱多病的时候，我曾忘记喂他吃药，他也没有准时吃饭，因为我在做白日梦或不知自己在做些什么。在那之后的一个星期，我满怀内疚，对他万般宠溺，直到他彻底被我迷惑。他是那么容易变成一个安静的哀悼者，钻进自己的壳。我想知道他是不是还总躲在那辆破旧的马车里，他一直以为没人知道他去了那里。

娶一个带着小孩的村妇为妻——真是疯了！（哦，每次当我写下这些的时候，我都想把它们划掉——我有什么资格批评别人？当我离家出走时，我就已经失去了对任何人进行评判的权利。）梅什金没有告诉我这些事。我离开家已经有一年了。起初，梅什金迫不及待地想要来到这里，现在他几乎不再提及。我想他是失去了希望，抑或是忘记了。孩子们总是善于遗忘。他大约一个月写一次信，信中没有流露出不开心的情绪，真是谢天谢地。

这让我能够安心工作，为将来做打算。我已经存了一笔钱，我想到明年年初，或者最多年中，我就可以去接他了——或者把钱寄给你，你就可以带他来了！

我的想法瞬息万变，我的脑子一片混乱。难道还是没有布里坚的消息吗？人们怎么会认为他已经自杀了呢？这真是个疯狂的想法，想想就令我焦虑难安。他不可能伤害自己，他不是那样的人。我想要得到他的消息，请告诉我你知晓的一切。我没有获得消息的其他途径……离开的痛苦之一就是不能写信给他，询问他的近况——我要寄往何处？寄到他家的地址吗？我现在别无选择，只能告诉你——我当时什么也没说，我不知道现在是否还有说出口的勇气——你会原谅我吗？当你知道后，你看待我的方式还会和以前一样吗？但你已经猜到了，不是吗？关于布里坚。你太了解我了，不可能不起疑心。

多年以来，我们之间只有音乐、他写的故事和我的画。当世界上再无懂我之人时，我却找到一个与我比邻而居、惺惺相惜的灵魂。音乐于他，犹如画画之于我，是生活的意义。我不知道它是从什么时候开始发生改变的——至少是两年前——它偷袭了我。我也不知道是从什么时候开始，我发现我们开始以不同的方式看待彼此、寻找彼此。我能感觉到他的目光停留在我身上，当我转向他时，他会紧紧盯着我，仿佛我们的眼睛之间有一条无形的线，闪烁着生命的光芒。在那些日子里，我的头脑、我的心仿佛会因囚禁在家的窒息感而爆炸，而找到他、知道当我入睡和醒来时他就在隔壁，对我来说是一种宽慰。是的，他确实在屋顶上唱歌哄我入睡。有时，各种各样的拉格曲调在深夜回响，从巴格什里到巴哈尔[1]。没有他的歌声，我无法入睡。我起床的时间比其他人都晚得多（不理会班诺无休止的讽刺），直到梅什金不停按响他的自行车车铃——因为布里坚过去常常在屋顶上唱巴蒂亚尔，他从破晓之前就开始唱，一直唱到光线变化、鸟儿和鸣，而我则躺在那里聆听。

丽萨，不要认为我是个荡妇，我并不觉得是这样。我以前从未恋爱过，它像锤子一样击中了我。在很长一段时间里，我无法理解发生在我身上的事情，也没有人可以倾诉。甚至连你也不行。你会怎么说？任何一位理智尚存的朋友会怎么说？我没有告诉任何人，包括布里坚。我们之间什么话也没有说——也不必说——他第一次吻我的时候，不发一语，仿佛一切都已经心照不宣地、奇迹般地确定了。多年来，我们的生命不断靠拢，只为了在这一点上汇合。没有时间字斟句酌、相互试探。我没有停下来考虑任何事情：家庭、丈夫、孩子，谁会无意中听到或看到我们。一件事也没有想。有一天我在市场上，那辆道奇车停在我身边。车里只有他一个人，甚至在他把车开到远处的郊野之前，他的手就不顾一切地离开方向盘，在我的身上乱摸。你是不是充满了恐惧和惊骇？我当时也是如此。

当我回到家时，我关上卧室的门，脱下所有的衣服，站在镜

---

[1] 不同的拉格对应一天中不同的时段，巴格什里和巴哈尔适用于夜间演唱，下文中的巴蒂亚尔则是晨曲。

子前。镜子里有一个陌生人。一个眼睛里依然燃着红色余烬的女人。我感觉自己像一朵被雨水浸透的玫瑰花一样娇嫩柔弱、伤痕累累。我看着我的腿、我的臀部、我的肩膀——我的全身——神情平静，仿佛在审视墙壁上的石雕。但我的心怦怦直跳。我为什么要那样看自己？我现在几乎感到羞愧——我想我需要知道他看到了什么。我的身体在一生中都只是一件<u>东西</u>，就像一幢无人理睬、无人照料、无人爱护的房子，我久居其中，却几乎不曾看它一眼。亲眼看看一个男人所看到的、所渴望的东西！我不知道那天我在镜子前待了多久。在那之后的许多天里，我把自己锁在家里，坐在镜子前，画自己的身体。我的铅笔在纸上的每一笔都让我感觉到他的触摸。

我很抱歉，丽萨，写下这一切——你是不是觉得我粗俗不堪、令人作呕？我可能永远也不会寄出这封信。但我需要告诉你，否则我还能告诉谁呢？只有和布里坚在一起，我才明白，爱情既不彬彬有礼，也不光鲜亮丽，它是原始的、激烈的，它不是诗歌和歌曲，它是撕掉的衣服、断裂的纽扣、汗水、血液和身体部位，它会焚烧一切挡在它面前的东西。它摧毁了我之前所有的认知。

我不知道我是如何还能在那之后继续保持贤妻良母的样子。我想我并没有完全成功——我和NC之间的关系变得更糟了，你还记得吗，你曾问我为什么会这样？当我在山上度过最后一个暑假时，我无时无刻不在思念着布里坚，这是一种危险的快乐，灾难性的残缺。

与此同时，在那个假期里，我发现自己已经开始把心思从他身上撤回。一天下午，当所有人都在我们的度假别墅里打盹儿时，我坐在那里，看着对面小山上飘落下来的一朵圆滚滚的云。你知道山里的云是如何低垂下来，让一切都变得缥缈而浪漫的。这就是我眼中之景。然后风流云散，山丘复现。我感觉布里坚也如这云蔽之丘一般，逐渐清晰可见——数月以来，我试图回避的东西，现在却无法忽略。即使在我思念他的时候，我也可以察觉到藏于思念之中的厌倦——他的风趣和任性、风流倜傥和玩世不羁、他对于世界都是围着他转的信念、他那永远乱蓬蓬的头发以及精致的平纹细布衣服——这些正是我爱慕的东西，也是使他成为他的原因。而现在我对于这种自我陶醉感到厌倦。它仿佛一条铁链开始咬住我的肉体。突然间，我觉得这就是布里坚。

我是多么矛盾啊，丽萨！我脑海中的内战持续不断，令人疲惫不堪。我的一部分与另一部分正在进行残酷而激烈的战斗。我仍然爱着他——但我想摆脱他。渐渐地，我开始明白，我并不爱他，我只是爱他对我的沉迷。我不是为爱而生的人。我不需要任何人，我需要的是绝对的自由。我对自己的冷漠感到厌恶。我希望我是另一种女人，一种可爱的女人，不至于冷酷无情到自我排斥的地步。也许我从他身上看到的，是我对于自身的迷恋，而这种自恋令我反感。

去年夏天，当我们乘坐火车下山时，我公公病了。可怜的戈拉克在车厢里东奔西跑，试图给他用药。而我则纹丝不动，无法提起精神上前关心或提供帮助。为何生活把我们带到这些令人痛苦的十字路口，而每条岔道都通向绝望？我从未如此痛苦，也从未如此坚定，在旅程结束时，我知道我已下定决心。当我告诉布里坚我要离开的时候，他蜷缩着坐在那里。他走出房间，没有再看我一眼，没有再说一句话——此后我们几乎再也没有说过话——他当然将之视为一种背叛。他曾想带我一起去孟买，开启新的生活——仿佛那样我们就会幸福。他甚至比我更不具备爱的能力，只是对自己有更多幻想。我敢肯定，他自认为是拯救我的、浪漫的男主角。想象一下，面对一个不想被拯救的女主角，男主角会有多恼火吧！

我不合时宜地笑了。我是危险的、邪恶的，我毁掉了一切，如果我从未出生过就好了，丽萨！他没有我在这里的地址，即使他想告诉我他在哪里，也不能够。等他回来时，请把我的地址给他，好吗？

请告诉我，你能理解我。我没有做错任何事情，那些错误的念头仅仅存在于我的脑海之中。每个人不都是这样吗？我没有破坏任何一个家庭，如果我留下来的话，结局也不会更好。

深爱你的，

嘉亚

24

我不记得我是如何到达那里的，但似乎转瞬之间，我来到了老城区的一个市场里，四周都是蔬菜、气味、人群、汽车、自行车和人力车。我踉踉跄跄地走着，与人撞在一起，两旁是西红柿、豆子、南瓜、茄子、一堆堆的鲜红辣椒、用绳子串起来的黄香蕉——生活中一切美好的、丰盛的和充满希望的东西。店主们叫嚷着最低价格，大喊着让我停下来，看看他们的西瓜有多红，尝尝他们的杜果有多甜，但他们的叫卖声让我感到刺耳，这些颜色和气味让我感到恶心。只要我还活着，就再也不想吃东西了。我的嘴巴又酸又干，我的头部突突作痛，模糊了我的视线。

我无法不让自己读母亲的信，就像她无法让自己不看布里坚的真实自我一样。我无声地咒骂自己竟然读了那些信。按照我的第一直觉，把那包未开封的东西扔到橱柜后面要好得多。尸体既已散发恶臭，为何还要挖出死者？

有一次，大约在我六七岁的时候，在迪努家一间半明半暗的房间里，布里坚叔叔蹑手蹑脚地走到我身后，拿走了我的眼镜。我什么也看不见，只听见他用醉醺醺的声音告诉我，不会归还我的眼镜。我走向他朦胧的身影，伸手去拿我的眼镜，他退回黑暗中，大笑起来，然后再次出现，问我为什么不在他把眼镜打碎之前取回。整件事大概持续了几秒钟，现在我知道这只是一个恶作剧，但那种盲视的恐惧感——仿佛自己溺死在水中——很长时间都没有消失。在那之后，我对布里坚叔叔有一种强烈的畏惧，一看到他就会退缩。现在我明白了，我对他实际代表的危险一无所知。

如果不是因为和他的婚外情，母亲会抛弃我们吗？他要为我们生活中的灾难负责吗？

在接下来的几周里，我挣扎着去理解，重新拾起那本我一直在读的孟加拉语小说，作者是与我母亲同时代的迈特雷伊·德维。这一次，当我读到阿姆里塔与米尔恰的爱情故事时，我发现自己的解读方式有所不同。它不再是一本关于禁忌之爱的书，而是一个与我母亲很相似的年轻女子的故事，她不仅爱上了一个男人，而且爱上了一种不同的生活理念。当阿姆里塔说话时，我听到了母亲的声音。书上写着"阿姆里塔"的地方，我读成了"嘉亚特里"。当我读到阿姆里塔在父母发现她的婚外情后所遭受的痛苦时，我仿佛变成一个窥探母亲心灵深处的偷窥者。

她们的家也很相似。阿姆里塔生活在一个联合大家庭中，就像母亲德里的家一样：有许多露台、庭院和阳台。房间根据实际需求增加。一座迷宫般的房子。和母亲的老家一样，那里有叔叔、阿姨和他们的家人，有得到庇护的穷亲戚，有住了几个月的房客，有来访的邻居，还有仆人。这座房子就像一只巨大的、警觉的眼睛，永远注视着阿姆里塔。她不得不制定策略，在不引起怀疑的情况下与米尔恰待在一起。

　　米尔恰房间外的狭窄走廊通向阳台，那里有一个信箱。邮递员把信投放其中，信箱是锁着的，钥匙由我保管。我每天打开这个信箱两到三次，收集我们的信件。虽然邮递员在固定的时间来，我不需要一直打开信箱，但我无法抗拒。我每天都要下楼好几次，看看那个箱子里有没有信。特别是在下午，房子里一片宁静——虽然没有人睡觉——我们家没有人在下午睡觉，每个人都在读书——下午是我想要下楼寻找信件的时候。我知道自己为何要这样做，我有脑子。我还能欺骗自己到什么程度？虽然米尔恰说我不是傻子就是骗子，但我知道我都不是。今天下午，我确信我需要下楼看看是否有任何信件……我发现自己在楼下，我不知道自己什么时候来的。我看见米尔恰掀开窗帘，站在他的房间门口，说："那么，你找到信了吗？"

　　"没有，什么都没有。我感到很难过。"

　　"你在等谁的信？"

　　"一个陌生人的。"

　　"那是谁？"

　　"我不知道。等待是甜蜜的，因为我不知道。"

　　"你不进来吗，阿姆里塔？我给你买了克努特·汉姆生[1] 的《饥饿》。"

这是他第一次送我东西。我从他手里接过书。他在上面写了我的名字和一个法语单词 "Amitiés"[2]。

我一直站在那里，没有勇气坐下。谁知道为什么。他也站着——除非我坐下，否则他是不会坐的。我背对着他，打开了钢琴的盖子。我在等待着什么吗？不可能的事情会发生吗？我希望它发生吗？他站得离我很近。但他没有触碰我。他可以把手放在我的背上，但他没有。我们之间隔着一片天空，我们站在那里——我可以透过我的身体感觉到他，我可以在脑海中感受他的触摸。这怎么可能呢？天空不是真空的，它充满了乙醚。我不知道乙醚是什么，但一定是它把他的触摸带给了我。我到处都能闻到他的气息。

这时楼上有人叫我：茹。茹。茹。

我想到了母亲。难道她和布里坚就是这样想方设法地制造偶遇吗？当我读到米尔恰在餐桌下抚摸阿姆里塔的脚时，我想知道母亲和布里坚是否也做过同样的事，即使我们围桌而坐，却毫无察觉。阿姆里塔的生活中不能没有米尔恰，母亲是否也有同样的感受，觉得如果与布里坚分离，她就活不下去？

随着他们对彼此的感情不断加深，不可避免的事情发生了：阿

---

[1]　Knut Hamsun（1859—1952），挪威作家，1920 年诺贝尔文学奖获得者。
[2]　意为"朋友"。

姆里塔的父亲发现自己的学生爱上了自己的女儿，于是把他赶出家门。我读到阿姆里塔与情人分离时的痛苦，想知道母亲在前往马德拉斯的火车上是否也是这般心境。我也想知道，让母亲更痛苦的到底是什么：是她与我的分离，还是她与情人的分离？

＊　＊　＊

　　我的头发乱成一团。我没有让母亲碰它。我总是对她发火，她却忍了下来。我把信给了那个男孩，然后回到房间，再次躺下。我的头发披散在身上，我的手臂遮住脸，我闭上眼睛，发誓说："我不会忘记，我不会忘记，我不会忘记。毕竟，父亲无法控制我的思想……"

　　黎明到来，夜幕降临，世界在它的轮子上旋转。这个可恶的循环正在把我所有的幸福、伤心、悲痛和平静搅在一起，并把它变成其他东西。母亲说悲伤的火焰会燃烧三天，然后慢慢熄灭。母亲会忘记孩子的死亡，寡妇会跟跄着重新站起来。我每天都在被磨损，同时也在被更新。每个人都知道这一点，要么听说过，要么从书中读到过——但那种知道和切身经历完全是两码事。在悲痛中燃烧，教会我如何理解真相。我曾想剪掉我的头发——但我做不到——甚至连剪头发也不想了。我对自己说："剪头发有什么意义？你只会看起来更糟。"这就是对生命的饥饿，我知道。

　　母亲坐在我旁边东拉西扯。我叔叔的行为多么恶劣，他要与家人断绝关系。他的妻子是个坏蛋，总是和她的父母说我们的坏话。也有关于我的。我把脸埋在枕头里，什么也没听进去。听这些有什么意义呢？他们想做什么就做什么。这个家庭现在对我来说很陌生。

母亲用手指穿过我的头发，一绺一绺地解开它。她把我的头发编成辫子，轻声对我说："茹，悲伤也是一种礼物。每个圣人都这么说过。向神祈祷吧，只有神才能治愈你的悲伤。神会赐予你平静。人们只有在悲伤的时候才会想到神，其他时候是不会的。那些被箭射死的人，他们会拜倒在神的脚边。"

母亲关灯离去。一首歌的歌词在我心中盘旋，但我头脑混乱，无法理解它们……我让家人蒙羞了吗？答案是肯定的。隔壁的拜迪亚纳特先生宣称："这些都是富人的放纵。他们把一个信仰基督教的毛头小子带到家里，然后乐不可支地拥抱他。"父亲气坏了，他说我们要搬家，另找一座房子。我们不再住在这样一个粗野的街区。我为左邻右舍的流言蜚语所中伤，我的心支离破碎，被一种奇怪的倦怠包裹着……耻辱和香水……神啊，我拜倒在你的脚边……我拜倒在你的脚边……有什么东西横冲直撞进入我的脑袋，哐当、哐当、哐当、哐当……我在床上辗转反侧。突然间，我从床上掉了下来。

当我恢复意识时，我看到所有人都在我的房间里，甚至连父亲也在。这是在父亲驱逐米尔恰之后，我第一次见到他。他对妈妈说："给她喝点加白兰地的牛奶。"

"我明天会给希亚姆达斯医生打电话……"

我的叔叔说了几句刺耳的话，然后离开了房间。这是我第一次看到他在我父亲面前如此放肆无礼，竟敢这样跟父亲说话。难道不是爸爸把他抚养成人的吗？我凝视着他们。房间里有两盏灯，但不知为何每个人都笼罩在阴影之中。父亲也是一道阴影。父亲的影子落在我的书架附近。他正在寻找书籍，并把它们拿出来。第一本是日本童话书。它包裹在明亮的蓝色布料里，上面用鎏金印着一种神奇的动物图案。父亲缓缓打开书页，撕掉上面有字的那一页。米尔恰给我的书。然后他撕下《饥饿》上的题词。他把我的书一本一本地拿出来，撕掉米尔恰为我题词的每一页。他拿出《歌德生平》，却找不到有米尔恰字迹的那一页，出于某种幸运的偶然，它被粘在了封面上。这一小片笔迹是他在我生命中留下的唯一痕迹，除此之外再无其他，甚至连一张照片也没有。

父亲经过一番深思熟虑，把书页撕成小碎片，扔出窗外。如果是在其他家庭，这些书早就被毁了。这在我们家是不可能的。一个成吉思汗统治着这所房子，但他不能让自己伤害书——他能烧人，不能焚书。书是他的神。

* * *

在米尔恰被赶出她家后，阿姆里塔一直在等他，每天都在留意听他的脚步声。他还在加尔各答，可能会出现的。她仿佛看见他在街的尽头。但不，那不是米尔恰。她千方百计地寻找他，但失败了。她每时每刻都在等待着他能给她一个信号，告诉她如何找到他。然而什么也没有发生。四年一晃而过。她的家人决定：够了。她必须结婚。他们将为她寻找一个新郎，一个体面的女孩需要一个如意郎君。她有逃跑的疯狂念头，她曾许诺要等米尔恰。"无论疾病还是健康，直到死亡将我们分开"，她之前读到这句话时，就为这种感情所吸引，尽管当时她并不知道这是基督徒的婚礼誓词。但现在她同意嫁给一个他们选择的男人。婚姻至少能使她从家庭中解脱出来，她将离开这所房子，找到一种远离父亲的自由。她的母亲以极高的效率开展工作，她给自己准备了一个笔记本，上面列出了可能的新郎人选，他们的优点、他们父母的名字、他们的地址，等等。阿姆里塔意识到自己的生活变成了一个笑话：她不妨也付之一笑。

一个有望成为新郎的人出现了，他是一名医生，一份不错的公职，虽然他自己的财富和不动资产加起来约等于零。这并非问题所在，真正的问题是他的肤色是最深的黑色。我们印度人当然不是色盲。母亲用颤抖的声音说："哦，天哪，他是不是**真的**太黑了？"我很享受这种荒谬的感觉，我想说："太白也不行，对吗？"我忍住了。医生的老父亲不愿放开我，但医生并不中意我。他有自己的使命：他为孟加拉的未来而担忧。他自己的身高大约是五英尺三或四英寸，所以他想找一个至少五英尺八英寸高的新娘。我仅有五英尺二或三英寸。他的观点是，如果新郎是矮个子，那他有必要找一个高个子新娘。如果矮个子与矮个子相配，孟加拉的未来岂不是岌岌可危？他有一份不错的工作，因此人们认为他前途光明，颇具吸引力，可以挑挑拣拣。他拿着一根卷尺东奔西走，测量他所在种姓中所有未婚姑娘的身高。我听说他最后没有结婚。

最终，他们为阿姆里塔觅得一位新郎。她同意嫁给他，但没有兴趣在婚礼前见他。"我为什么要见他？"她对母亲说，"如果我见到他后说，噢，不，我不喜欢他，我想嫁给另一个人——他来自不同的种族，但我喜欢他。你会让我这样做吗？"

婚礼进入筹备阶段，她母亲的焦虑与日俱增。婚礼将在五天内举行，赶在有人设法告诉未来的新郎阿姆里塔的过去之前。新郎看起来很平静，他同意在没有见过她的情况下举行婚礼。他转而给她写了一封信，是用英语写的。

小姐：

了解到您将选择一位人生伴侣，我恳请将自己作为这一空缺的候选人。至于我的资格，我既没有结婚，也不是鳏夫：事实上，我是一个货真价实的单身汉。更重要的是，我是一个真正的、成熟的单身汉，一个久经风霜的人。

为了公平起见，我也应该提及我的不合格之处。坦白地说，我完全是个新手，不能自夸以前在这方面的任何经验——我以前从未有机会与任何人建立这种伙伴关系。我担心我的经验缺乏会被视为一种障碍和缺陷。然而，请允许我指出，尽管在生活其他方面，缺乏经验可能会被视为一种障碍和不足，但唯独在婚姻这一特殊领域，它无论如何都是一个加分项。

关于更多细节，我请求您去找您的母亲，她前几天在研究我时表现出的好奇心和兴趣，甚至会让一位研究罕见木乃伊的著名埃及学家自惭形秽。

总之，请允许我向您保证，我将竭尽全力让您满意。

我很荣幸能够成为

小姐

您最忠实的仆人

1934 年 6 月 17 日

尽管即将成为她丈夫的那个人在婚礼前几天就寄来了这封信，但阿姆里塔的父母直到二人安全结婚后才把信交给她。她读了它。她笑了。她想，如果她之前看过这封信就好了，她就会知道对那个成为她丈夫的陌生人说什么了："你能让我笑！"

* * *

父亲让母亲露出笑容——讽刺的笑、懊悔的笑、嘲弄的笑、苦涩的笑，以及含泪的笑——他几乎从未让她开怀大笑过。布里坚叔叔做到了。我为何从未注意到这一点？

我的思绪回到了二十年前，我在东部山区的一家医院里打着盐水点滴，隔壁病床传来声音："你的眼睛和她的很像。"在茶园的那几个月里，我得了很严重的疟疾，被送进了医院。在我旁边的床位上躺着一个男人，我感觉他似曾相识。当然，他不是布里坚叔叔，不可能是。几年前，他曾因为一段恋情与他的哥哥大吵一架，在一场暴风雨中离开了家。此后他再也没有出现过。大家都说是他破碎的心让他结束了自己的生命。一些人说，他在铁轨上被碾成难以辨认的碎片，而另一些人则言之凿凿地说，他用情人的纱丽做了绳套。

当疟疾的阴霾散去，我恢复清醒时，我意识到它是那些只有在现实生活中才会发生的巧合之一：毫无疑问，他就是自从1938年以来再也没有人见过的布里坚叔叔。灰白的头发，乱蓬蓬的灰色眉毛。尽管他生病了，但他的眼睛里仍然闪烁着旧有的危险光芒，表明他随时准备好做任何事情，还有那扭曲的微笑，仿佛在邀请你加入他的冒险，就像过去他住在隔壁时一样，他唯一的任务是约会，他唯一关注的是下一个社交晚会。在医院里，每天都会有不同的年轻女人带着家常菜出现在他面前。我注意到一个规律——她们中有三位轮流着来，一个比一个殷勤，抚摸他的额头，为他铺好毯子和枕头，用勺子喂他食物，好像他已经虚弱到不能自己吃饭了。其中一人偷偷递给他一个小扁酒瓶，让他很快地喝了一大口。看得出来，她是他的最爱。

"我们电影组的助理。我们是来这里拍摄的，我有时喜欢来看看，"布里坚叔叔从一堆枕头中探出头解释道，露出满意的微笑，"我还在写作——但现在是剧本，不是小说。我还为电影作曲，你知道，就像卖肥皂的广告歌，但你应该看看人们是如何照单全收的，并不停地谈论我如何在愚蠢的歌曲中使用古典音乐。他们根本不知道什么是真正的音乐、真正的写作。难怪我得了急性溃疡。"

在接下来的几天里，我们躺在相邻的床上，我在与疟疾的残余做斗争，仍然不时地颤抖，骨头格格作响，而他正在从溃疡手术中恢复。在很长一段时间里，我们都在睡觉，我们醒着的时间受制于医生和护士的时间表。我从不喜欢多说话，但布里坚叔叔总是喋喋不休，在醒着的几个小时里，他会时不时地摆脱昏迷，说些什么，然后又沉入他的枕头中。

"看得出来，你很像你的母亲。欣慰的是，你有一双跟她很像的眼睛，尽管它们藏在那副眼镜后面，大多数人不会知道……我改了名字。我想消失。人们以为我已经死了。我亲爱的哥哥是多么高兴啊。我不时地从坟墓里给他寄一张无名的明信片，只是想吓唬吓唬他。"

在下一个清醒的时刻，他说："你父亲真是个天真的人。总是不停地说要做好事。有一次他让我在他的穆克提·德维的会议上唱歌。我唱的是浪漫的图姆里，而不是爱国歌曲，他不喜欢，一点也不喜欢。"

然后有一天，他用痛苦的语气说："在那个该死的小镇上，每个人都认为我是一个践踏了一百颗心的花花公子。那颗破碎的心是我的。没人知道。"

几分钟后:"你母亲和我,都是落落寡合之人。如果我们有不同的家庭,我们就不必离开了。"

他还用他惯常的方式来引诱那些不警觉的人:"我曾告诉过她,嘉亚特里·罗萨里奥,你和我,我们是孪生灵魂,让我们一起奔向夕阳,不再回来。我们是很好的朋友,梅什金。我愿意付出一切来阻止她离开,你明白吗?"

我不明白多年前他在医院的病床上为何做出那番举动。他经常语无伦次,或叹息呻吟,或咯咯直笑,或自言自语。我几乎无法破译他的呓语。而那些模糊的记忆又浮现在我眼前,现在沐浴在一种新的光线中。一些事件,甚至是一个眼神,都有了新的含义。当母亲递东西给他时,他的手在母亲的手上短暂停留。有一次,我看见他跪在她的脚边,他声称自己在拔她脚趾上的一根刺。当他出去喝酒,三日未归时,她坐立难安,心烦意乱。音乐会的那天晚上,那只握着她手掌的手,把红色的花朵放入她的手掌,然后紧紧攥住。那天我撞见他从我们的花园中冲出来,气得脸色发青,仿佛他的血液变成了酸,灼伤了他的五脏六腑。

这一刻,我为厌恶和愤怒所征服,但下一刻,一种不带有个人情绪的温柔,甚至是理解,涌上了我的心头,因为这个女人是我的母亲。当时她只有二十七岁,却注定一生都要忍受与周围人格格不入的孤独。在那里,就连阅读侦探小说而不是我父亲的改良小册子这样微不足道的事情都会被视为叛逆,她却爱上了那些惊险小说的作者。这种肆意的行为令我哑然失笑。我多想当时能更了解她。然而,我现在所拥有的——与孩提时代相差无几——只是她的信。

25

1938 年 12 月

我最亲爱的丽萨：

情势危急，一触即发。他们逮捕了一个荷兰人，并发现了一大堆信件（我的信件最后会在哪里？），证实此人是某种向男人提供男孩的头目。巴达维亚的居民被解雇了，没有任何具体的原因——他们找不到任何证据——他也离开了，因为那些信中提到了他。我想知道捕风捉影的话语是否足以成为对一个人判罪定刑的证据？

当这样的事情发生在你认识的人身上时，你会感到匪夷所思和不寒而栗。你说国内到处有人因为煽动叛乱而被捕——基于流言蜚语——好吧，这里也是一样。像简这样的人并不熟悉这种情况——无能为力，被质疑、被监视。政府可能会对你做任何事情——监禁你，拿走你的财产。我们印度人一直都是这样生活的——等待灾祸降临——NC 曾经说过，殖民政府不过是我们国家灾难的代理人。欧洲人在任何地方都没有遇到过这种情况，在这里，他们也习惯了舒适、富有和自由。现在他们中有一些人感到游移不定。至于我，像所有印度人一样，习惯于做最坏的打算——这种情况折磨着我，但也无须大惊小怪。

到目前为止，他们尚未在巴厘岛发现任何问题——少数特殊情况除外，他们说——但在巴达维亚、棉兰、泗水、三宝垄和其他岛屿上的地方，他们逮捕了一百五十多人。人们被抓去审问，在监狱里饱受折磨。这太可怕了，令人无法想象。一旦他们发现 WS 是如何与巴厘岛人合作对抗荷兰政府的，谁知道会发生什么？

我对政治的理解非常模糊，亲爱的丽萨，正如你所知道的——或者像 NC 告诉大家的那样——我的妻子对国家的政治形势一无所知。Q.E.D. 我将布里坚视为一种宽慰的原因之一是，他对于所有的政治形态都抱着嗤之以鼻和漠然视之的态度。他认为所有的民族主义都不过是分裂人民的一种方式。NC 费尽心思把我送到穆克提·德维那里，好让我提升自己，但我就是做不到。部分原因是那里是他的世界，而我不想成为其中的一部分。部分原因是我根本没有兴趣在想要画画的时候纺纱。

但它是如何用指甲撕裂你的生活——我指的是政治——并把你的生活撕成碎片的。

一直以来，我都以为问题在于男人和男人之间发生关系。但我们现在发现，整件事情的关键在于年龄——他们正不遗余力地寻找 WS 曾对小男孩做过可怕事情的证据。这让人安下心来，因为大家都知道他从未碰过小男孩。他们找不到丝毫证据证明他做错了什么。

有人告诉他，安全起见，他应该回欧洲去，但他问为什么。他已经在这里生活多年，没有制造任何麻烦。"此外，"他说，将最后一口威士忌一饮而尽，在钢琴上敲出开场的两个音符，"我不想回去！我一点也不想回到德国或欧洲，一点也不。"然后他疯狂弹奏贝多芬，并在接下来的许多天里把自己关起来画画。

昨天晚上，我聆听了一场即兴音乐会。这里有一个小女孩，WS 正在教她弹钢琴——他让她坐在自己的腿上，给她讲故事，一起弹奏——这是巴厘岛人教孩子音乐的方式，他也遵循同样的方法。昨天，他正在教她一首甜美、简单的曲子，是一位名叫帕赫尔贝尔的作曲家创作的。他们不断地重复着同一组音符，我在斜坡下的小屋里能够听到他们的声音。我坐在外面，呼吸着傍晚的空气，听着琴声和鸟鸣，在下方的河流之中，有两个人正在用我听不懂的言语交谈。我突然发现自己很想念布里坚，他一定会喜欢这种音乐，这种宁静。我想象着他就在我身边，也坐在外面，而我眼前的烦恼也随着每一个音符的飘逝而烟消云散。

我在离开他之后才有这种感觉，真是愚不可及——我本有机会与他共度余生！把梅什金带到孟买要比带到巴厘岛容易得多。我为何不听从布里坚的建议，抓住疯狂的机会和他私奔？但那将是我工作的终点。我正在学习和尝试的一切新鲜事物都会化为泡影。真是进退两难。

你不知道我有多感激你没有谴责我，我仍然可以与你畅所欲言。这是我最大的恐惧——它让我饱受煎熬，直到我收到你的信。字里行间流露出温暖、善良和理解。你的心灵如同海洋一般宽广。

爱你的，

嘉亚

1939 年 2 月

我的丽萨：

我一直没能给你回信——我很抱歉，抱歉！这里的情况很糟，而我无法用言语描述它——如果我这样做的话，也许这封信会神秘地消失。WS 上个月被逮捕了。他正处于所谓的羁押阶段——等待审判。到最后，他们发现很难找到任何证人，因为没有一个巴厘岛人愿意做出不利于他的陈述，但他们设法通过原住领主凑齐了所需之物。我相信，他们正在教两三个证人该说的话。尼·瓦扬说他们茫然不解——先生做错了什么？她全然不知。她的母亲，那个躲在灌木丛中等着抓野鸡做饭的眼睛锐利的老人，说这些来到他人国家的外国统治者就像投进湖里的毒药，毒死了所有的植物和鱼。他们留下了浪费和破坏的痕迹。

有人告诉我，目前 WS 之所以遭受迫害，很大程度上是出于政治因素。与日本和美国有关——是的，这一定是真正的原因。你见过他——你了解他——他连一条小狗都不忍心伤害，更不用说一个孩子了。任何了解他的人都绝不会相信这番指控。我们知道他是无辜的。而他却仍超然物外，不以为意，认为一切都只是个失误。

WS 不为所动，一如往常。他匆匆写下一封长信——尽管信件会被审查，而我们所有人都必须小心措辞。他将入狱当作一次暂停，让他沉思，复原，再投入工作。他靠翻译民间故事来消磨时间。他获许拥有一台留声机和绘画材料。狱警们自然都被他迷住了。他说，他想要乒乓球和颜料……他感觉新的画作正在进入他的身体，他说它们将会沉淀和成熟。在监狱里！这对我来说也是一个教训。在蒙塔兹尔，我找借口说不能在家里画画，而他即使身处监狱也能专心作画。

玛格丽特·米德说她要为 WS 写份辩护词，因为她认为他生来就属于一种罕见的艺术家类型。她有一个理论，这种类型的人对他人的依赖<u>既多又少</u>——他们希望得到温暖与友谊，但同时也需要保有自我——保持孤独，保持人格完整。听过之后，我认为自己也是这种类型的艺术家。她说巴厘岛人本能地理解这种存在方式——轻盈的，甚至是轻松随意的自然交往，而不会太过投入。她说，WS 在这里找到了工作与情感的自由，而这就是他想要的全部。他没有犯罪，她会证明这一点。在我看来，这似乎是说得通的，但警察和法院会这样认为吗？我无法想象荷兰法官会拥有同情某种艺术家的天赋。

每个人都正想方设法帮助 WS。贝丽尔去年回到了英国——她现在埃及，或者在那个地区的某个地方。她试图动员各类人群团结一致，以阻止他被判处可怕的长期徒刑。让我们看看会发生什么。事态瞬息万变。说实话，我感觉自己孤立无援。除了WS之外，我对任何人都不甚了解。如果他要在监狱里待很久呢？接下来会怎样？我该怎么办？

（我们生来就是自私的吗，丽萨？为什么我会在这种时候想到自己？）

很多时候，未来似乎就隐藏在道路的下个转弯处，你迫切地想要知道转弯之后会有什么，但无能为力。未来就在那里，一如既往，它等待着，无论好坏终将到来。我不知道我是否会想，为什么我会来到这里，远离熟悉的一切。如果出了问题，谁会帮助我？我在想什么？

你会说我正变得焦虑不安。那个即使在最糟糕的日子里也能云淡风轻的嘉亚去了哪里？好吧，我仍然是那个女孩，尽管我历经心碎之事、犯下种种恶行！WS说，他喜欢在我身边的原因之一是我能让他开怀大笑。他一直请求我模仿狮子、猴子和鸟儿——我发现自己有模仿动物叫声和人的声音的天赋，我甚至可以模仿WS。我知道我的很多担忧只是——担忧。我相信布里坚在平息愤怒之后会回来的。我还没有自大到认为他会为我结束生命，毕竟他的情人数不胜数，散布于城镇各处！

你瞧，我一给你写信，就感觉轻松多了。我的脑子里充满了胡言乱语，但什么也不会发生。

我忘了告诉你一个消息：在WS被捕之前，我已经卖出了**五**幅画。一下子就卖掉了——三幅卖给了前来访问WS的欧洲朋友，两幅卖给了卡朗阿森的王公，真令人难以置信。他说他会把

它们在官殿里放上几年，然后再放到博物馆里。这一天给我的感
觉是多么美妙啊，我有钱了！

　　给你我的爱。请替我亲吻梅什金，尤其要亲他的头顶和两
颊。不要对他或其他任何人说起这些烦心事。他已自顾不暇，可
怜的孩子。

嘉亚

1939 年 6 月

亲爱的丽萨：

　　收到你的信笺，我松了一口气。我读了很多遍，并把它放在
我能看到的地方。我闻了闻它，想知道上面是否还残留着你的烟
味和香草味。我感觉很孤独。在一间小屋里，我试图在灯光下工
作，外面正下着雨。很快就会传来呱呱的蛙鸣和河水淙淙的声
音。这声音有时就像我内心深处动荡的回声，奔涌不息的河流的
声音。当夜幕降临，村里的男人会在一个小广场上演奏甘美兰，
妇女则在广场前摆起烛光摊位，出售各种各样的小东西。人们聚
在一起打牌，听音乐。我有时会去那里坐下来聊天——如果可以
称之为聊天的话——微笑和点头，说一两句话，表达善意。（语
言是个问题，我已经学会了一些词，但太少了，我说得很慢。）
一段时间后，当蚊子开始缠扰我时——你知道我是如何被蚊子叮
出可怕的伤口的——我就离开，步行回家，尽管那里很漂亮，我

喜欢人们在我周围的感觉。

杰姆普汉离主要城镇还有相当一段距离。我必须过河才能到达那里，路漆黑而空旷。我并不害怕，但我能听到我的脚步声，拖鞋拍打地面的声音，我不停地回头看，因为我觉得好像能听到有人在我身后十步远的地方一路尾随。我走得很快，以便更快到达。唯一的声音是路边的狗闻到我的气味后的吠叫声。树木像塔一样高，密密麻麻。长长的藤蔓从它们身上松散地垂落。它们消失在深深的峡谷中。身处于那些为黑暗所笼罩的高大树木中间，我感觉自己多么渺小。一路上，我都能听到敲击甘美兰的声音——有时会重复一个弹错的音符，一遍又一遍地重复同一段旋律。

当锣声响起，整个森林似乎都安静了。如果有一轮满月，一切就会变得金灿灿、银闪闪的。我唱着童年的歌给自己听——关于漫天繁星，关于太阳——梅什金曾经喜欢这首歌，它是我们的歌，他的和我的。它在这里听起来很陌生，以一种别人都不会说的语言。但它仍然是我最亲密的语言，我半睡半醒间喃喃念叨的都是孟加拉语，我以前在屋顶上唱的歌也都是孟加拉语的。那个屋顶是我的一片天空，在那里我可以做我自己——直到我听见NC的脚步声从楼梯上传来。然后我的心就会骤然坠落。在这里，我至少不用提心吊胆地等待楼梯上的脚步声，脚步声走近我的画架，在我的身后停下，寂然无声，但我仍听到一声不同意的叫喊。也许我夸张了。也许我误会了。

如果我运气好的话，尼·瓦扬或她的母亲会同我一起回去，她们同情我形单影只，邀请我去她们家，坐在阳台上和她们一起吃点东西。她们有两盏油灯，闪烁灯光投下的光晕驱散了黑暗。和她们在一起，听着她们飞快的唠叨，我几乎一个字也听不懂，却有一种受到庇护的感觉。我也很高兴能像她们那样吃饭，坐在地板上，盛一大堆米饭在芭蕉叶上，像我们在家里那样用手抓着吃，而不是用勺子。她们在第一次看到我这样吃饭时大吃一惊——她们不知从哪儿找来了一把弯曲的铝制勺子，把它放在盘子旁，就像西式餐桌的布置。当我无视勺子，用手抓东西吃时，尼·瓦扬的母亲高兴地拍了拍大腿，说了些我听不懂的话。

从此以后，她对我十分友善，每次去她家的时候，她都会找来水果和食物给我。食物是她向我表达关心的唯一方式。她包猪肉馅的饺子、烤鸭肉、炸鱼，她把椰肉磨碎并放入几乎所有的东西里。我喜欢她做的菜，因此我几乎不再为自己制作食物。有一天，她炸了一些又酥又脆的东西，并把它们堆在椰子壳中递给我——我吃了——我立刻确信那一定是炸过的昆虫。我感觉自己快要昏厥。

然后我坚定地告诉自己，嘉亚特里，你父亲是怎么教你的？当你身处一个新的国家，你不能拒绝任何东西，不管它是一只小虾米、明虾，抑或是一只大蟑螂。所以我又吃了一些油炸的（美味的）东西，没有问任何问题。我还活着讲述这个故事，不是吗？但我知道我骨子里是个懦夫。如果我去参加宴会，看到剁龟肉的人身旁成堆的龟壳，我就会不寒而栗。我就是不能吃乌龟，不能让自己足够坚强。我知道你一定觉得这很稀奇。

由于语言问题，我在这里总是被孤立，既不属于 WS 西方朋友的圈子，也不接近巴厘岛人。没有 WS 在隔壁的小屋里，我感觉更糟了。这不应该，因为他最近搬到了伊塞，只是偶尔来这里看看——但仍感觉他随时会出现，而他也确实出现了。想想他在监狱里——一间肮脏的牢房，衔冤负屈，终日终夜地数着时间。在他们把他转移到更远的泗水监狱之前，甘美兰演奏者做了一件最甜蜜、最勇敢的事情：他曾经帮助过的两名甘美兰乐手来到监狱，摆放好所有的乐器，在外面为他演奏他们最新的作品。

当我听到这个消息时，我的眼眶湿润了。你知道他生性是多么自由——当他在我们镇上时，他会隐没在那些村庄里。这就好比一个伟大的、有天赋的天才被卷入一台机器中，机器把他嚼碎后吐了出来。我的脑海中又浮现出贝丽尔在马德拉斯时说过的话——他们必须再打一场战争，这样他才能被送到另一个战俘营去学习新的语言和新的绘画方法。他在给玛格丽特的信中说，一切都是最好的安排。他说，他内心的一切都很清晰、稳定，新的想法正在萌发，所有的能量和青春都回来了。他会回来开始新生活的。他将在威廉明娜酒店（这是他对监狱的称呼，以荷兰女王[1]的名字命名）度过一段时光，于 8 月获释。

照顾好自己，亲爱的丽萨，照顾好我亲爱的公公巴蒂。请试着多写点东西——我渴望得到新的消息，渴望听到你的声音，渴望闻到家的气息——即便每一封短笺都需要旷日持久的等待，即

---

[1] Wilhelmina（1880—1962），荷兰女王，统治荷兰五十余年。

便短笺中只有寥寥数语。布里坚真的还有可能在好好地活着吗？我简直不敢相信。你会在下一封信中告诉我确切的消息吗？也许还会附上照片？你已经答应我很久了！我可能会认不出梅什金。也许他很快就会长出胡子来！

　　深爱你的，

嘉亚

1939 年 12 月

丽萨，我最亲爱的：

　　一想到我公公正在做的事情，我就心惊胆战，他还在为受伤的革命者包扎伤口——那些革命者向印度所有的弊病顽疾宣战。如果英国人发现了该怎么办？还有 NC——他的文章，他为可恶的穆克提·德维所做的工作——如果他们都被逮捕了又该怎么办？到时候谁来照顾梅什金？他那个新来的发疯继母？当我听到她是如何把所有东西都烧掉的时候，我吓坏了。我不在乎失去我的东西，毕竟我再也见不到它们了，但让梅什金目睹这一切，真是太可怕了。噢，丽萨！

　　此时生活中唯一的快乐就是知道你有了男人。真是激动人心！杰里米·戈登。我喜欢他名字的发音，丽萨，我的女孩！凯茜阿姨现在在说些什么呢？他多幸运能住在你那里，在一个他以为只有苍蝇和蚊子的异国他乡找到了你。有关他的每一个字我都读得津津有味——他听起来正好适合你，蓝色的眼睛，高大的身材（好啦，好啦，我知道你一直喜欢高大的男人），棕色的头发，动听的声音。他一定很适合你，因为你终于给我写了一封长信！我喜欢读他是如何教印度士兵开车的。你的讲述让我忍俊不禁，你说印度人惯于骑马，所以当他们看到沟渠时就会下意识地踩下油门。每当我想到杰里米说的那句话时，我就乐不可支："那些白痴以为如果踢那该死的东西，汽车就会驶过沟渠。"我记得很久以前，阿尔琼在刚买他那辆道奇车的时候就发出过类似的抱怨。（我从未见过一个人像阿尔琼那样暴跳如雷，从未。难怪迪努整日战战兢兢。）

我的思绪不在这里。我忽然陷入深深的思乡之情，渴望能够看到开启全新生活的你。我希望你和他出去时打扮得漂漂亮亮的——请穿上那件墨绿色的丝绸连衣裙和那双海军蓝的鞋子，求你了。我正试着想象你描述的新蒙塔兹尔——成群结队的英国兵，新开的酒吧和餐馆，哈菲扎巴德的爵士乐（无法想象！），战壕……哦，我的脑袋无法容纳它，我看不到它，但我还是为之担忧。战争真的会打到这么远吗？我无法想象班诺的儿子们会在某个遥远的英国船舰上当水手。梅什金一定吓得目瞪口呆。他知道你和杰里米的事吗？我已经很久没有他的消息了。我多想抱抱他，闻闻他身上散发的婴儿味道——牛奶、肥皂、粉——尽管那是很久以前的事了。

听到布里坚还活着的消息，我如释重负。即使你与他非亲非故，他还是将自己的近况告诉你，这是不是因为他认为你会和我传达他的消息？如果是这样，如果是不可磨灭的爱意让他做出告知你的决定，那他为什么不能早点让你知道？为什么要花一年多的时间？这种轻率的自我放纵令我难以忍受。想到我浪费了那么多不眠之夜来担心一个如此不负责任、我行我素的男人，我感到很难过。这让我更加确信，离开他是一个正确的决定，即使这个决定在当时看来是冰冷无情的。我不会再为了他浪费一分一秒。

WS 的朋友待我很好，但没有他，我的生活重心就转移了。一切都迥然不同，我所能依靠的只有自己。比起和 NC 在一起时的孤独，我更喜欢这种孤独。前者是一种最为绝望、摧毁灵魂的孤独，就像独自一人在大海中央的船上，四周除了茫茫海水，什么都没有，也没有船桨把你带到安全的地方。而后者则是一种暂时的孤独，我必须忍受它，直到 WS 回来，然后一切恢复如常。

夜很漫长，但我疲惫不堪，很快便酣然入梦。我整日像个疯女人一样工作。我的墙上没有时钟，有时当我走出小屋时，才发现夜幕低垂，音乐渐响。我越来越多地用我的双手制作东西——然后把它们用在我的绘画中。我对陶土碎片进行塑形和烧制（在一个非常原始的窑里），然后在石膏表面加工。我试图用黏土泥在石膏上制作壁画。我已经放弃了水彩画，转而投向油画和拼贴画。我花了好几个小时看这里的其他画家工作——我一直在学习新的作画方法。我一直在看博物馆里的东西，还有 WS 的艺术书籍——我感觉自己的头上正在长出一双双眼睛，就像一只又大又肥的苍蝇。

我有没有告诉过你，我的一幅画至今仍挂在博物馆里？你之前相信这会发生吗？我时不时地偷偷溜进去看看，当我走到它所在的那个房间时，我放慢脚步，等待并徘徊在其他画作之前，我的心跳越来越快。"静物与失踪的女人，"上面写道，"嘉亚特里·罗萨里奥作。"这让我觉得很好玩，仿佛我在顷刻之间膨胀起来，又倏忽融化在一摊水洼中。也许有一天梅什金会来到这里，看到他的母亲愿意倾尽生命去守护的东西！

这些天，我在旋转的轮子上用黏土制作碗。它们在我的手指下生长，这种感觉很神奇。如果 NC 看到我两腿分开坐在一个原始的轮子前，身旁是一群戴着头巾、光着膀子、大汗淋漓的精瘦的乡村男人，他会多么惊讶啊！但他们不像我们国家的人们那样看待女性。这里的女人是自由、从容和自信的。你应该看看年轻的尼·瓦扬·阿里尼如何把白色的栀子花插在发间，穿着黄色和红色的纱裙摇曳生姿地走向市场，每隔几分钟就停下来与路人攀谈。在我们所生活的地方，没有女人可以在街上闲逛，对吗？人们对于我每天只是去看你，或者对于布里坚突然来见我，都瞠目结舌。谁知道迪努的母亲会怎么想我们？除了坐车去拜访亲戚，她从不踏出家门一步。

我多希望能像当年那样，只是和你一起坐在沙发上聊聊天，我知道你懂这种感觉。我在这里真正渴望的是亲密无间的朋友。贝丽尔在的时候，情况大不相同。谁能解释我怎么会与那个比我大几岁的博学多才的英国女人有如此多的共同之处呢？她在离开前告诉我（我想她是为了安慰我，就像安慰一个孩子一样），她计划不久之后就回到印度和巴厘岛。

我真希望她现在能在这里多待几个月。为什么我们和生命中晚些时候才爱上的人共度的时间那么少？虽然她看起来尖刻、严厉，甚至令人生畏，但隐藏在这一切之下的是她那温暖的灵魂和敏锐的头脑。有一次，我们在谈论不同类型的友谊和婚姻时，她告诉我她曾结过一次婚，嫁给了一个名为巴兹尔的男人，他们决定维持一段无性的感情。（当她面色平静地说出这个词的时候，我涨红了脸。我们是如此羞手羞脚地长大，我想我这辈子从来没有说过"S-E-X"。我现在已经说了。性。）好吧，他们决定摒绝它——因为它太过粗俗。他们也戒了酒和肉。一种建立在柏拉图式爱情基础上的高尚生活被计划好了。可怜的贝丽尔被骗了！有一天，她发现她的丈夫放弃了蔬菜而去吃牛排，放弃了牛奶而去喝啤酒，放弃了柏拉图式的爱情而去和另一个女人做爱。她说她试着淡然置之，但最终还是离开了他。她说这是件好事，否则她可能永远也找不到阿瑟了。阿瑟还有其他女人，她暗示过——她知道当她外出旅行时，阿瑟和她们在一起。她称她们为他的其他大陆。她还没有告诉我，她和阿瑟的关系是不是柏拉图式的——我不知道这是不是促使他去寻找其他大陆的原因。她似乎为他有其他女人黯然神伤——但她已经在转变自己的思维、调整自己的情感。

随着年岁渐长，我们就是这样生活的吗，丽萨？我们的身心都在为了做出让步而改变形状？

好吧，我的身体正在改变形状——我看起来像个老太婆，瘦得像根棍子，皮肤变得粗糙，浑身是泥。我一直发烧，不得不服用奎宁——有人告诉我这是疟疾。我在家时从来没有得过这种病，我想这要归因于罗萨里奥医生的预防措施。

给我写信吧，丽萨。跟我说说杰里米。你叫他杰姆还是吉米？你会有多少个孩子？我希望是一大家子，他们将成为梅什金的小表弟、小表妹。我希望你不要尝试贝丽尔的精神恋爱实验。

至于我……我生命中的那一部分已经离我远去。它一去不复返了，而我并不感到空虚，我告诉自己这是一种解脱。我不再为失去布里坚而伤怀，即使是在那些忧郁的时刻。我仿佛能从远处看到过去的自己，她就像电影屏幕上的女人一样陌生，而我观察着她浑身洋溢的浪漫，为她被迷得晕头转向感到不解。

但我不会再想这些。我不会再想爱情、警察或危险。我不会再想远方的军队。这一切终将过去。我不会再为你们所有人感到悲伤、担忧。我只会想到你和杰里米，还有婚礼的钟声。来这里度蜜月吧！我会为你做一顶蓝莲花的华盖和一张网球场那般大的床，上面铺着最好的白色棉布，晚餐时为你提供甜橙和整只的烤嫩鸭。到那时，WS 会在这里——他出狱了，准备在爪哇岛待上几个月——他会为你演奏婚礼进行曲，我们会有一场寺庙舞会和盛宴，你会戴上黄金、穿上锦缎，看起来是如此光彩照人，以至于杰里米会头晕目眩，昏倒在地。你会用一个吻来让他苏醒。

深爱你的，

你永远的，

嘉亚

1940 年 3 月 4 日

我最亲爱的丽萨：

你还好吗？很久没有收到你的来信了。是邮筒把它们都吞掉了吗？在孩提时代，我常常把那些耸立在柱子上的红色信箱想象成张着血盆大口的怪物。我至今仍然有些相信这一点。当我们把信投进去的时候，它们将去往何处？它们是如何抵达那些地方的呢？它们要经过那么多火车、轮船的运输，一路辗转，才能从蒙塔兹尔到达杰姆普汉。下午，我一身臭汗地从工作的小屋回来，径直去找尼·瓦扬。当她摇头时（还没等我开口，她就知道我想问什么了），我的心沉了下去。但继而我又振作起来，说道："也许明天吧。"我的父亲去世得很早，但他将自己身上的这一部分留给了我：一团照亮内心的、永不熄灭的火焰，它让我相信事情会好转，乌云会消散。明天或后天会有你的来信，也许后天你会出现在这里，和杰里米坐在一起，抽着你的长烟，举着你的新丝绸纱笼给我看，而梅什金最终会到我们的河边去见桑皮。（我告诉过你关于桑皮的事吗？他曾经救过溺水的科林，他是一个优秀的舞者，WS 的门徒。）

当梅什金还给我写信的时候，他经常会提到桑皮。现在他不怎么写了。我曾经觉得——抑或是希望——这种渐行渐远的情况不会发生，或者我会赶在这种情况发生之前把他带来这里。我是个彻头彻尾的失败者。我没有卖出足够多的东西，也没有存下足够多的钱。

我现在连做饭的力气都没有了，尼·瓦扬前来照顾我。但我不饿。不过我还是很想念咖喱角！昨天我醒来时，我闻到了冒着热气的咖喱角的味道——真是不可思议。我一定是梦到它们了。我想知道我在梦里是否吃了它们。真希望我吃了。我唯一想吃的东西是水果。我吃了山竹，它们酸甜可口，我还能尝出它们的味道。

WS回来了。他回来后做的第一件事就是花费很长时间去清理他的花园，然后从外面带回来一些蕨类植物、睡莲和许许多多其他植物。从那时起，他就一直忙着为它们挖一个新的池塘——现在已然成形——它由石头砌成，朴素无华。我从未想过这个地方可以得到改善。然而池塘确实为园子增添了许多宁静之感，光线照在上面，忽明忽暗。傍晚时分，我坐在池塘边，手里捧着一杯茶，看着周围往来奔波的人们。这里再次响起一种低沉、快乐、一切如昨的嗡鸣。那场突如其来的灾难如今已经悄然离去，生活恢复了往日的平静。在另一个阳台上，那个年迈的妇人——尼·瓦扬的母亲——正伸着懒腰，打着盹儿，她那隆起的肚子轻轻起伏。在我的附近，一个在这里闲逛的男孩正在擦拭他的波状刃短剑——这是他们随身携带的一种装饰性匕首。总有一天，我会带给你一把这样的微型剑，你可以用它来拆信。

在峡谷对面，WS正在蹑手蹑脚地行进，他扬起手中的网，追捕着蜻蜓。他回来时更加清瘦了，但神采奕奕。他热情地收集这些蜻蜓，并为它们作画——脆弱而精致的画——谁能想到一只昆虫竟会如此优雅？他把这些画寄给爪哇岛的一位昆虫学家。

（他名叫古斯塔夫，来过这里好几次，近乎献媚般地夸赞我，称我为大美人，等等。如果你看到我是一根多么憔悴的老木棍！写下这些的时候，我不禁扑哧一笑。）WS 四处奔走，去看望岛上的每一个人。人们都认为他受到了极大的不公正待遇，并为他重获自由、回到这里而感到高兴。

一切都很平静，这是事实——但我总感觉有一层阴影笼罩着我们。政府正在做些小手脚以阻挠 WS 得到工作。他对此极为不满，叫苦不迭。但每个人都建议他保持沉默，保持低调，不要激怒任何人，只专注于画画。也许这就是我们所有人在这个云谲波诡的世间必须成为的样子。不被看见。不被听见。背负着我们各自的岩石，在黑暗中碎步疾行。

你不要也抛下我。梅什金的消失已经够糟的了。给我多写几页吧，<u>至少十二页</u>！<u>两面</u>都要写满。

深深爱你的，

你永远的，

嘉亚

1940 年 5 月 25 日

亲爱的丽萨：

消息很残酷。WS 再次被监禁——这次完全没有任何征兆。他被带到一个拘留营。这是由于德国和荷兰两国正处于战争状态。我还记得战争伊始时，你在的一封信中告诉我，英国人把所有德国人都关在了印度。我想，当国与国之间开战时，我们的生命就不再是我们自己的了，即使战争远在一百万英里之外。

这次拘禁会持续多久？我不知道。由于在被拘禁的三千人中有学者、种植者和艺术家——遍布各行各业，我们预计他们会核查身份并释放无辜的人，让他们回归正常生活。毕竟，不能因为在一个完全不同的大陆上发生的战争就停滞一切，不是吗？WS早在多年前就离开德国，部分原因是出于对纳粹的厌恶——监禁像他这样的德国人是多么讽刺啊。（至于他们在这里关押犹太人，只因他们的国籍是德国，没有比这更讽刺的了。）

当地人很好奇既然WS并不打算回到欧洲，为什么这么多年他都没有意识到要换护照。我猜想他曾认为这无关紧要。谁会清楚其中的利害关系呢？我很幸运地是个印度人——英国和荷兰是盟友，所以我没有被关进，也不可能被关进拘留营。我想我是安全的。德国妇女和儿童被关在不同的营地，家庭都被拆散了。

普吉格是尼·瓦扬的表兄弟，在爪哇岛的伦邦大酒店工作。他告诉我们，当荷兰士兵拦下布鲁诺·特雷普拉时，他就在路边。布鲁诺·特雷普拉的家族拥有这家酒店，他们是当地的显贵。他说，士兵们让特雷普拉手脚并用，一路爬到囚车上，当他在途中倒下时，他们向他吐口水。噢，丽萨，我担心WS此时的处境会更加艰难——不为别的，只因他们在那些营地里关押了太多的人。当一个地方有太多人时，人就会变成物品。

我病得厉害，不能再写了。我不知道什么事会降临到我身上。我们还会再回到正常的生活吗？

　　爱你的，

嘉亚

1940 年 10 月 10 日

我最亲爱的丽萨：

　　所有的事都得我自己来应付！这就是我几个月来没有写信的唯一理由，我忙着自言自语，以至于忘记了与其他人交谈。别生气，对不起！你知道是怎么回事——我讨厌变成一个抱怨的人，却一直在唉声叹气。（对我自己，轻声低语，日夜不停。）

　　我在一个名叫尼奥曼·苏格里瓦的老陶工那里当学徒，这带给我一些真实的东西，让我可以写信给你。他没有牙齿，饱经风霜的脸像老木头一般。他坐在腰布上，旋转着轮子。炎热的天气让我汗流浃背，我把纱丽卷到膝盖上，蹲在轮子前，试图让这个摇摆不定、混乱不堪的世界中的一小部分保持平静。我们不需要言语，他用手势向我展示，我们经常微笑、点头或摇头。

　　我正试图把这当作自己学习和创造的时间——试图模仿监狱里的 WS。毕竟，我也在一座美丽的监狱里，不是吗——没有办法离开。没有钱。没有朋友。甚至连简也走了。玛格丽特·米德多年前就离开了，尽管我从来都不喜欢她，也永远不会向她寻求帮助。我认为——我坚决认为——WS 很快就会回来，我想留在这里照看，以便当他回来时一切如常。我知道有些人在这里待的时间更久，他们在料理事情，但我仍想这样做。英达，那条金塔马尼的狗，你还记得吗？现在 WS 走了，她睡在我的房间里。猴子，凤头鹦鹉，它们都需要照顾。我不能抛弃它们，因为 WS 将它们视作生命，而他为我做了那么多。

我在胡言乱语。但我需要照看着，你知道的。有一天，一个荷兰女人——许廷夫人前来拜访我。她宣称，认为日本人会构成威胁是无稽之谈，同盟国太多了。小日本（她这样称呼他们）知道，如果在太平洋上采取任何行动，他们就会完蛋。荷属东印度群岛不会有危险——不会有任何危险。她的丈夫已经告诉她了。仿佛这就是对此事的定论。她丈夫是一个种植园主，她说她来看看 WS 有没有留下什么画，好让她拿回去放在客厅里。这叫什么事啊！他们有咖啡和橡胶，成千上万亩的土地，他们凭借奴役他人过着国王和王后一般的生活。他们对工人很残暴。她有一张胖乎乎的脸和一双爆米花般的眼睛，带着一副沾沾自喜的神情。我很不喜欢她，我真想把大图钉扎在她那肥大的屁股上。

家里的情况因为战争而改变了吗？物资紧缺吗？我一直没有你的消息，也没有梅什金的消息。也许邮局已经瘫痪，我们的信都石沉大海了。我祈祷着这封信能安全抵达。我感觉世界仿佛从去年开始变得支离破碎，把我们分散到彼此的远方。

爱你的，

嘉亚

1941 年 7 月

我最亲爱的丽萨：

我要把寄给你的信编号，这样你就知道错过了多少封信。你指责我不写信，但事实上过去几个月里，我至少每两个月写一封。有两三封应该没有寄到，或者更多！寄信是要花钱的，我不得不考虑这一点。虽然我试图把寄信的费用控制在二十五美分以内，但它们总是超重，达到最贵的那一档。因为我不仅要写给你，还要写给梅什金……我听起来像是个守财奴，但我现在的收入几乎为零，只能卖掉母亲给我的一点珠宝。一想到我所有的努力、金钱、文字和思想都和其他各种各样的残骸一起漂浮在印度洋的黑暗深处，我就愤怒不已。这不公平。

我有些心神不宁，身体也不太舒服。一直发烧，什么也吃不下。我仍在努力工作。苏格里瓦正在教我如何把藤条编织成盆盆罐罐。我的手指被割伤了，但我还是坚持着。我很累，很累，很累。昨天我用藤条编织的一只碗得到了苏格里瓦的认可，他西式地朝我竖起了大拇指！我过着与世隔绝的生活。人们一直建议我离开，但即使是假设，我又能去哪儿呢？我的母亲不会因为我的返回而给我戴上玫瑰花环，NC 也不会让我进门。我住在哪里？我能做些什么？我得如何挣钱？在这里我一直在挣钱——直到 WS 被拘禁起来。

我将留下来。总有一天，人们会在这里找到我，一个从印度来的疯女人，被她的画和奇形怪状的陶碗包围着。我不会离开的，为什么要离开？我不会让我多年来的努力付之东流。我已经做得很好了，丽萨。当我感到怀疑时，我就想到我那幅在博物馆中的画，还有被王公收藏的另外两幅以及被人们买下的其他画作。一旦这场动荡结束，我的作品就会再次出现在人们面前。或者我的尸体会被人们找到。他们会看到我像那些葬于古老坟墓中的埃及人一样，与珍视之物一起长眠。你知道，这里的人们不会马上火化死者，他们会等待一个吉日，把尸体做成木乃伊。也许我会让他们对我的尸体进行防腐处理，好让你能够在未来的某一天找到我！

多么可怕的想法。

WS 还没有回来，没有人知道他什么时候会回来。一名曾经来杰姆普汉做客的荷兰士兵写信给一个人，说他前几天值勤时透过拘留营的铁丝网瞥见了 WS。他看起来骨瘦如柴，胡子拉碴。他们的目光交汇片刻，然后 WS 转过头去，开始卷烟。一个折磨人的想法——WS 像动物一样被关在带刺的铁丝网中。

他从营地寄了几张明信片。营地里拥挤不堪，一排排的小床，头顶的绳子上挂满了衣服，没有一分钟独处的时间。蚊子黑压压的一片。他试图保持饱满的精神状态，甚至坚持画画，但他的最后一封信读起来确实很沮丧。他说，他正在画的一幅肖像失败了，他打乒乓球输了，他没有黄油了，最后一本俄国小说也读完了！他试图让自己的痛苦听起来很可笑——可笑到可怜——这让我很难过。他们现在不允许我往那里寄东西，也不允许我去探视。任何人都不允许。

在爪哇岛还有一个德国家庭——年轻的父母，两个婴儿，我听说母亲已经在营地中死去，留下两个孩子在那里。父亲被关在专门用于拘禁男人的营地里。我知道，德国人让犹太人经受了更为残酷的暴行——但一种暴行能够抵消另一种暴行吗？难道所有的人类历史都只是一个对无辜者进行复仇的无尽循环吗？而我们被卷入了这台可怕的机器中，我们的生命被碾碎了。这让我想起了我们看的那部电影——是在格雷斯电影院还是德利特电影院来着——是日场电影，这样内克就不会大发雷霆了，你还记得吗？就是一个女人被巨石活活压死的那部。那些把她折磨致死的人所流露的令人毛骨悚然的快乐神情，一直在我脑海中挥之不去。

昨天我又感觉身体不适了——好吧，这不是什么新鲜事，你会说。我像往常一样去了尼奥曼·苏格里瓦那里，因为独自一人闷在家里什么都不做的感觉更糟。我试着在轮子前工作，但我的手不稳，我的身体与黏土也不协调，我疼痛难忍，咬紧牙关，把越来越多的黏土捣成球状，泪流满面，对自己连一个小黏土球都控制不住而感到愤怒，而苏格里瓦一直说着一些我听不懂的话——他可能是在告诉我不要再浪费我的时间和他的黏土，回家去。我的生活中再也没有什么是可以控制的了。什么都没有。最后，他站起身来，跺着脚走了出去。我可以看到他在吸烟。丁香味的烟。

我的目光落在英达身上，她总是跟着我到苏格里瓦那里。她躺在竹棚的一隅，在热浪中打着盹儿。这里太热了，尤其午后时分更加酷热难当，人们仿佛置身于火山之中。你无法想象那种汗水和不适之感，尽管现在我更能忍受它了。（夜晚会凉爽些，常有微风。）英达抬起头，盯着我良久，然后她又将头耷拉到地板上，闭上了眼睛。她是一条老狗，在我们发现她的时候，她就已经很老了，我意识到，尽管有足够的食物，她仍然瘦得可怕。由于患有白内障的缘故，她的眼睛变得像大理石一般。即使有什么东西在她面前，她也看不清楚——我猜测。她的黑色口鼻看起来灰扑扑的。她有着亮黑色的皮毛，当她躺在地板上时，她的肋骨清晰可见。晚上，她睡在我的床边，但从不睡在床上——即使她承认自己需要你，也不会像其他狗那样向你寻求怜爱。你能感觉到她的内心有一个你永远无法涉足的世界。如此固执的孤独！谁知道在跟随我们回家之前的那些年里，她是如何独自在金塔马尼的岩石上生活的？她吃什么？她在哪里找到水？

我不知道在她凝视我的那几秒钟之内，我们之间发生了什么，但从那一刻起——当她看着我的时候——黏土又开始在我的手中均匀而平滑地旋转起来。一个完美无瑕的碗在我的拇指和其他手指之间慢慢成形。要是我能够让你明白发生了什么就好了，丽萨！那是一种多么神圣的感觉。如果真的有神存在，那就是这个。我将向稳定我的双手和身体的力量祈祷，无论那力量是什么，祈祷它能让世界也安稳下来，祈祷它能让我们所有人在未来的某一天团聚。祝你一切都好，我最亲爱的丽萨。如果这封信顺利抵达，或者即使没有，也请你给我写信吧！告诉我关于梅什金的事情。在我再次见到他之前，我是不会休息的。这是我的承诺。我一定会找到办法的。

深深爱你的，

嘉亚

1941 年 9 月 13 日

亲爱的丽萨：

我的生日——我现在三十一岁了。你会手提一个冻蛋糕并不切实际地带着三十一根蜡烛来到我家——我们永远也不可能把它们一起点燃——这会让 NC 发疯的。奢侈、幼稚、无谓的轻浮。穆克提·德维会在生日那天吃蛋糕吗？永远不会！一想到这一点，啧啧。他会让自己从后门出去，直到他认为没有危险了才回来。布里坚会为我多唱一首歌，还会从街上买来最细腻丝滑的牛奶冰激凌，尝起来有盐、糖和藏红花的味道。在我小的时候，没有人为我的生日做过任何事情，它无足轻重。你是第一个重视它的人。离开你之后每一年的生日，即使独自一人，我也会做点喜庆的事情，想象着你也在这里。

好吧，今年的生日我并不孤单。我有一个访客。完全出乎我的意料——是来自登巴萨的木村先生，登巴萨是位于我们隔壁的城镇。我从未见过他，但听说过这个名字——他是一名日本外交官或诸如此类的某种官员。总之，当时我正在 WS 的阳台上工作——我已经习惯在阳台上工作了，因为从那里可以俯瞰由石头砌成的池塘，那里的红色水泥地板很凉爽，我可以赤着脚站在上面画画。当时我正盘腿坐在地板上，全神贯注地在几个盆盆罐罐上画着图案，所以当他出现时，我惊慌地跳了起来。我试图抚平我的头发——它是如此凌乱，而且由于我设法用沾满黏土颜料的手将它捋顺而变得更糟。

木村先生穿着黑色西装和白色衬衫，举止得体，面带微笑，操着一口流利的英语，完全按照日本人的习惯鞠躬——尽管我以前从未见过这种鞠躬方式。他说他听说在杰姆普汉有一位著名的印度画家（著名？我?!），所以当他经过这里时，便想过来看看。泰戈尔曾经去过日本，我怎么不知道？他对诗人最近的去世深表哀悼——啊，我还不知道他去世了？然后他对我表示同情，并为自己带来坏消息而感到难过。这件事发生在上个月——也许报纸还没有寄到我这里。

在这之后，他坐下来，让我继续，他说他大老远跑来就是为了看我工作，让我不要停下来。我又和刚才一样坐到了地板上，但现在感觉很尴尬。他坐在靠墙的宽大沙发上看着我，用长长的手指轻敲扶手。我不能把目光聚焦在我的颜料上，也无法专心致志地看着我的罐子，总是被他亮黑色鞋子上的洋红色鞋带分散注意力。总之，我试着画画，他盯着我，然后莫名其妙地走到英达跟前，把她抱起来，放在他身边，又坐了下来。她焦躁不安，试图挣脱，但他一只手紧紧抓住她的脖子，一只手抚摸着她的后背。

那瘦骨嶙峋的、手感粗糙的后背。丽萨，我的脊骨一阵颤抖，我无法拿稳我的画笔。我想他只要用力一捏，就能扭断她的脖子。我告诉他英达喜欢躺在地板上，也许他可以放开她，但他说："她看起来很舒服，别自己吓自己，请继续。"尽管他的态度彬彬有礼，但他身上似乎散发着一股冷酷无情的危险气息，我说不上来具体是什么。我打落了一个碗坯，它裂开了，他没有说话。我把自己的注意力放到剩下的碗上，试着坚持打旋、回旋和勾画图案。他喃喃地说着天目釉、青瓷釉、草刷和竹刷——竹刷更适合画那些图案。他重复念叨着。

就这样过了一会儿，尼·瓦扬用托盘端来一些大麦柠檬茶。其中一只玻璃杯上有缺口，没有饼干或任何可以吃的东西。我为我们蹩脚的服务道歉。木村先生似乎对饮料并不感兴趣，但这打破了魔咒，他把手从英达身上拿开了，我长舒一口气——她立刻溜了出去。然后木村先生起身说道："狗很漂亮，尽管老了。如果在不久的将来，你想离开巴厘岛回到你的国家，我将非常乐意收养她。"

他说这话的时候，我突然感到一阵寒意，好像他在试图告诉我什么。他是说我应该离开。难道不是吗？他是在警告我日本即将入侵吗？每个人都在谈论这件事，但没有人认为它会发生，或者即使它真的发生了，我们也认为它不会波及杰姆普汉。难道这只是我的幻想吗？我在布上擦了擦手，从地上站了起来，礼貌地发出了一些声音——他要不要喝点柠檬水——柠檬是我们自己树上的，等等。但他没有理会这些，而是从角落里拿起他那把卷得整整齐齐的雨伞，当我陪他走出阳台，走到通往山坡的阶梯上时，他挥手让我离开："回去吧，夫人，你还不适合出来晒太阳。从你的眼睛可以看出，你得了黄疸。"他说，如果我需要医生，他在登巴萨就认识一位，不是荷兰人，而是日本人，他对热带病了如指掌。

当我告诉尼·瓦扬，木村先生试图告诉我们一些重要的事情时，她嗤之以鼻，"日本人来不来和我们有什么关系？我们现在是由荷兰人统治的。以后我们会被日本人统治。"

我在这里没有朋友，真不知道该怎么办。要是我有一个可以说话的人就好了。

自从他离开后，我一直在检查我的眼睛和指甲——看看它们是否发黄。黄疸病不就是这样吗？让你变得像姜黄一样？我有时会感到虚弱，这是真的。自从开始发烧以来，这种情况已经持续一段时间了。它会过去的。我现在和十六岁时一样苗条修长——我吃不下太多东西——终于！也许现在是时候穿上你的裙子，体验一下年轻、美丽的感觉了。

没有 WS 的消息。我想念他。我想念他的钢琴声和他对甲虫的狂热。

带梅什金回家基金——根本没有成功。我想知道我何时／是否还能再见到 WS 或梅什金。离别就是这样发生的吗？悄无声息，突如其来，甚至在你意识到它之前，一切就已经结束了。我还能再见到贝丽尔吗？她现在在英国，被卷入战争的漩涡。我也没有你们任何人的消息。

报纸要么晚来两周，要么根本不来，而且大多是荷兰语的。我有时会听收音机，然后把它关掉，因为新闻是如此令人胆寒。还不如不知道。知道拉宾先生去世了，对我有什么好处？仿佛童年的最后一段美好记忆也离我远去了。一切皆如梦幻泡影的感觉更强烈了。我宁愿做个傻瓜，生活在想象的天堂中。

我应该把这封信寄出去。我从生日那天开始写，距离今天已有一个多星期了。我有精力的时候就写，累了就收起来睡觉。一个闲散女人的生活。我小口抿着加了最后一点杜松子酒的柠檬水。杜松子酒喝完了，烧酒还多着呢！

向你和我的梅什金致以深切的爱。（你能告诉他我很好，很快就会回去了吗？）

嘉亚

1941 年 10 月 3 日

亲爱的丽萨：

就在两周前，我给你写了一封长信。我只是想说——没什么好担心的，但我确实感觉更不舒服了。我决定实际一点，去泗水——去洛库穆尔家，休息一下，养好身体，然后从那里回家。我相信不管有没有战争，他都会帮我找到通往新加坡的航程，只要我身体康复到可以继续旅行的程度。他在新加坡有朋友——他们会把我送上一艘开往锡兰的船，如此辗转、辗转、辗转，直到我像一个人寄给另一个人的包裹那样到达你那里。

我会带着英达一起走。我不忍心丢下她，她是我在这里唯一的朋友。她年老、无助、半盲。我最终会和金塔马尼的狗一起出现在马德拉斯。你会到那里和我见面的，对吗？这样我们就可以一起想想我的未来该何去何从了。一定要把梅什金带来，我渴望见到他，做梦都想。

现在说这些为时过早，我甚至还没有离开杰姆普汉呢。

我一直想吐，胃里面翻江倒海——你会讨厌这些细节，我就不说了。我发烧了。我感觉自己正在燃烧，我的皮肤像枯叶一样干燥。当我发烧时，我会胡言乱语。也许我说的是印地语或孟加拉语。但愿如此——如果我说的尽是些不体面之事该怎么办？我现在是一个刻薄的老女人了，丽萨，因为愤怒而皱缩、枯萎。事情怎么会变成这样呢？正当我的生活出现转机，前面的一切都很美好的时候，一场远在千里之外的战争如何能让我陷入这般境地？我对一切都感到很愤怒。如果他们给我一把枪，我就会杀人。

他们拿了一些药给我，但看起来、闻起来都很奇怪，我不敢吃。尼·瓦扬为了让我康复，宰杀了一只公鸡作为祭品，并用钉子穿过它的翅膀，把它钉在门口附近。太可怕了。我试图阻止她，杀生怎能让我好起来呢？她说我不懂这些东西是如何起作用的。

我想这是伤寒，会过去的。我在努力回忆公公以前开的治疗伤寒的药，但想不起来。我的脑袋糊涂了。你还记得吗？你要怎么告诉我？

我下定决心养好身体，回到马德拉斯。我会的。只要能再次见到梅什金和你，我就不在乎接下来会发生什么。

像你以前那样对着夜空的星星许个愿吧，丽萨，我们不久就会重逢。

深爱你的，

嘉亚

26

我读完了母亲的信，此时正值黑夜与黎明相接之际，乌鸦即将从灰暗的喉咙里发出粗劣嘶哑的叫声。我的眼睛累极了，脖子也很痛，我知道自己现在无法入睡。我把信折回信封，起身去泡茶。和往常一样，我在阿萨姆和大吉岭之间犹豫不决，最后选择了大吉岭，这是最好的那种，新鲜，呈现出青草般的绿色，产自一个鲜有人知的偏远茶园。二十年前，茶园的经营者在茶园附近买下一块山地，并请我为他建造花园和果园。为了感谢我，他时不时地会给我寄来茶叶。他那十英亩的山地里有一处天然泉水。在那里的几个月里，每天工作结束后，我都会坐在泉水边，燃起柴火，用泉水煮茶喝。当时，我感觉自己的生活就像是一件不合身的衬衫——从来没有也永远不会合身——而茶是生活中为数不多的、没有苦味的事物之一。然而那段不请自来的黑暗时光，最终又不告而别。我回到了我的工作、我的老城、我的外屋中，就像回到了一个陌生的文明里。在那儿，我不得不慢慢地重新找到自己的方向，重新学习语言和规则。

我的水已经沸腾了。我小心翼翼地拿起架子上的杯子。这只杯子很高，样式简单，底部狭窄，腰部微微张开，然后又平滑地收窄，像一朵含苞欲放的郁金香。没有任何修饰。瓷身纯白，手工制作，制作者的签名用汉字印在底座上。伊拉的女儿——我的外甥女，也是我的女儿——几周前从国外旅行回来时给我带来了这只杯子。她把它和一本我向她要的旧书一起放在我的桌子上，眼睛里闪烁着光芒："瞧，梅什金舅舅，人的一生中最令人兴奋的两样东西，一杯茶和一本破旧的园艺书。"

说完，她仰头大笑起来。她用手指捋了捋长发，她手臂上层层叠叠的银质手镯叮当作响："快点儿，还有时间！别这么老土！做点新鲜事吧。"

和其他人一样，她认为我无足轻重。一个用拉丁语说树名的迂腐之人，一个既不选择笔，也不选择剑，而是选择小铲子的人。

她对世界的看法并不罕见。当我第一次告诉父亲我的职业选择时，他也惊骇不已。"一个园艺师？你是说你想成为一名园丁？"他把报纸从桌子上扫了下去，眼镜也随之掉落。他怒不可遏地说："当有上千种工作可供选择的时候？有趣的工作，重要的工作，有价值的工作！当你才十九岁，而我们的国家还不到一岁的时候？"他让我睁开眼睛，看看自己的周围。难道我真的看不到摆在每一个年轻的、爱国的印度人面前的是多么浩大的工程吗？我瞎了吗？我没有更高的目标了吗？**园艺**！当我们刚刚获得自由的国家必须消除贫困、饥饿、暴力和文盲的时候，我想做的竟然是侍弄花草？也许他发怒的原因是害怕我变得像我那误入歧途的母亲一样异想天开。

如果我回家时谈起我的工作，他就会转移话题，或者干脆走开。有一次，我告诉他我在德里郊区和一群城市规划师一起工作的日子，规划出被太阳晒硬的荆棘地，这些荆棘地将成为分治后数百万一夜之间无家可归的人的安置区：他们不能永远待在难民营里，我说，他们需要有居住的地方。城市周围是干燥多石的土地，必须迅速将之改造为住宅区。住宅需要围绕公园和林荫道建造，因此早在打地基时，我们就会开始种植成千上万棵树。

父亲心不在焉地看着阳台的一隅，说："我肯定把伞放在那里了，现在它不见了。"

我感到越来越失望，但仍继续讲着，描述它的规模——超出想象。当你看到蚁冢般的难民帐篷中挤满了无家可归的人，那是怎样一种无助的感觉。

父亲插话说："是的，有工程师和规划师。有一无所有的难民。那你在那里做什么，你能告诉我吗？种植大丽花？"

在监狱里待的那几年，让他拥有了一种新的残忍和毒辣。现在，他不仅喜欢恶语伤人，还总往别人伤口上撒盐。在我开始工作后的第一个假期，我试图给他留下一个好印象，却徒劳无功。我带来了一张装在相框中的照片，上面是写给珀西·兰开斯特的一封信。

"在圣雄甘地的葬礼上，经您提议，我们精心布置了花艺和装饰，并安排专列将他的骨灰运往安拉阿巴德，对此我谨向您表达我的感激之情。您的建设性意见无疑促成了这一切的成功。"

这封信的日期是 1948 年 2 月，署名是贾瓦哈拉尔·尼赫鲁，写给珀西·兰开斯特先生的，我是他的首席助理，负责安排葬礼。我把这些告诉了父亲，希望印度总理的来信能让他对我的工作性质少些怀疑。

1948年，在即将年满二十岁的时候，我去了德里工作，想象着我将发现新的物种，创造出以我的名字命名的杂交物种。然而，就在我开始新生活两周后，珀西·兰开斯特先生在一个深夜把我叫去，告诉我一个消息：圣雄被一个印度教狂热分子枪杀了。这对于国家和世界意味着什么，要由国家和世界来计量。我知道这对于园艺主管办公室意味着什么吗？我们只有一天的时间来为至少一百万人参加的葬礼寻找鲜花。一辆军用卡车将被改装成花车，将圣雄的遗体运送到亚穆纳河畔，需要有足够多的鲜花让空军飞机在通往河流的五英里路程中撒下花瓣，火葬需要檀香木原木，需要用鲜花装饰将骨灰运送到安拉阿巴德的火车。当我向父亲描述葬礼的每个阶段时——翻涌着的送葬者的海洋，在停滞的队伍面前慢步穿过马路的流浪狗，对暴力的持续恐惧，酥油和夜来香令人作呕的气味——我发现，尽管他对圣雄极尽虔诚，但他看起来仍然很烦躁。

"所以我葬礼上的鲜花布置将是无可挑剔的，"等我说完，他这样说道，"真让人感到安慰。"

两年后，当我父亲去世时，我正在德里和珀西·兰开斯特先生一起布置桑德苗圃。它将成为这座城市最重要的苗圃，占地一百英亩，在周遭阴沉的景色中，莫卧儿皇帝胡马雍的墓穴呈现出巨大的荒凉之感。在父亲去世的消息通过办公室里唯一的长途电话传来后，我把沉重的黑色听筒放回听筒架，在珀西·兰开斯特先生狐疑目光的注视下，没有任何解释就离开了房间。摇摇欲坠的莫卧儿纪念碑在这一地区随处可见，我在它们中间走了很久。暮色拉近了树木之间的距离。我挨着一棵菩提树坐下，心想现在一定有人在父亲的柴堆上放了一根熊熊燃烧的火炬。印度教徒认为这是儿子的神圣职责。但我无法及时赶到蒙塔兹尔为他火化。我在电话里冷静而客观地告诉伊拉，让他们不要等我。尸体在8月的湿热中会迅速腐烂。

* * *

伊拉的女儿为我带来的那本又破又旧的园艺书，是卡拉奇总督府花园的设计师写的。我坐下来喝茶时打开了它。每一页的接缝处都蒙上了一层薄薄的灰尘，这让我不禁打了个喷嚏。每一章似乎都是以一个名为佩森斯·斯特朗的诗人对植物和树木的热烈赞美开始的。我一直无法理解，为什么书写印度花园的作者会有如此充溢的感情。珀西·兰开斯特也是如此，尽管他外表硬朗，却喜欢引用那些虔诚到令人作呕的诗句。还是把那个满口脏话的公园园丁戈帕尔给我吧。

当我翻开书页，不耐烦地翻看着关于花园的一部分必须被划分为女士的闺房，另一部分被划分为餐厅的章节时，我看到了一段话，让我感到格林德尔骨子里的冷酷，这也使他的胡言乱语听起来更加阴险狡诈而非多愁善感。

当农田里老鼠成为唯一的麻烦时，可以用一种更简单的方法来消灭它们，即向它们的跑道吹烟。临时使用时，所需要的只是一个陶罐和一对乡村风箱。在罐子的一侧开一个适合安装风箱喷嘴的孔，把可燃材料、绿楝叶和少量硫黄粉装在里面。首先点燃材料，当火势良好时，将罐子倒置，盖在通道入口处。通过大力摇动风箱，强行将烟雾送入跑道，并在老鼠处于昏迷状态时将其赶出来，这时它们很容易被解决，或者将它们闷死在洞穴里。

E.W. 格林德尔的书出版于1942年，那一年，第一批犹太人被带到奥斯威辛集中营的一个密室里，在那里被密闭了几个小时，直到死于从屋顶上的小孔放进来的有毒烟雾。那一年，在我们镇上，一个春天的早晨，有人也被烟熏了出来：没有牙齿的牙医石川先生走出房间，来到日光下。没有人知道他有多大年龄。仿佛他永远生活在这里，拔掉腐蚀的牙齿，用正式的、结结巴巴的印度斯坦语和英语与病人聊天，直到有一天他醒来后，一句话也说不出来。在那之后，他退回阴影之中，只在黄昏时分出门以获取必需品，然后又匆匆返回。

几个月前珍珠港被轰炸后，有消息称，在印度的少数日本侨民正在被围捕。他们中的一些人为佛陀之地所吸引，一些人在印度经营小生意。石川先生进一步收缩自己的安全地带，不再踏出房门半步。在他被带走的那天早上，他的腰板挺得出奇地直。他的目光透过黑框眼镜，坚定地看向前方，嘴唇抿成一条线。他穿着白色的衬衣和灰色的长裤，一只手提着他的牙科工具箱。有一名士兵在他身后，另一名在他身旁，抓住他那只空着的胳膊肘。我的祖父来到他的诊所门口，丽萨、杰里米·戈登和小伙计一起出现在阳台上。路人都停了下来。场面静止，一触即发，就好像我们在进行一场公开处决。

多年来，如果我和其他男孩在外面看到他，我们就会跟在他身后，无厘头地合唱着"再见石川，本州、北海道、四国、九州"来捉弄他。但那天早上，当士兵们把他带上一辆面包车，并开车离开时，我们当中没有一个人开口说话。后来我们听说他被带到拉贾斯坦邦比卡内尔的一个拘留营。他吃不下食物，也经受不住监狱帆布帐篷里的高温，终于死在了那个夏天。

战争期间，发生在我们镇上、值得注意的事情不多，石川先生被拘留和曼图的死亡是其中两件。

* * *

在新加坡被日本占领之前的那几个月里，当我的母亲——我对她已经生疏——写信给丽萨说她倍感孤独、疾病缠身时，我在做什么？我记得父亲被送进监狱后，我写信给他，而不是给她。他被警察带走，他的追随者高呼口号的场景让我想起了穆克提·德维的正直和勇气，也让我在一段时间内一反常态地崇拜他。也许这就是我与母亲的通信逐渐中断的原因之一。我不能确切地回忆起事情是如何发生的，但也许是我太专注于眼前的事情而没有像以前那样沉浸在白日梦中，我周围的变化让我不再向往她所在的地方。她的离开让我感到强烈的不安，这种情绪折磨着我，然后在不知不觉中减弱。在我们承受悲伤的能力中，有一种仁慈的有限性。母亲最强烈地感受到孤独的那几个月，正是她从我的意识边缘溜走，进入遗忘状态的那几个月，无声无息，就像一颗砾石落入大海。

在学校，每天早上，晨会都会以背诵"我们天堂里的父亲"开始，语速快得几乎让人听不懂。随后是校长的训诫。通常是关于诚实、清洁、神、努力工作，但现在以战争新闻结束，每天早上都会有不同的新闻——缅甸沦陷，然后是香港落入日本人之手，这些主要观点的摘要都是由我们的英语老师用悠然的语调从报纸上读出来的：成千上万的难民正越过陆地和海洋，跋涉到印度。法国人、奥地利人、希腊人。一万波兰人，四十五万缅甸人。还有人来自波斯、吉布提、亚丁、索马里兰。

索马里兰在哪里？吉布提又是什么地方？我们以前从未听说过这些地名。有一天，校长展开了一幅很大的世界地图，它被钉在大会发言台后面的墙上。他带着一盒别针，每枚别针上都有一个蓝色或黄色的纸标签。

"蓝色代表盟军胜利。黄色代表暂时失败。"

其中一个男孩上了凳子，把别针扎进我们被告知的地方。英语老师在别针扎入时宣布了每个地方的名称。他说，安达曼群岛是英属印度迄今为止唯一沦陷的地方。新加坡。马来亚。黄色比蓝色多得多。黄色聚集在东边——朝向我们。一枚黄色的针刺穿了缅甸。然后，一些黄色别针迅速钉在了更远的地区，几乎全部在澳大利亚。"巴达维亚、苏门答腊、巴厘岛、婆罗洲——荷属东印度群岛，"英语老师说，"荷兰败给了日本。"

我们不允许在大会上提问。我无法让老师停下来。他刚才说的是巴厘岛吗？大会结束后，我们被赶到教室。母亲被炸弹击中了吗？日本人在折磨她吗？课上个不停，一直上到午休时间，我才把凳子从角落拖到墙上的地图旁，仔细观察着。

蓝色大海中间的一小片绿色上插着一面黄旗。

巴厘岛。

在此之前，战争似乎是令人兴奋的，就像一个来自远方的马戏团，给波澜不惊的小镇带来有趣的事件。正在挖掘的战壕，随处可见的士兵，一种灾难即将来临的美妙感觉。一个炎热的夏日午后，我跑到车站，看到一列满载囚犯的火车正开往台拉登的营地。我嫉妒迪努，他现在是一名士兵。他从北非给我寄了一张明信片，他在我只能梦想的遥远世界里。当我在报纸上看到失事船只和尸体在大海上漂浮的照片时，我没有想到母亲此刻可能就坐在一艘船上，横渡海洋，返回家乡。母亲、施皮斯先生、贝丽尔、巴厘岛——在我的脑海中，他们早已开辟了通往幻想王国的通道。他们与报纸、天气预报、伤亡名单和时间表无关。

"她不会有任何危险，她是印度人，不是荷兰人，也不是英国人。"当我从学校回来时，爷爷告诉我。他尽量让自己的声音听起来安心，而不是担心，"日本人站在我们这边。我是指印度这边。"

"但印度不是英国的一部分吗？"

"她去年就启程回家了，"丽萨说，"是10月吗？是的，就在她生日之后。她就不能给我写封信吗？"

丽萨现在承认，嘉亚特里在她的最后一封信中曾说自己身体不好。但当时她什么也没告诉我们，因为她不想让我们担心。自从收到那封信之后，她一直在等我母亲乘船去马德拉斯的消息，这样她就可以带我去找她，把她带回家。她现在向杰里米打听消息，也许军队会知道。

但是军队并不知道。那一年没有母亲的任何消息，第二年也没有。

我们每天都在等待——等待电报、长途电话或信件，或者等待她奇迹般地出现在家门口。当时我们的等待仿佛音乐一般，轻柔地开始，逐渐加快节奏，直到它变得充满激情，爆发，如同末日将近，还未完成便一个音符一个音符地消失，终于一片寂静。

* * *

第二年年中，迪努发来一封电报。他在那之前不久被派往台拉登。那年我十五岁，父亲已经在监狱里待了两年多。鉴于当时的情况，祖父认为我已经到了可以独自旅行的年龄。迪努的神秘信息听起来煞有介事。"有消息。速来。"

我到达的那天晚上，他带我上了他的吉普车，我们从他驻守的拘留营驱车上山。空气凉爽，夜幕降至，我第一次独自外出，坐在一辆没有车顶的吉普车里。我仰起头看向天空。仿佛一夜之间我就长大了——我自由了。昨天爷爷把我送上火车，把手伸进车窗拍我的头，让我警惕陌生人和危险。今天我在一辆敞篷吉普车上，我知道迪努有烟。

车开到路的尽头，我们徒步爬行，直到到达山脊顶端。迪努向下面指了指。"在那儿。"他说。

在我们下方很远的地方，有一个被铁丝网和瞭望塔包围的拘留营。当我走近它时，我可以感受到它很大，但现在我可以看到它究竟有多大，它的灯光在柔和、崭新的黑暗中闪烁得有多远。营地外是一直延伸到加尔瓦尔喜马拉雅山麓的茂密丛林，我的曾祖父曾在1857年涉足其间。白天，你可以从营地看到群山，到了晚上，它们化为浓重的阴影。

我们坐在山脊上，迪努为我俩点了烟。他快十九岁了，脸上已经有了棱角。他谈起了北非，飞溅的弹片在他身上某处留下了疤痕。他看过朋友被炸死的场景，残肢掉落在附近。他在埃塞俄比亚和一个女孩睡过，他细致入微地描述了这个女孩的身体魅力，不放过任何一个身体部位。当他讲述情欲之夜的细节时，时间已经到了十点十五分，营地里的灯熄灭了。探照灯亮了起来，白色的、有力的光束划破天空，犹如一条条一望无尽的缎带。我们凝视着天空、探照灯和黑暗蔓延的营地，仿佛我们此时才意识到，在我们下方有成千上万的人远离家乡，回去的希望微乎其微，士兵、平民、纳粹分子和犹太人一起挤在被带有尖刺的双层铁丝网包围的七个区域。

迪努说，一些囚犯花了大半年的时间收集地图、指南针和其他设备。其中一位是著名的登山家海因里希·哈勒，他每天都进行高强度运动，这本应使营地军官有所警惕：他正在酝酿某些事情。但他们把他当作受虐狂：毕竟，他是德国人，想必喜欢折磨他手边的任何东西，甚至是自己的身体。哈勒变得和任何一个高海拔登山者一样健壮，并且知道他需要规避的每一个错误，因为他已经尝试过无数次的逃跑。最终的结果是哈勒逃了出去，可能逃到了西藏，其他几个人也是如此。在那些试图与哈勒一起逃跑的囚犯中，有一个来自爪哇岛的德国平民，他因患有严重的痢疾而无法坚持下去，只好回去自首。他在营地里被单独监禁。

"他被带回来后，我搜查了他和他的包。你看。"迪努把一张照片举到我面前，用手电筒照着它。照片上有轻微的折痕，我们不得不把它抚平。一群人对着镜头微笑。一条狗被一个女人的手抚摸着。

我母亲的手。

母亲没有笑，她的眼睛盯着狗，下巴搁在膝盖上，短发的她让我感到陌生。她的脸看起来尖尖的，很淘气，好像她是一个从学校跑出来的叛逆男孩。但她就是我的母亲，这一点我确定无疑。在她旁边，施皮斯先生正眯起眼睛望着太阳。照片中所有的光线似乎都聚集在一个漏斗里，倾泻在他们二人身上。施皮斯先生金色的脑袋闪耀着光芒，母亲乌黑的头发周围有一圈火光。

在我们坐着的土丘上方，天空辽阔，周围只有绵延至数英里开外的浓郁阴影。黑暗中传来窸窸窣窣的声音——老鼠、野兔、豹子——我并不关心。迪努点燃一支香烟。我忘了我还想再来一根。我已经六年没有见过母亲了，甚至在照片上也没有。

第二天，当迪努带我去他的牢房时，被单独监禁的德国人古斯塔夫说:"这是四年前——也许是五年前——拍的。"那人蓬头垢面,饥肠辘辘,身体也不舒服,在我们谈话期间,他不得不两次跑去厕所。他喝了一条小溪里的脏水。他抱怨说如果不是这样,他现在已经和哈勒一行人在西藏了。

古斯塔夫的英语口音让我们想起施皮斯先生,和当时一样,我们发现很难听懂他说的话。但当我和迪努事后对照笔记时,我们把漏掉的线索串了起来。古斯塔夫讲述的故事以他于去年12月来到印度开始,当时他的船停靠在孟买,早在他意识到之前,夏天已然来临,地狱般的炙烤让柏油马路融化,他以为自己会死。有一天,暴风雨来了,他吃了一个被风吹落的杧果,这是他第一次吃杧果。

迪努觉察到了我的不耐烦。"说重点吧。我们不需要你的生活史。"他说。

古斯塔夫说,他是一名昆虫学家,对昆虫的兴趣把他从爪哇岛带到巴厘岛,在那里他遇见了瓦尔特·施皮斯,后者一直在向欧洲的科学家提供昆虫标本。他在一次巴厘岛之旅中与我母亲还有施皮斯一起拍了这张照片——如此令人难忘的旅行。啊,夜晚的舞蹈,美丽的姑娘,在烛光下的走廊上,在叮叮当当的音乐声中开怀畅饮!天堂也不过如此。他去了三次施皮斯在杰姆普汉的家,后来再见到施皮斯时,是在苏门答腊的一个战俘营。苏门答腊的港口锡博尔加。悲惨的地方。他们试图使情况有所好转,但实际上能够做的事情并不多。即使是笑着面对各种苦难的施皮斯,在那里也很难保持乐观。12月,古斯塔夫从锡博尔加被转移到印度——与其他数百万人一起被送上一艘开往孟买的船。他原以为会在台拉登再次找到施皮斯，却从其他德国囚犯那里听说，在开往印度的三艘囚船中，只有两艘抵达。有传言说，第三艘船被炸毁了。没有人清楚被炸的那艘船上的人遭遇了什么，以及谁在船上。

施皮斯先生在哪艘船上？他不知道。也不知道他是生是死。

"那我母亲呢？她怎样了？她在你们那艘船上吗？"

"我们船上只有男人。我不知道你母亲的情况。也许她还在巴厘岛，这我就不得而知了。"

"他知道什么？什么都不知道。"我用印地语对迪努说，"你为什么让我大老远跑来？就为了这个？"

我走出牢房，点了根烟，盯着覆满灰尘的院子和几码外的凄凉景象，那里，一排灰褐色的人正从一处走到另一处去洗漱。我不知道自己看过那张照片后在期待些什么，但失望之情如此强烈，以至于那一行人的身影变得模糊起来。

"这只是个开始，梅什金。我们会弄清楚剩下的事情。消息会有的，它就是这样一点一点来的。我会继续努力。"

迪努跟着我走了出来，把一只手搭在我的肩膀上。然后他好似突然想起了什么，大步流星地回到牢房里。他在古斯塔夫的笔记本上写下我的地址和他自己的地址，并告诉他一有消息就告诉我们。总有一天，他会走出牢房回到家，谁知道那是什么时候，但总有一天。迪努在写地址时耸了耸肩。他知道这是件异想天开的事。战争远未结束，我们不再计划任何事情。我们忘记了未来，只活在当下，我们希望当下能够永久持续。他知道自己是在抓救命稻草，并说有稻草可抓也是件好事。

"你可以留着这张照片,"古斯塔夫转向我说,"上面有你的母亲,不是吗?你长得很像她。我只见过她几次,我知道她是个艺术家。我在博物馆里见过她的一幅画。她在卖她的画,她在让自己出名。人们叫她'印度画家'。当我看到她时,她的脸上有油漆和泥点,但她并不知晓。她不喜欢照镜子。她就像一团火,热情洋溢。还有她的声音!她可以凭她的声音上广播。她过去常常唱歌和模仿别人的声音。大家都央求她,唱一首歌、模仿一只公鸡或模仿瓦尔特。我的一个朋友买了一幅她的画。非常迷人的一张——迷人到不真实——怎么说呢?看着那幅画,我屏住了呼吸。"

古斯塔夫从他坐着的地方起身,伸出一只枯瘦、肮脏的手,握住我的手。"你的眼睛很像她,"他说,"你有同样的生存方式。也许你也不照镜子。"

* * *

想到母亲的画作曾经在博物馆里展出,而我从未见过任何一幅她真正意义上的作品,除了很久以前她附在信中的小画。有好多次我都想去巴厘岛,去寻找她居住的世界,她为自己创造的那部分世界,去看看海杜果是什么样子的,以及她在信中提及的所有其他树木、动物和河流。我从来没有想过像一名游客那样,规划简单好走的路线。相反,我梦想着像她那样旅行,坐火车、轮船、汽船、小船,穿越印度洋,经过上千座岛屿,每隔几天就停下来，稍作休憩，直到我想再次启程前行。她有办法做到这一点：站在火山的边缘，看到下面的火焰，并毅然决然地跳下去。为什么我没有呢？

＊　　＊　　＊

迪努给古斯塔夫的地址最终起到了意想不到的作用。战争结束后，古斯塔夫回到德国从事昆虫学研究，他找到了一个在锡博尔加的拘留营时就略微认识的人——翁格尔神父。神父说他曾与瓦尔特·施皮斯乘坐同一艘船前往印度。古斯塔夫给我写了一封短笺，描述了他发现的情况。

翁格尔神父是一名传教士，他被关进爪哇岛的一个拘留营，然后被转移到锡博尔加。在营地里，他被瓦尔特·施皮斯不同于其他囚犯的突出特质所打动，并和他成为朋友。高个子。红衬衫。清瘦的脸庞由于饱受牢狱之苦而变得更加瘦削。但他对营地的恶劣环境视而不见，全然沉浸于在废纸和帆布上作画。他告诉翁格尔神父，一旦战争结束，他就会画蜻蜓和黄蜂，昆虫是他最新的痴迷之物。蜻蜓的翅膀晶莹剔透、脆弱易折。

翁格尔神父记得施皮斯先生走上驶向印度的范伊姆霍夫号船的场景，他的腋下挟着一卷画布，嘴里叼着一根烟。但他一踏上跳板，这些东西就被夺走了。即便如此，施皮斯还是认为能上那艘船是一件特别幸运的事，他告诉神父，他即将回到一个快乐地生活过的国家，在那里有他在战前结识的朋友。

他们走上跳板，被塞进甲板上的铁丝网笼子里。笼子大约有一米五高，每个笼子里有三十个人。施皮斯离他不远，但在笼子里，他们不能说话，甚至不能移动。船起航了。他们没有足够的水喝，汗水、高温和恶臭令人难以忍受。几乎没有任何食物。就这样在海里摇晃了两天，然后在第三天的中午时分，一枚日本炸弹落在了船的附近。那是 1942 年 1 月 19 日。

过了一段时间，又发生了一次爆炸，接着是第三次爆炸，船终于直立起来，向后倒去。一片寂静。蒸汽的嘶嘶声。当荷兰警卫开始弃船时，囚犯发出了极度惊恐的叫声。他们坐上救生舱后走了。他们给囚犯留下了剪线钳，仅此而已，在随后的狂乱中，一些囚犯跳下船淹死了，另一些则闯入仓库，喝得酩酊大醉。

当翁格尔神父从囚犯中间挤过，试图去够船上留下的木筏和船只时，他发现了瓦尔特·施皮斯。他仍然坐在甲板上的一个笼子里。笼子的门已被绞断，里面空荡荡的，只剩下他和一个躺在角落里、或病或死的人。翁格尔神父大喊着他的名字，但没有停下来看他是否跟了上来。他上了一只船。他们只有几把船桨，没有桨的人则用手划。在接下来的六天里，他们在海面上口渴得近乎发狂，有些人被鲨鱼吃掉，还有一些人死于高温。翁格尔神父是少数几个成功抵达岸边的人之一。

瓦尔特·施皮斯？他和范伊姆霍夫号一起沉没了，古斯塔夫写道："我很遗憾地告诉您这件事。此外，恐怕我仍然没有您母亲——那个印度艺术家的消息，但我将继续努力寻找。"

＊　　＊　　＊

战争结束一年后，我的父亲出狱了，利皮也逐渐恢复正常生活，丽萨关闭了她的旅馆，和她的丈夫一起去了加拿大。这时，贝丽尔·德·佐特的一封信到了。信是写给嘉亚特里·罗萨里奥的。尽管如此，我们还是打开了它。

　　我的太阳鸟，我想象着你容光焕发、美丽动人，与儿子团聚在一起的模样。我确信事实如此。

　　我有一个灾难性的消息。瓦尔特死了。他当时在一艘满载囚犯、开往印度的船上，而那艘船在苏门答腊岛附近沉没。真讽刺，亲爱的嘉亚。想想看，如果船抵达目的地，他可能已经到达台拉登了——那里有你，有那么多他所珍视的东西。唯一令我感到宽慰的是，我从一个在暹罗的朋友那里得到的消息，他认识一个人，这个人目睹了施皮斯的死亡。他们说，当船沉没时，他非常平静地坐在那里，抽着他的烟斗。我无从知晓这是不是真的，亲爱的嘉亚，但这就是我想记住亲爱的瓦尔特的方式。

　　我仍然希望回到印度，完成我那本关于舞蹈的书，观看更多坎塔·德维的婆罗多舞，去看看你，聊聊过去的时光。我对我们的巴厘岛之旅记忆犹新，那些充满希望、恐惧、快乐和冒险的日子——而你每时每刻都淹没在想家的泪水中。当时谁能知道还会有什么更深沉的、超乎想象的悲痛在等着我们呢？世界让我们分离。我们不过是暴风雨中的树叶。

　　请给我写信。等你消息。

　　深爱你的，

贝丽尔

＊　＊　＊

　　令贝丽尔如此着迷的太阳鸟如今仍在花园里盘旋，寻找花蜜。一天早上，在重读了贝丽尔写给母亲的信后，我坐在花园里看着它们中的一对。它们从一朵花飞到另一朵花，绚丽的蓝色翅膀蕴积着呼呼扇动的能量。它们是如此之轻，以至于当它们落在花瓣上并将长长的喙伸进花萼中时，木槿花几乎没有因为它们的重量而摇晃。我明白为何贝丽尔会用它们的名字称呼我的母亲了。

　　我周围的树木已经在那里生长了一百多年，比我和母亲存在的时间都要长得多。母亲有一种与之交谈的方式，她赞美新叶和花朵，在路过时抚摸它们，就像抚摸宠物一样。有那么两次，我看见她夜里站在我们家的屋顶上，闭着眼睛，面朝月亮，嘴唇翕动着，以近乎微不可闻的声音喃喃自语。她的头发宛如黑色的波浪在背上起伏。每当此时，她便会成为一种两栖动物——既属于泥土，也属于空气，但又不完全属于其中任何一种。她可能已经化作一只夜莺翩然翻飞，或者她的四肢可能已经变成树的根和枝，她的躯体变成树干。一切似乎都有可能。

我承认我也会和自己种的树说话，当我走在河边，听着水鸟轻柔的叫声和远处浣洗工在岩石上拍打衣服的砰砰声时，我脑海中浮现的是母亲和她那如月光般皎洁的脸庞。树木、青草、太阳、天空、月亮，这些都比人类更接近她，它们是她的信仰——正如它们已经成为我的信仰一样。父亲终其一生都对自然万物视而不见。母亲一定告诉过他，他有多么愚蠢、多么盲目。如同一个从不开窗的人，月光在窗外洒下清辉，而他一生都在灯下生活。

　　"我吹熄了灯火，"泰戈尔写道，"准备入眠。我刚这么做，月光便如潮水般，透过敞开的窗扉涌入房间，令人震颤……如果我曾关上百叶窗，从而错过了这一景象，它仍然会待在那里，面对屋内那盏灯的嘲笑，不语不言。即使我一生都对它视而不见——让那盏灯胜利到最后……即使如此，月亮仍会待在那里，展露恬静的笑颜，谦逊、淡然，唯有等待亘古不变。"

　　人们认为你必须去山间、去海边旅行，才能找到所谓的"自然之美"。这些天来，当市场里、街道上成千上万盏霓虹灯的光芒在蒙塔兹尔的天空中交相辉映时，月亮在挣扎，星星在熄灭。我几乎再也看不到它们了。它们真的在别的地方等我吗？如果我是一个魔术师，如果天空是光芒闪耀的顶篷，那么我会关掉城市中所有的灯，看星星们在遥远的地方过着属于自己的生活，它们离我们这个枯萎的世界有一百万光年的距离。

　　泰戈尔认识到一个更广阔、更深刻、更有意义的世界，它独立于人类的短暂存在——我和母亲一样，也曾对这个世界有所感知。然而现在我想知道，那些除了拥挤的城市之外一无所知的人，是否可能拥有这种第七感。当我还是个孩子的时候，我会背靠着我们家的一棵树，感受它令人安心的稳固和静止。它不会移动，它扎根原地。只要它还活着，它就永远不会去任何地方。这是生活中为数不多的可以确定的事物之一。树木的根系很深，向四面八方伸展，我们无法预知它们在地下如何蔓延，如同我们无法预知一个孩子将如何成长一般。大地之下，树木过着隐秘的生活，有时它们深入地下的部分比伸向天空的还要深。它们在地下纠缠交错，而在地面上似乎毫无联系。我在闲暇时常想，如果我们是树——父亲、母亲、布里坚、丽萨、迪努、祖父和我——那么我们的根在地下会向哪个方向生长？

读完母亲的信后，我再也无法静坐，于是开始了漫长而不安的漫步。成千上万个问题在我的大脑中爬行，就像头虱一样顽固而令人抓狂。我努力理解在母亲嫁给一个她从未爱过的男人，而她所爱之人就住在隔壁的那十年间究竟发生了什么。背叛、欺骗、不忠：即使是现在，我也无法把这些词和她联系在一起。但同样清楚的是，在我的一生中，我对她的了解只是一个残缺不全的版本。

我对她出走的复杂原因一无所知。小时候，我有时对她恨之入骨，想用我的香烟弄瞎她照片上的眼睛。我想知道父亲或祖父是否知道她不为人知的一面，但出于爱——或出于羞耻——而对我绝口不提。

如果当时就真相大白，我还会年复一年地焦急等待她的消息吗？

园丁们擅长等待，他们与大地的缓慢节奏相协调。在这种等待中，没有焦虑，只有期盼。而在等待我母亲消息的过程中，血液仿佛从我们的身体中被抽走，直到有一天一滴不剩。

* * *

昨天，我停止了写作，走进后花园。罗望子树下的区域一夜之间覆满清新的黄色和白色花朵——小小的风雨兰一直铺展至远处的角落。我站在那里目不转睛地看了一会儿。然后，就像在梦中一样，我拿来纸和笔，坐在6月清晨为热浪所席卷的草地上，画着一幅又一幅的风雨兰，直到正午的阳光直射我的头顶，我感觉发丝欲燃。

我确信，就是在这里，母亲把她那盒进口颜料扔了出去，而我则爬进灌木丛，寻找每一种颜料。我不记得当时那里是否有风雨兰。这是一种类似于番红花的小百合，不需要肥料，不需要照顾，不开花的时候就躲到地下，每年都以这样的方式出现：一夜之间成百上千朵小花兀自怒放，预示着季风即将来临。

画完风雨兰的第二天，我在日出前醒来，无意识地径直走到房子前，站在暗淡的紫色天光中，背靠着那棵树——我过去常常在那棵树下摇响自行车铃，叫醒我的母亲。

当我抬起头，透过青翠欲滴的繁叶望向天空时，一阵久违的、急促而尖锐的铃声在我耳边响起。这是一棵六十多英尺高的广玉兰，有着密密麻麻的树枝和粗长、光滑的树干。我找来一把梯子，把它支在树干上，即使伊拉抱怨我神志不清，我也要放稳梯子、爬到高处，够到一根缀满象牙色花朵的树枝，每朵花都有碗口那么大，缭绕着馥郁的香气。这让我立刻想起最后那个早晨，树上的雨滴淋湿了我的母亲，她让我保证放学后按时回来，以便我们能够一起去旅行。

我把剪下的花茎插入花瓶，花瓶旁放着一个信封，里面是我母亲的画。我对玉兰的叶子、花蕾和花朵进行了详细研究。我画了其中几朵。

在接下来的几周里，我在闲置已久的素描本上，写满了对花园中与母亲有关的花草树木的研究：珍珠般的夜花茉莉地毯，她曾喜欢赤脚踏于其上；那棵楝树，生长在贝丽尔为她讲述艾莎的故事时坐着的长椅旁。我不眠不休，不饮不食，着了魔般地在她的花园里画画。我画了紫薇花和昙花，夹竹桃和木槿，6月树上的绿色杧果，它们就像贝丽尔·德·佐特和瓦尔特·施皮斯第一次来我们家时一样青涩。

我花了五天时间完成了对昙花的研究，然后转而研究红鸡蛋花的红宝石色花朵。我画了长长的、椭圆形的叶子，肿胀的茎尖，从灰色变成绿色、肉质饱满的枝条——如果它被擦伤或割伤，就会渗出白色的汁液。我把花瓣边缘的赭石色和花朵深处愈发浓郁的炽红色混合在一起。

当我作画时，我看到一个男人的手伸了出来，把从母亲头发上掉落的花朵放入她的手掌，然后握住她的手。他把她的手指合在花上。

我用完了一大摞纸、许多管颜料、大量的墨水和木炭，然后突然停止了作画，就像刚开始画画时一样突然。我感到筋疲力尽，思维枯竭。

＊　＊　＊

虽然已经是早上了，而且我喝了一杯茶，但我还是在椅子上打起盹来。很快，我便沉沉睡去。

我梦见了英达，那条母亲带去泗水的狗。她又瘦又老，从一条街跑到另一条街，鼻子贴着地面，用她那双几近失明的眼睛寻找她认识的人。我试图靠近她，但无法做到。我试图找到母亲生病时所居住的房子，然而道路变成海洋，我无法保持漂浮。我喘不过气，感到绝望。我试图游泳，抱着一个西瓜，但一直呛水，托布就在附近，但他选择袖手旁观。残肢断臂在我身边漂浮。躯干、头颅以及祖父诊所罐子里那只凝胶状的手。附近有一艘船，它在巨大的撞击声中侧倾倒下。

我睁开眼睛，一阵光和热在我的脸上迸射开来。我很高兴能从梦中醒来。自从我读过母亲的信后，这种情形就时不时地出现在我身上，我总是很高兴能够醒来。

我戴上眼镜，把纸张凑得更近些，再次看向我拖延已久的任务。

"我，梅什金·昌德·罗萨里奥，身心健全，特此……"

我搁下笔，把目光从纸上移开，看着周围喧嚣的人群，他们当中有装货工人、厨师、军官、工程师、机械师。他们忙着做自己的事，没有注意到我。对他们来说，我和货物没什么两样，是船上唯一的闲人。甲板的栏杆离我只有几码之远：真正的甲板，而不是我根据图画和信件臆想出来的。这是一艘真正的船，一艘开往新加坡的货船，船上有专门为乘客设置的两个舱位，而我拥有其中之一。

我正在像母亲那样旅行，乘坐火车、轮船、汽船、小舟，横跨印度洋，途经上千座岛屿，每隔几天就停下来，稍作休憩，直到我想再次启程。我将在群岛上搜寻她的踪迹。也许还有一些认识她的人活着，他们知道她的结局。我将在泗水停留，寻找洛库穆尔的商店和法蒂玛女王的后代，我将去爪哇岛和巴厘岛的博物馆寻找她的画作，我将寻找她住过的房子、她作画的房间、她跟随学艺的乡村陶匠。

我从椅子上起身。当我走向栏杆时，甲板上的石灰色铁板热得足以烧焦我的鞋底。海浪拍打着褪色的船舷，白色的泡沫在它身后翻滚。在母亲第一次去巴厘岛时，伟大的诗人曾问过她是否注意到，当船在泡沫和海浪中开出一条道路时，它不停地发出叹息；那永无止息的叹息，听起来不就像是海水在用悲伤的泪水荡涤着大地吗？

母亲那难以置信的、放肆无礼的、青春年少的笑声在我耳边回响。对于一个满怀欣喜地踏入新世界的女孩来说，悲伤是最遥不可及的事情。她忙着为新世界的每一部分作画。我愿意相信，对母亲来说，即使在她历经兜兜转转之后，大海的叹息也仍未改变其意义。

我趴在栏杆上，身体尽可能地向前倾。我听到甲板上的某处传来一声叫喊："那个老头到底在干什么？"

我把没有写完的遗嘱揉成一团，抛向空中，扔进海里。

致 谢

一天下午，在巴厘岛乌布区的一条街道上，我意识到自己将写下这本书。当时，我和鲁昆·阿德瓦尼（Rukun Advani）在炎热的天气中无精打采，濒临放弃寻找瓦尔特·施皮斯第二个家的边缘。然后，尼奥曼·格莱布格（Nyoman Gelebug）停了下来，打开了车门。

在此之前，似乎没有人知道如何到达那里，所有出租车司机都拒绝了我们。奇迹发生了。尼奥曼原是东巴厘岛希德门人，他清楚地知道如何到达位于伊塞偏远村庄、临近阿贡火山的那所房子。站在屋前长满熟透的红辣椒的田野里，地平线上是平静的蓝色火山，我立刻感觉这本正在酝酿的书仿佛得到了瓦尔特·施皮斯的祝福。

施皮斯是德国人，1895年出生于俄国，一生中大部分时间都在巴厘岛度过。在那里，他结识了拉宾德拉纳特·泰戈尔和著名舞蹈家乌黛·香卡（Uday Shankar）。他曾想学习梵语并到印度研究印度的舞蹈形式，但于四十七岁那年作为战俘，随着所乘坐船只炸毁而沉入水中。本书在一定程度上想象了如若他踏上印度之旅可能会发生的故事。

由于这是一部虚构与历史交织的小说，我在很大程度上依赖于他人和书籍的帮助。

在巴厘岛，珍妮特·德·尼菲（Janet de Neefe）提供了许多建议，包括去宏伟的阿贡莱博物馆（Agung Rai Museum）欣赏施皮斯及其同时代人的画作；她还带我去了他在杰姆普汉的住宅，也就是现在的杰姆普汉酒店，那里完好地保存着他简易的茅草小屋。在雅加达，作家德维·拉蒂赫·拉马丹（Dwi Ratih Ramadhany）在巴厘岛人名方面给了我至关重要的帮助，下班后出版社的兰斯·布拉马蒂约（Lans Brahmantyo）允许我转载约翰·斯托厄尔（John Stowell）的伟大传记作品《瓦尔特·施皮斯的艺术人生》（雅加达：下班后出版社，2011 年）中的素材。这本丰富精美的书中附有大量施皮斯书信的插图和译文，他在这部小说中所说的许多话都出自这些书信。为确保这本书能送到我手中，拉胡尔·森（Rahul Sen）从雅加达出发，途经新加坡和斋浦尔，亲手将它递给了我。

施皮斯只在他的一封信中谈到泰戈尔的巴厘岛之行，而这在斯托厄尔的书中不曾提及。弗兰切斯卡·奥尔西尼（Francesca Orsini）教授从大英图书馆为我找到了这封信［第 56 封，1927 年 9 月 21 日，载于汉斯·罗迪乌斯（Hans Rhodius）：《生命的美丽与财富：巴厘岛画家、音乐家瓦尔特·施皮斯（1895—1942）》，登·哈格出版社，1964 年］。不过，它是用德文写的。卡塔琳娜·比伦贝格（Katharina Bielenberg）将其译成英文，译文中的几行文字如今构成本书的一句引文。我已记不清卡塔琳娜曾予我多少恩情，这只是最近的一次。

我初次偶遇瓦尔特·施皮斯是在克里斯蒂娜·乔迪斯（Cristina Jordis）的精彩游记《我梦中的巴厘岛和爪哇岛》[乔治·布兰德（George Bland）译自法文，伦敦：哈维尔出版社，2022年]中。我由此想了解更多，于是转而翻阅了科林·麦克菲（Colin McPhee）的《巴厘岛上的一所房子》（伦敦：维克托·戈兰茨出版社，1947年）。这是一本关于他在巴厘岛生活的诗意回忆录，尤其记录了岛上的音乐。为了从印度人的角度了解20世纪20年代末的巴厘岛，我参考了两本洞察敏锐、内容广博的孟加拉语书籍：拉宾德拉纳特·泰戈尔的《一个爪哇岛旅行者的来信》（载于《拉宾德拉文集》，第19卷，加尔各答：国际大学出版社，1968年）、苏尼蒂·库马尔·查托帕迪亚雅（Suniti Kumar Chattopadhayay）的《拉宾德拉与印度洋群岛及暹罗》（加尔各答：光明世界出版社，1940年）。马尼希塔·达斯（Manishita Dass）是一位资源丰富的图书侦探，她不仅为我找到了这两本书，还阅读了我的初稿并检查了我的译文。米里亚姆·贝勒伊格（Myriam Bellehigue）一如既往地仔细阅读了初稿并让我清醒地认识到其中存在的问题。

在写作本书的过程中，我偶然读到了孟加拉著名作家迈特雷伊·德维（Maitreyi Devi）的一本小说。她是我的亲戚，一个叔伯的妻子，她的书一直在我们家，但我从未读过。当我读到这本书时，我深受感动，同时也震撼于她自传体小说中的主人公与我书中主人公的相似之处。我开始翻译它，其中的一些段落最终成为我小说中一部分。感谢鲁帕·森（Rupa Sen）和普里亚达什·森

（Priyadarshi Sen）允许我转用迈特雷伊·德维《它不会死》中的这些段落，其英文译文出自我的笔下。

本书包含的两段泰戈尔作品摘录最初发表于《泰戈尔思想》[载于《英文文集》，第3卷，第58页，西西尔·古马尔·达斯（Sisir Kumar Das）编辑，德里：1996年]；还有诗歌《仿佛》[1]（载于《诗选》，1922年；重版，加尔各答：国际大学出版社，2022年）。

如果没有玛丽安·尤里（Marian Ury）的工作，贝丽尔·德·佐特的生平细节可能会被除学者之外的所有人遗忘。玛丽安的早逝终止了她正在撰写的传记。她那篇生动而富有同情心的文章《关于贝丽尔·德·佐特生平的一些说明》（载于《罗格斯大学图书馆学报》，第48卷，第1期，1986年6月）提供了大量资料。关于艾莎的节录摘自贝丽尔·德·佐特于1941年3月在达廷顿所做的一次题为《锡瓦》的演讲。这篇文章收录在阿瑟·韦利（Arthur Waley）编辑的《雷霆与清新：贝丽尔·德·佐特文集》（伦敦：内维尔·斯皮尔曼出版公司，1963年）。

至于发生在印度的与第二次世界大战有关的事件，我从历史学家英迪瓦尔·卡姆特卡尔（Indivar Kamtekar）和亚斯明·汗（Yasmin Khan）杰出的学术研究中学到了很多。包括大英图书馆在内的各种在线档案提供了有关东印度群岛、印度所发生战争的宝贵信息。拉迪卡·辛格（Radhika Singha）在她的论文《殖民地的"正

---

[1] 原诗名为 Mone Pora，英文译为 I Cannot Remember My Mother，冰心将该诗名译为《仿佛》。

当护照"：1882—1920 年英属印度的边境口岸》之外，又耐心地回答了我关于殖民时代旅行的问题。关于商船客舱的具体情况，我要感谢苏米特拉·马宗达（Soumitra Mazumdar）船长。

艾伦·穆尔黑德（Alan Moorehead）、拉杰什瓦尔·达亚尔（Rajeshwar Dayal）、桑塔·拉马·劳（Santha Rama Rau）、马杜尔·贾弗里（Madhur Jaffrey）和尼拉德·C. 乔杜里（Nirad C. Chaudhuri）的回忆录让我仿佛置身于 20 世纪 20 年代、30 年代和 40 年代。拉古·卡尔纳德（Raghu Karnad）的《最遥远的战场》对一个深陷战争的印度家庭进行了深入研究。我的公公，垂暮之年的拉姆·阿德瓦尼（Ram Advani）出生于 1920 年，他总能回答那些奇怪而特殊、只有真正经历过那个时代的人才能回答的问题。

还要感谢阿兰达蒂·古普塔（Arundhati Gupta）、帕托·达塔（Partho Datta）和泰特伊（Teteii）让我了解他们的家庭经历。感谢埃拉赫·希普图拉（Elahe Hiptoola）在乌尔都语方面的帮助。感谢皮库（Piku）、索达（Soda）和巴劳尼·荣舒恩（Barauni Jungshun）让我走进他们的世界，让我每天都能感受到那个世界的疯狂欢乐。

衷心感谢麦克尔霍斯出版公司、阿歇特印度出版公司和阿特里亚图书出版公司的每一个人，是他们使出版工作变得如此令人愉悦，特别是普洛米·查特吉（Poulomi Chatterji）、保罗·恩格莱斯（Paul Engles）、阿瓦尼贾·孙达拉穆尔蒂（Avanija Sundaramurthy）和普里亚·辛格（Priya Singh）。感谢拉盖什·萨蒂亚尔（Rakesh Satyal）促成了该书的出版并如此用心地参与了出版的全过程。感谢托马斯·亚伯拉罕（Thomas Abraham）作为友人、同事陪我走过数十载风雨，并在顿挫波折中始终保持亲切而简洁的冷静。

多年来，几次编辑会议都是在全法国最美丽、最好客的露台上举行的，那是在米斯卡（Miska）、考克拉（Koukla）和我的出版人兼编辑克里斯托弗·麦克尔霍斯（Christopher MacLehose）的家中。尽管与克里斯托弗的合作已有十年，但他以令人恼火的、无法无天的才华改造手稿的能力仍然令我惊讶——就像我能从四本书中幸存下来并活着讲述这个故事一样令人惊讶。

母亲对斋浦尔一个旁支众多的联合大家庭生活的描述，以及她对20世纪40年代的回忆，帮助我构建了这部小说的世界。与年迈的歌手兼作家谢拉·达尔（Sheila Dhar）共度的美妙音乐午后，也交织在本书与我的生活中，我从她关于阿赫塔尔夫人的故事中汲取了灵感，其中一些故事收录于她的《曲调和热情》（德里：永恒黑出版社，2005年）。她曾以特有的戏剧性方式告诉我的母亲，她，"另一个谢拉"，是我的"养母"。母亲优雅从容地接受了这件事，正如她在其他许多方面所做的一样。本书献给两位谢拉。

最后，一如开头我所提及的，献给鲁昆。

文景

社 科 新 知　文 艺 新 潮

Horizon

一千种绿，一万种蓝

［印度］安努拉达·洛伊　著

谭雪冉　译

出 品 人：姚映然
责任编辑：杨　沁
营销编辑：杨　朗
封扉设计：张岩 Chang-Yen

出　　品：北京世纪文景文化传播有限责任公司
　　　　　（北京朝阳区东土城路8号林达大厦A座4A　100013）
出版发行：上海人民出版社
印　　刷：山东临沂新华印刷物流集团有限责任公司
制　　版：北京百朗文化传播有限公司

开　本：850mm×1168mm　1/32
印　张：11.125　字　数：233,000　插页：2
2024年3月第1版　2024年3月第1次印刷
定　价：59.00元
ISBN：978-7-208-18694-1/I·2130

图书在版编目（CIP）数据

　　一千种绿，一万种蓝/（印）安努拉达·洛伊
（Anuradha Roy）著；谭雪冉译. -- 上海：上海人民出
版社，2024
　　书名原文：All the Lives We Never Lived
　　ISBN 978-7-208-18694-1

　　Ⅰ.①一… Ⅱ.①安…②谭… Ⅲ.①长篇小说 - 印
度 - 现代 Ⅳ.①I351.45

　　中国国家版本馆CIP数据核字（2024）第000725号

本书如有印装错误，请致电本社更换　010-52187586